AQUARIUS

AQUARIUS

AQUARIUS

AQUARIUS

每個人心中都有一座島嶼，
藉文字呼息而靜謐，
Island，我們心靈的岸。

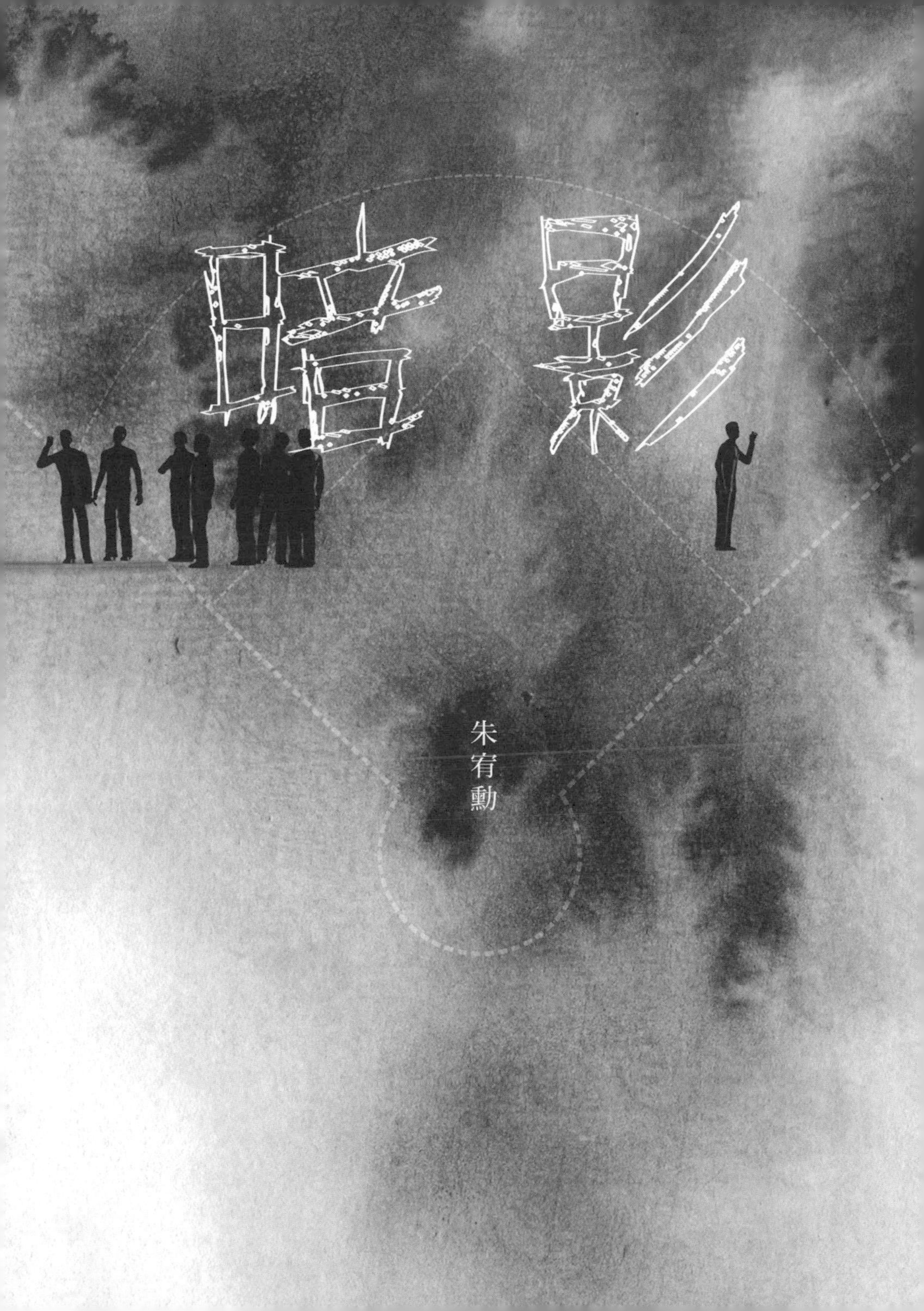
暗影
朱宥勳

【出版緣起】

一個穩固而持續的創作平台

——長篇小說創作發表專案

國家文化藝術基金會自二〇〇三年創設「長篇小說創作發表專案」，已執行十餘年時間。感謝和碩聯合科技股份有限公司，在國藝會藝企平台的加乘推動下，自二〇一三年起，每年贊助專案一百萬元。企業參與支持國人原創小說，並集合各方資源推介，讓台灣出品優質小說，更有機會於華文出版市場出頭。

長篇小說專案以挖掘當代文學經典為推廣宗旨，遴選優秀創作計畫案，補助創作者寫作期間生活費，嚴格把關作品「質」、「量」，也協助作品出版、評論、座談等推廣活動。整個計畫執行過程，國藝會既是作品催生的助產士，也是替優秀作品媒合好出版社、拓展發表管道的媒人婆。許多部已經出版作品，得到國內外文學獎肯定，

施振榮

（國家文化藝術基金會董事長）

也跨界改編戲劇，翻譯其他語言發行其他國家。

我常提到「台灣不缺人才，只缺舞台」，長篇小說專案透過全面的機制規畫，讓優秀作家能在舞台上盡情揮灑創意。長篇小說專案二〇一五年出版的第一號作品——《暗影》，是國內少見的棒球小說。作者朱宥勳一九八八年生，是長篇小說專案歷年來最年輕的創作者，對棒球研究很深入，是資深球迷，熱愛棒球。他把棒球術語與小說結合，用文學的方式傳播台灣文化獨特性。《暗影》除了發行平面出版品，也發行電子書版。作為科技人，對於能透過網路媒體通路讓更多人閱讀文學作品，是一件非常值得推動的事。

國人旺盛的原創力，是台灣文化的根源，好的人才必須仰賴好的舞台長期經營、支持。國藝會長篇小說專案未來仍會延續專案精神——打造「穩固而持續的創作平台」，持續搭建舞台，讓台灣優秀創作者的寫作實力能盡情展現，也讓更多不為人知的台灣在地美好價值，透過小說故事在世界各角落持續發聲。

【推薦序】

我很難說明那是什麼感覺

文◎周偉航（人渣文本）

1

我的哲學課會提到「實境節目」。最常見的實境節目，是歌唱比賽，此外還有專業技能挑戰、演藝選秀、生存考驗等等。這些實境秀由西方傳到東方，內容與形式不斷演變。

但這些節目太「真」，就一點都不好看了。一群年輕人參加歌唱選秀，不就像大學裡頭的上課、考試，這有啥好看？轉頭看自己同學就好了。而且有些參賽者實力太強，唱第一句，你就知道這一季是他贏走了，那後面還看個屁？

所以製作單位要加料。加劇情波折，弄個超強大魔王把冠軍打敗、弄走，又或是硬塞些愛恨情仇，精采度一加分，收視也大量猛噴。

若不能體會，就想像自己是個大學生，天天到校，無聊得要死，都是同批老面孔擠在一起。但若是某天下課時，身旁的女同學突然站起來，衝去前頭賞了第一排外系女生一巴掌，大吼：「妳這個賤人！」然後蹲在一旁痛哭。

你就會覺得今天真是來對了，值回票價。

所以呢？

「職棒啊，放水球，說不定還比較好看。」

我很難說明那是什麼感覺。

2

台灣職棒最有名的，還是簽賭造成的放水案了。一放再放的，四五六七八九次了。即便這是個顯目到不行的主題，卻少有人對此進行研究。這難以進行研究。因為個人研究主題是運動倫理學，我曾跟隨職棒隊進行了長達五年的田野調查，主題是球員的道德反應。當然，職棒放水也是觀察的一環。我手上有許多與此相關質性與量化資料，但我能說的故事不多。

倒不是因為資訊太過黑暗，會影響到性命安全。職棒就算有刀槍介入，也是小刀小槍，這種幾百萬來去的東西，再危險，也沒有動輒破億的政府生意難搞。

也不是因為沒有研究出答案。答案很清楚在那，只是講了也沒用，或是講了也沒人聽。那答案是什麼？

若簽賭放水案如癌症，那致癌因子不在球員身上，而是「大家」。你，我，這個人，那個人，大家。

但這答案多數人不懂。換個角度來看，多數人的「不懂」，就是「答案」。因為大家不在意，不去弄懂，所以一直發生。

就是大家造成的。

我很難說明那是什麼感覺。

3

研究過程中，我田野調查的球隊正好發生放水案。我相信球迷相當震驚，因為他們什麼都不知道。

其實更震驚的是「我們」。自以為很懂棒球、很懂球員、很懂一切狀況，很懂很懂的「我們」。

簡直被嚇傻了。

不是因為素行良好球員涉入，也不是其規模之大超乎想像，而是計中計、騙中騙，交叉穿越，層層疊疊。

我們把這些人想成頭腦簡單了，所以也讓自己簡單了，最後發現自己很簡單地被玩了。然後玩人的，又再被底下的人玩了。

這樣的棒球才好看嘛！

他們不是打棒球的人，是玩棒球的人呢。真是精采。

我很難說明那是什麼感覺。

4

當我們以為棒球是這樣的時候，才發現棒球是在「這樣」以外。

當我們又掌握了那個「以外」的部分，又發現人家玩的是「這樣」和「以外」「之上」的。

沒有那麼真實，但又都是真真實實。

沒有那麼廣為周知，卻又都是大家的事。

沒有那麼簡單，但很可能是非常簡單。

「我一看就知道那是放水球。」這種馬後砲，我們聽到都會冷笑。

你什麼東西？多老的球員教練都看不出來了，你什麼東西？

你和這球員很熟嗎？你和黑道交關過嗎？你知道這是戰術那是天候嗎？你知道站在場地上的感覺嗎？你知道真要放水的話，只要在心裡多頓個一拍，就會錯過球嗎？你知道什麼是頓個一拍嗎？

你什麼都不知道，會知道這是放水球？

但說不定，就是那種完全不懂棒球的，會問為什麼要往一壘跑的，才能看出放水球吧？

真正純真的眼睛，才會看出眼前的雜質吧？

他們才會看出我們的沉迷與自虐吧？

是嗎？

是這樣的嗎？

記得某個微寒的夜，在新莊棒球場內野看台區的最上端，和一位球界長輩站著閒聊。兩個人穿著大外套，在那跳著、抖著。風很大。

「這種比賽才好看嘛！」他說。

「這場喔？」我問，「亂打嘛。」

「對呀！放水球才好看。」他牙齒打顫。

「啊？」

我們兩個，對著空蕩的球場放聲大笑。

對呀，放水球最好看了。
我很難說明那是什麼感覺。
你自己翻來看吧。

蛇隊球員謝士臣打開地下室的燈，一瞬間幾十坪的空間亮起濃黃色的燈光。

大量的燈泡被夾在兩層奇特的東西中間：它上頭的不是天花板，而是深厚的綠色帆布——事實上，除了正中央一條地面走道，這間地下室所有的牆、地板、天花板都布滿了這種帆布，因而完全看不到牆面原有的顏色。燈光從這種暗綠色的背景裡反映下一些殘餘的光。

而燈泡的下方，是和綠色帆布平行鋪設的尼龍繩網。它是球場裡面標準的練球設備，可以網住騰飛的球，讓打者打擊練習的時候不用四處撿，卻不是一般人家的地下室會有的設備。

它們在這窄小的空間裡，圍出了一小座棒球打擊區。不過在打擊之前，謝士臣得先走到最深處，拎起裝滿了空的台啤玻璃瓶的回收籃，把它們依序排在一台形狀怪異的發球機上。玻璃瓶卡進可以捲動的鏈條軌道，像是即將送進砲膛的砲彈。

這可是謝士臣特別託一個機械工廠訂做的，全世界僅此一台的發射機台。

調校完成，他站在完全適合自己習慣的打擊區裡面，從球棒存放桶裡抽出裡頭唯一一支球棒，是一支藍色但掉了不少漆的鋁棒，曾經在他兼任投手的高中時代，陪他練打過數百、上千球的好棒子。這麼多年了，它依然結實得彷彿可以用到退休。

家人是不許下來這裡的，外人更不用說，因此也不會有人看到他對著空無一人的角落笑了笑，輕聲說：「開始囉。」怪異的機台隆隆地運轉起來，幾秒之後，第一支綠色玻璃瓶朝他拋來，在空中似旋轉非旋轉。謝士臣等到它落入內角偏紅中的位置才全力拉打，腳尖、腳踝、膝蓋、腰、肩膀、手肘、手腕——。謝士臣旋轉得像是完美的機械，球棒擊中瓶身，猛然爆裂，一陣綠芒四散翻飛。第二支瓶子很快也飛出來了。他臉頰裸露，到時候免不了一點傷，但還有兩天才要收假回隊上。不過就是一點微微的刺痛，以及隨之而來的癢。第三支、第四支、第五支……不知道打到第幾支的時候，他才毫無偏差地打中了沒有瓶蓋的瓶口。

他稍微擦了擦臉，欣賞這一擊的軌跡——瓶口遠比瓶身堅韌，擊中了不會碎掉，會像安打一樣向前平飛，最終砸在極深處的帆布上，粉碎得比所有瓶子都徹底。他的心思在揮棒的節奏中慢慢清明下來。玻璃瓶繼續準確地進入好球帶，一股聲音清晰地在耳中揚起，進入腦際，每記完美回擊都像是仁柚穩定無疑的話語。是的，仁柚其實才是最知道好球帶的那個人，他一向都是依賴著他，才能知道每一顆球的位置的。

1

在棒球場上活過的每一秒，我都深深感覺到「不存在」這種東西。

身為一個三十五歲的台灣職棒球員——我不知道「三十五」這個年紀對大多數人來說意味著什麼，不過，在台灣的棒球圈，這是一個垂垂老矣的年紀了。如果翻開職棒三十多年來的全選手名鑑，你會發現大部分職棒球員的棒球生命是很短的，可能比空中飛人或吞劍者這類特技演員還要短。一個天分普通的球員會在二十二或二十三歲左右進入一支球隊，然後差不多有超過一半的人，會因為實力不足、教練不信任、意外的受傷、觀念比台灣職棒圈先進、或只是剛好沒有你的位置……而在兩年內離開球隊。官方用語稱為「釋出」，就像把水煮滾了之後從鍋底冒上來，再也沒辦法繼續待在水裡的氣泡。

如果你夠優秀或夠幸運，你可以成為球隊的主力，在三到五年內享受球迷的歡呼。過量的歡呼。因為你會過量地上場，把你粗壯的手臂或腰部當作燃料。今天是你、明天是你、你可能就會一時忘了昨天也是你。這是那些兩年就離開的倒楣鬼永遠也分享不到的。差不多在第五年，你依然粗壯的手臂會從所有人都看不見的地方開始故障，骨頭，或者是關節，或者是韌帶。突然之間，那些肌肉全部都沒有用了，你的球速會變得比十七歲的時候還慢。然後，雖然遲了點，但你會和那些倒楣鬼走同一道門離開。

總之，你應該相信一種稀少的人：一個到了三十五歲還留在先發名單的職棒球員。而我要告訴你，存活下來的祕訣，就是好好跟那些「不存在」的東西相處。不存在的東西總是比較重要。就像你的筋骨關節。旋轉肌發炎可以治好，斜腹肌可以練壯，但存在於無法施力之處的，就連啞鈴也幫不上忙。

我二十三歲加入職棒，雖然轉過幾次隊，但直到現在都沒有離開。你知道，十三年是很長的。一個早我幾年的偉大打者（雖然他早已退休了，但你一定聽說過他的名字）說過這樣一句話：「我正在學習與傷共存。」是的，這是第一重要的事情，只是理解到「不存在」的存在是不夠的，還得學著「共存」。

現在我已經三十五歲了，在職業棒球裡，是將死之人的年紀了。可能明年，可能今年，某天我會接到一通簡潔的簡訊：「由於球團戰力規劃有所變更，我們將終止合約，感謝您過去數年的貢獻。祝您此後生涯海闊天空。」如果我試著回傳簡訊，手機會顯示「無法回覆」，因為這封簡訊來自某個發送系統，而不是誰的門號。但至少目前為止，這件事還沒有發生。

幾乎可以說，我這輩子最擅長的事，就是延遲收到這封簡訊的時間。然而我知道它始終會來的，誰也避不過這天。

只有一種可能例外。

這麼多年了，雖然我比不上那位偉大的球員，但國家代表隊入選過，總冠軍拿過，全壘打王也拿過，在我職業生涯的紀錄上，已經沒有什麼需要努力以赴的事物了。——除了這一件事：讓我的生涯結束在一場比賽，而不是一封簡訊。

一場冠了我的名字、雙方勝負不如我的一舉一動重要的比賽。

「謝士臣的引退賽」。這場球將永遠被熱愛我的球迷記住。賽前會有儀式，而中場有人獻花，我在場中聽不到的電視主播，會在那一晚幾十次地細數我的各項紀錄。然後，在可以預期的最後一個打席，我把球打出去——無論結果如何，他們都會播報說我是「光榮地退休了」。我想我值得這樣的對待，在各種方面——包括那些「不存在」的方面——我都算得上一流的球員。

但話說回來，這種引退賽，在這並不重視榮譽的職棒三十多年、上千場例行賽的歷史上，總共也只辦過十七場。這樣看來，這卻又不是我應得的對待。因為其實，我也不過就是一個典型的台灣職棒球員而已。

我一直都看得見你——不需要那麼驚訝，關於「不存在」這件事，我想我已經說得很多了。第一次見到你是在高中，那時候我已經覺得自己打球打得夠久了，簡直跟一輩子沒有什麼差別。從國小進入棒球隊，平均一天四、五個小時的練習，長得足以讓我除了棒球以外什麼都不會。但在球場上，我的感覺恰好相反，我覺得球場上再沒有新的事情能引起我的注意了。

當然我錯了，那時候我不但不知道我將成為台灣職棒最資深的棒球員之一，我連幾分鐘之後將發生的事情都沒能預見。那只是尋常練球的一天，在學校專用的球場裡，球員依序上場Free Batting①。教練從一個L型網架後面把球拋進好球帶，練習打擊的球員則在本壘板的側邊，把球揮進場，一人十球。

只有捕手例外。他會戴著頭盔、面罩、護具蹲在本壘板後方，萬一我們這些練打的揮棒落空了，才有人把球接住回傳。

那天的捕手叫做許仁柚，是我們球隊的主力捕手。

許仁柚是我在球隊裡面最好的朋友。從國小開始就是了。

你很清楚吧。就在那次揮空造成意外的瞬間，我第一次看見了你。

據說，台灣球員揮棒速度的最高紀錄，是時速兩百五十一公里。那是說，棒子頭的那個點會用這個速度從我的左側肩膀上方出發，在身前劃出一個弧，然後往右側背後劈過去。當那個點擊打在捕手頭盔的側耳時，我甚至來不及疑惑：傳統的棒球頭盔撐不住三十五盎司、棒頭時速兩百五十一公里的球棒嗎？

①棒球員例行訓練中的一種自由打擊練習。

我不懂。我揮得也許更快吧？

棒球時常是這樣的，練習跟比賽是兩回事。

也許他們從沒想過會發生這種事，所以只用棒球做過撞擊測試吧。誰會用球棒揮擊捕手的頭盔右側呢？一向會意外擊中捕手的，不過就是那可以一手握住，最快時速不過一百六十公里的球……

負責撞擊測試的人也是一群對棒球熟得不得了，因此以為不再有新鮮事的人吧。

你就像是從那次揮棒裡面出生的一樣。

球棒啟動，略略下切，向前加速平推，結尾時棒頭往身後上方帶起。因為是一次揮棒落空（嚴格說起來，沒有完全落空……），所以動作結束的時候我的身體完全面向一壘方向，初次瞥見小小的你蹲在一壘壘包旁邊。現場一片混亂，我來不及去想為什麼會有個小學生模樣的人出現在高中的棒球場，更何況還是外人禁入的練球時間。

因為我還有點困惑，那悶噸的聲音和我的手所感覺到的陌生回饋感是怎麼回事。

所有人都圍著仁柚，我也一起轉身圍上去。他躺著。護具散落。圓形側耳有一道裂縫。我不知道我說了幾次對不起或你有沒有怎麼樣，因為那個樣子，看起來無論說什麼都沒有用了……

簡直就像是仁柚的替代品一樣，那之後，只要我進入球場，就看得到你。在觀眾席裡，在休息室角落的破椅子上，在我打網②的時候，你用最初出現的姿勢蹲在那些地方，抱著膝蓋注視我。從小我就怕鬼怕黑，即使擠在十幾個人一間的球員宿舍，我都不敢比仁柚晚睡，害怕盯著黑暗的床板時浮現的青紫殘影。但從那一刻開始，我沒有什麼再怕的了。

就像突然瞭解了，有些東西就是只有我能看到，與之共存。

這麼多年了，你出現在每一個我去過的球場裡，始終是一個小學生的樣子。有時候我覺得你長得有點像小時候的仁柚，想是為了鬼故事裡面常有的「索命」或「怨念」之類的目的而來？這個念頭也不曾讓我恐懼，反而有點期待，像是要去一個溫暖的地方。可是你從不說話，不做任何事，只是那樣看著我。

你要的到底是什麼呢？

你繼續注視我，我們就這樣沉默地共同生活了許多年，直到我足以策劃一場「引退賽」的年紀。

今天是第一次，我在球場以外的地方看見你。

既然你不說話，那就由我先開口吧。

很多事情，仁柚不可能知道了，就算是始終注視著我的你，也不會知道的。聽聽一個三十五歲老球員的說法吧，我會對你誠實，毫不隱瞞。這並不是一個常有的機會；因為有各式各樣靠球場生活的人，但其中，一定不包含天性坦白的人。

②兩人一組的打擊練習。一人持球輕拋到打擊者的前方，一人練習揮擊。為了不要浪費時間在撿球上，通常會在擊球前方架一個大型的球網，連續打完一批球之後再一次把網子裡的球收起來。

有些東西，只有靠近本壘板的人才能感覺到。比如說，好球帶。

主審裁判、捕手、本壘板和投手連成一直線，而這條直線的側邊，會多歪出一個點。那個點就是打者，我在球場上最習慣的位置。

如果從投手的方向看過來，我會在本壘板的左手邊，那個「左打」專用的打擊區。但其實左打者真正站上打擊區的時候，左手反而是隱藏在後面的，是用右肩指著投手。所有棒球打擊的教科書——雖然在台灣，教練跟球員更相信直覺，但我仍私下讀了一些。比如Ted Williams③的書——都會告訴你，一個漂亮的揮棒應該是，用肩膀牽引你的身體，身體拉動球棒，球棒勾著視線，最後眼睛目送球平射進入球場。如果你的力量夠強，像我，就有機會看著球先進入場內，再飛出場外，掉到外野後方沸騰的觀眾席裡。

但這一切，其實早在揮棒之前就已經注定好了。

因為好球帶。

接下來這個問題，就可以試出你對棒球有多瞭解：

「好球帶是什麼形狀？」

對，沒錯，本壘板兩側為寬，從膝蓋到腋下是長。是的，這是完全標準的定義，但我不是問定義，我是問：「好球帶是什麼形狀？」

長方形。是嗎？

你可曾在球場上真正看見過一個長方形？

就像大多數人都看不見你一樣，從來沒有人見過那個長方形。我的問題其實有點狡猾，因為這個問題的答案是：它沒有固定的形狀。每一個球員身高不一樣，長邊就不一樣。但這還不是重點，重點是每一場比賽的主審裁判都不一樣，而同一場比賽裡面雖然只有一個裁判，但他跟每個球員、跟他們所屬的球隊的關係，都不太一樣。

所以，一切都會不一樣。

看不出來？你當然看不出來，每個球迷都看不出來。一如既往，你們的眼睛都看錯地方了。每一個球員都是先在球場上比賽，才被拍進電視轉播裡。但每一個球迷，卻都是先看了電視，才學會到球場看球的。

就是這樣的順序遮住了所有人的眼睛。

你的視線會先放在投手的身上，偶爾飄向捕手胯下快速閃動的暗號手勢，但無論如何，在球投出的前幾秒，你的眼睛一定會跳回投手。你看著他抬腳、跨步、繞臂、旋身下壓、球投出——然後你的眼睛再瞬間閃接到捕手手套，盯著球被接住。如果你看球經驗更豐富一點，在那半秒，你已經迅速比對了接球點和打者膝蓋、和本壘板的相對關係，然後你會想：這是顆偏外角的壞球嗎？

③泰德·威廉斯（Ted Williams，一九一八—二〇〇二）被譽為「打擊之神」，一生都效力於美國職棒大聯盟的波士頓紅襪隊。

結果裁判舉起手：好球。

然後你會想，噢，好球喔。

再輪幾個打者後，球又進到類似的位置，結果裁判不為所動，認為這是顆壞球。一開始你會有點困惑，真的嗎？怎麼跟剛剛的判決不一樣？但你的眼睛畢竟不是錄影機，沒有辦法精確重播，所以你很快地開始修正自己的記憶。應該是自己看錯了，也許球的行進軌跡真的不大一樣。久了你也就習慣了，你告訴自己，這個位置叫做「模糊地帶」，怎麼判都行的。

於是你從來不會發現自己最大的錯誤：你總是等球進去了，才開始描繪好球帶的樣子。你也以為，繞著本壘板的投手、打者、捕手、主審裁判四個人，也是這樣子在思考的。

所以我說，只有靠得夠近才能看得到。

特別是這種幾近不存在的東西。

我們可是看過幾千顆、幾萬顆球的人，特別是主審裁判。他是全場最不可能被換下場的人，他看過的好球比誰都還要多。對他來說，就算你像現在這樣抱膝蹲在角落，他都可以一眼從你背部的弧度和大腿的長度，精準地畫出你專屬的好球帶來。

就算他搞錯了，也是場上其他人得認錯。

但我還認識更精確知道好球帶的人。

他是民和高中的正捕手，在我還曾經兼任投手的時代，我的搭檔許仁柚。

說到好球帶，我無法不提到他。

在那之後，我就不投球了。

這樣說來很奇怪，事情是在打擊練習發生的，可是我失去的是屬於投手的那一半。每當我抵住投手板，看見等著接球的人，已不是那個胖壯得像一堵厚牆的捕手時，我就感到一種強烈的焦慮，從心頭竄到指尖。只有面對一堵夠厚的牆，人才敢用全力投球的吧？

沒有那堵牆，我的肩膀、手臂和手指就再也沒有辦法像以前那樣「看到」好球帶了。它們就像是和仁柚一起閉眼了一樣。

事件發生之後幾天，我告訴教練我晚上做了夢。

我夢到自己站在投手丘上，整個球場最高的位置。我往後看，內野手，外野手，都是我。打擊區上的那個人也是我，是個左打。

最後我望向捕手，是仁柚。

透過柵欄狀的捕手面罩，我可以看到仁柚那張棕黑色的胖臉。也許是顏色太深，也許是距離太遠，他額頭上還沒好的幾顆青春痘顯得很不清楚。但隱隱仍能看見右眼下有一條疤痕，那是某一次被敵隊投手的近身球削過臉頰留下來的，一百四十公里急速旋轉的縫線。他對我比了一個暗號——右手先中指指地，再用拇指往左邊一頂，是顆外角滑球的意思——兩手瀟灑地一張，又蹲成了一堵厚牆。

那雙手在無物存在的空間中，向我清晰地畫出了好球帶。

我毫不遲疑地抬腳，跨步，下壓……

很快。內野的我和外野的我屏息蹲低，投手丘上的我把球投出，球從中央的位置一路滑移到外角的邊際，打擊區上的我被我投出的球吊中，出手，揮空。球繼續得意地往外滑移，仁柚在那幾分之一秒的時間裡面迅速側身跪下去，正要把球攔在身前，同一時間投手丘上的我看到打擊區裡的我揮空的棒花尾勁不衰地向後敲了下去……被擊中的仁柚的頭盔發出悶雌的巨響，卻又彷彿比全壘打還清脆，清脆得耳朵到心裡一路打起寒顫的響聲，仁柚像是被釘進土裡面的木樁一樣一頭栽下去。內野手的我和外野手的我發出驚呼。投手丘上的我嚇在原地看著同樣驚嚇的打擊區上的我。野手們的我衝刺跑到本壘板附近圍著仁柚，好幾個人出聲說了什麼，但投手的我和打者的我仍然只是看著對方。一會兒之後，其他的我突然怒目向打者的我，幾個人搡了搡他，很大聲地說了些什麼。我聽不到，我聽不清楚，我只聽到不合時宜的、遲來的廣播聲：

「現在上場打擊的是背號50號，謝士臣。」

我告訴教練整個夢，哭著對教練說：「為什麼是我。」

哪一個我？

教練要我休息幾天，不要想太多。

幾個月之後，教練告訴記者（但沒有告訴我），我罹患了「投球失憶症」。報紙上出現了篇幅不小的報導，他們好事地推測有哪些職業球隊將因此對我失去興趣，幫我計算損失了多少簽約金。最後他們還在旁邊加了一條小小的附注。

投球失憶症，一種不明原因就失去肌肉記憶的病症，俗稱「投手之癌」。

就是你現在肩膀旁邊的這張。不管我搬幾次家，一定會把它掛在客廳裡面。

但我沒有抱怨教練的意思。這樣很好，早早放棄，我反正不想、也不敢再投了。一直到進入職棒為止，我偶爾還會趁著閒時站上投手丘，在上面踩踩步、擺擺臂，但從那個角度看，蹲在旁邊的你的臉就越來越像瘦削下來的仁柚。不管我怎麼努力想像有一個打者站在那裡，他膝蓋到腋下的高度與本壘板橫向的長度，我都看不到好球帶。

你就那樣仰著臉看我。

我不知道我有沒有投球失憶症，不過既然不能再投球了，那這樣說也沒有什麼不對。早我幾年進職棒的曾姓投手和凌姓投手，聽說就是貨真價實的投手癌。兩個本來都是隊上王牌，後來一路復健四五年都救不回來，釋出了。早點放棄，至少不必像他們，沒有希望又不敢絕望。

而且，我失去的只是投手丘上的我。

像瞎子有補償的聽力一樣，擔任打者的我突然能看見精準的好球帶。當然不是真的「看見」。而是，當球從投手手中旋出來之後，在極短的一瞬間我就能知道那是好球還是壞球。那真的不是看見的，我知道，因為我曉得就算在過程中把眼睛閉起來——違反所有打擊教科書說的：把球盯到最後一秒——，我也能在紫黑色的視域裡面想像球進壘的位置。

這樣子的我，從一個高中球隊裡面很不錯的打者，變成了全國最受矚目的少年左打。那些寫過我投球失憶症的人，開始編寫更多的故事，說我在意外擊傷隊友之後，奮發向上。在那篇關於我的報導裡面，教練轉述我的話：「我們要帶著去不了的仁柚完成夢想。」同樣的句子在我們打進玉山盃全國高中聯賽決賽的時候，被放在報導的標題上。開始有球評談論我，他們認為我有很好的揮棒速度（這一點，得到了頭盔以外的證明），絕佳的平衡感和擊球點，「總是能夠有效地擊中球心。」

這樣說也沒有什麼不對。畢竟，我也不能要求他們看到連我的眼睛都看不到的。

我只是知道，沒有必要去打那些非常難打的壞球而已。

「好球」本來就是比較靠近身體、又不會太貼近的，比較好打的球。

不，這不是「選球」，你說的那種東西，是一種珍貴的技術和天賦，事關眼睛的動態視力和腦部神經的運算速度。

但我不是，我可以不睜開眼睛，一樣精準。

所以我也曾經感到不安，懷疑這不是一種屬於我的能力。會不會有一天我站上打擊區，就會像投手的我一樣丟失了好球帶？

棒球的癌細胞會蔓延嗎？

不過，我今年三十五歲了，是棒球員中的老頭了，這種感覺仍然沒有消失。它幫助我進入職棒，在第一年就取得了職棒教練的信任，成為主力打者直到今日。而也正是因為它，我能比其他職棒球員，更能適應那些「不存在」的部分。

我從未向任何人提起，除了你，我想不會有人相信的。

我們好像有點離題太遠了。其實，今天我只想說一件很複雜也很簡單的事，那就是，在球場上生活的人們是如何利用「好球帶」這個隱形方框的。

不只是像我這樣靠「感覺」打球那麼單純而已。

這是全世界最複雜的棒球聯盟。沒有第二個地方的職棒球員，需要像台灣的職棒球員一樣同時考慮這麼多絞纏在一起的事情。那麼多條線索，全部凝聚在那小小的、有時存在有時不存在的方框裡。只要你做錯了一個決定，遲早會被絆倒。而在這線路交織的複雜海島聯盟裡面，我是個稀有的三十五歲球員。

我要告訴你的，沒有別人能夠確切說出來。

剛進職棒的時候，我有一小段撞牆期。在業餘以前，我對好球帶的感覺幾乎不會出錯，如果我對壞球出手，那只是我自己沒有耐心等到感覺出現。但職棒投手的球速更快、變化球移位的幅度也更大，我開始抓不準什麼時候應該出棒，什麼時候應該忍住。不過那只是一時的，當年聯盟只有六支球隊，扣掉我所屬的球隊剩下五支，每一支裡面充其量就四、五個夠犀利的投手。多打幾次，遲早會習慣他們的球路的——我想你也知道：棒球是一個失敗比成功多的運動，特別是作為一個打者。

如果你十次裡面失敗七次……你就足以被稱為一個「三成」的強打者。

對一個新人，他們的要求更低，只要超過兩成五就很不錯了。一整年的季賽打到將近一半的時候，我的打擊率已經爬升到二成六七左右了。

我慢慢聽得到場邊球迷喊我的名字，慢慢感覺得到球和好球帶交會的模式。

我開始有餘裕注意到一些有趣的事情。比如說，在業餘的時候，我並不覺得自己有什麼球是一定打不到的。只要我掌握到球路，大致上都能及時把我的球棒迎上去。但進入職棒幾個月之後，我發現我比較喜歡打靠近身側的內角球，而外角球就算看得夠清楚了，還是會被某些投手的球威「壓」回來。那不一定和球速快不快有關，有的投手的球就是特別有推力，一個球點就能抵住你整支球棒不放。在旁觀者的眼中，那只是肉眼無法分辨的百分之幾秒，他們只看到打者擊出了軟弱無力的球，但對我們來說，可是使盡了全力才把球推出去那麼一點點。

總之，除非被逼入絕境，我開始放掉外角球不打。即使是好球，我還是盡可能不出手。

職棒投手大概花了半個月才發現這件事——這是當然的，我又還不是主力打者，沒人會優先研究我。不過既然發現了我的習性，他們也就不會客氣，一上場就直接塞兩個外角速球搶到兩好球，第三球再來一顆外角「會轉的」——那是老派棒球人稱呼變化球的說法。

我明確感覺到被針對的第一場比賽，一站上打擊區就覺得不對勁。沒有一個內野手因為看到我這個左打者而改變站位，這完全違反棒球常識。我還沒納悶完，第一顆速球就進來了，在外角最邊緣、最低的位置。我覺得是壞球，並不理睬，沒想到身後傳來主審裁判的聲音：「Strike！」

好球？

我鬆一鬆肩膀。下一顆進壘，一樣的位置，我還是相信自己的感覺。

好球。

我很罕見地在打擊區裡愣得像個看不到好球帶的球迷。

第三顆球進來，同一位置的壞球，但非打不可了。我勉強伸出手，那種拖泥帶水的抗阻感從球棒傳來，球往三壘方向慢慢地滾，刺殺出局。

我跑回休息室的途中經過主審裁判身邊。那天值班的是張金榮，前些天還來隊上出去喝了一攤酒，我依稀記得被他請過一輪台啤。我在不影響比賽的前提下低聲說：「大仔，上次飲你的酒，歹勢啦。」

他被護具架得緊緊的身體微微聳了肩。

張金榮是幾個輪替的主審裡面最資深的，所以他能夠常常排到平日晚上的比賽。假日有時候心情好，才拎一手冰啤酒來球場慢慢喝，不然得等到消夜時間了才看得見他。他雖然不是球員出身，但在球員間很吃得開。隊上學長說過，他看起來很海派，請客借錢全沒問題的樣子，但他心裡都會牢牢記得，誰是值得喜歡的有禮數、會報答的囝仔。

下一個輪到我的打席，投手想都沒想，又是一顆一模一樣的球。

但這次張金榮手沒有舉起來。壞球。

捕手把手套多僵在那裡一秒，有些困惑，彷佛要他再看清楚一點。

投手連續這樣丟了三顆壞球，才很不情願地扔了一顆內角速球進來。我等了大半場就是為了這顆，腰帶肩帶手猛然出棒，結果揮得太猛把球拉成右邊全壘打牆附近的界外球。

我聽到左耳後方有一聲帶著笑意的哼聲。

「後擺消夜，家己知影咱。」

他也說得不大聲，但足夠讓我聽到了。那時我還是個新人，心裡馬上七上八下：這一講豈不是擺明判假的？別的不說，蹲在他胸口底下的敵隊捕手一定也聽得一清二楚，哪有不翻臉的道理？

但那捕手畢竟不是像我一樣的囝仔——正好相反，他是好幾屆國家隊的正捕手了。所以他做了在這種情況之下，我們這個聯盟的球員都將學會的事情：他蹲到外角去，把手套放在剛剛連點了三次都是壞球的地方，打出一模一樣的暗號。

一直到很後來，我才知道這是多聰明的決定。

他如果把球放進內角來跟我硬拚，一個不小心，搞不好就直接被我打成長程安打了。而像這樣，他選擇放在裁判擺明不撿的外角，雖然一定會保送我，但我了不起就只站上一壘壘包，還可以做個順水人情給張金榮。比起白白被打，反正都是上壘，這種人情哪天一定會用到的。

畢竟，張金榮這樣的人，可是全場唯一能「看到」好球帶的人呀。

所以我再問一次：好球帶是什麼形狀？

在我職棒新人年四月二十三號的那場比賽裡，50號打者謝士臣的第一打席是除了標準長方形外，再從外角低點突出一顆球，像是向外長了一顆瘤。而在第二打席，好球帶大致上是一個標準長方形了。我是說大致上——我想，從投捕手的觀點來說，應該是一個被蟲咬掉一口的長方形。所以，好球帶真正的定義，根本就不是膝蓋到腋下、本壘板兩側。

而是：在同一個打席裡面，會被主審當作是好球的區域。

不要這麼驚訝的樣子——十幾年前我也很驚訝，連自己支持的球員的一顆正中好球被判成壞球了，觀眾也好像看不出來一樣，一點反應都沒有。

我算是幸運的，很快地以一頓消夜的代價換得張金榮這兩個打席的判決；重點不在那一個保送，而是他教會我的事情。那些事情，有些短命的職棒球員根本沒機會知道。我之後之被疼、讓他們有事願意找我商量，也絕不因為那幾瓶啤酒、不只是因為我有禮數懂報答而已。

那是因為我的能力。我能站在打擊區上，卻把好球帶讀得像主審一樣精準。這樣一來，站在主審位置的張金榮或者其他的誰，就能夠在不講任何一個字的情況之下，和我說一些話。透過一顆顆判決，他們不只是告訴我今天的好球、壞球在哪裡。

而是，今天的「好球帶」在哪裡，「不存在」在哪裡。

比如說，當他們把一顆快要擦到我膝蓋、根本不可能打中的內角壞球判成好球的時候，我就知道，我應該要去追打下一顆不好打的外角速球，來讓自己出局。

或者說，投手點了幾顆漂亮的外角好球，卻沒有獲得裁判青睞的時候，那我就曉得了，一旦看見內角速球，我要拉得越遠越好。

如果我正確地讀出這些話，並且當一個聽話的囝仔，我就可以得到一些，從業餘以來就不斷聽說的東西。

不需要開口，甚至不需要事先約定，也不需要事後確認。

驚訝吧？你一直在旁邊看了十三年，卻跟那些球迷一樣，以為我們都在全力拚輸贏。

公開活動的時候，我都這樣跟球迷說：拚輸贏。

「在最關鍵的一戰，我們會全力拚輸贏。」

因為這樣說就不算說謊，他們只是被自己的說話習慣給騙了，只聽到自己想聽到的那個字。

這樣整體說來，每一個球員都確確實實地，在拚輸贏沒錯。

2

這所台灣北部、還算有點規模的公立大學，每天起碼都會收到六個麻袋的郵件。Fido第一次見到郵差從小貨車——不知道為什麼不是郵車——上面把麻袋拖下來、扔進收發室的時候，還真有點嚇到。它們材質強韌，但每個都鼓得快要炸開。過了幾天，Fido就見怪不怪了。它們看起來體積驚人，但在一個熟練的工讀生手下只要兩個小時就可以分派完畢，而Fido的工作就只是督促那些工讀生、也就是他大學母校的學弟妹把信件從麻袋裡面拿出來，分發到各系所、各處室專屬的格子櫃裡面而已。只有寫錯地址，或者漏寫了系所的糊塗信件，才會被送到Fido這樣的正職行政手上，讓他用信件上的關鍵字去搜尋全校名錄，看能不能推理出收件者。

他們這個叫做「收發室」的單位，可能是大學裡面少數名實相副的地方了。他們每天收六個麻袋，然後把它們分發出去。發不出去的信，就叫工讀生全部整理起來，等明天郵差來了再退回去。只有極少的狀況下，比如疲累或惱火至極的時候，Fido才會把那些莫名其妙的信丟進回收箱。中華郵政嘛，信件沒有寄一寄就憑空消失總是讓人不太習慣。

就這樣，Fido這個工作竟然做了四、五年。原本他大學畢業被親戚介紹進來的時候，心裡還想著有機會就要出去幹一番事業的。哪個年輕人願意只是收信發信、蓋幾個「查無此人」章了此一生？特別是看到收發室裡面那些慵懶的伯伯阿姨，彷彿只要在辦公桌前面有個座位就生命圓滿的模樣，並不是什麼令人嚮往的未來。但是，機會一直沒有來，久了Fido好像也不真的覺得需要什麼機會，拖著拖著便過了那麼久。

這個工作也並非一無是處。比如說，雖然那些例行事務毫無技術價值，很快就能熟練，但人事的流動卻極為緩慢，是個穩當的飯碗。而當Fido熟習了工作的眉角，找到讓工讀生有效率地分擔自己業務的辦法之後，他每天都有多得用不完的時間。他可以一面偷聽工讀生們的閒聊，一面上網。有時候，當他聽到某幾個工讀生提起昨晚的職棒轉播的時候，心情便會複雜起來。

那是一種有點驚訝、有點可憐、有點輕蔑也有點欣羨的情緒。

畢竟，像Fido這樣一個從小就看球長大，卻在大學時期完整經歷一次自己支持的球隊涉入假球案，有半數球員因而遭起訴、開除的噩夢的球迷來說，棒球已經是一種渴望和傷痛互相交纏的惡疾了。唯一能不發病的方式，就是不聽不看，像是生命裡沒有過棒球。沒有渴望，就不會傷痛，於是就在心底圍起一塊區域，假裝那裡是空白的。但每年總有幾次，Fido還是會忍不住打開電視轉播，最多縱容自己看個一兩局，就急急按掉螢幕。

可以的話，不要認識任何一個球員。如果不小心知道名字了，也不要去查他們的數據，不要記住他們的動作特徵，不要像一個球迷那樣知道他們的弱點和強項。

他對台灣職棒近況的瞭解，僅僅剩下能夠勉強聽懂工讀生的談話的程度。他知道，在他最後一次進球場至今的幾年間，台灣職棒聯盟的球隊從四支增為六支，最近又縮減回四支了。有時候他真想和工讀生們搭話，聊聊棒球，問問那些他所熟悉的名字是不是還在，而那些陌生的新名字到底表現如何。但是，想起大二那年，每一天打開電腦，就看到又一個前天晚上還表態自清的球員被帶進地檢署的狂亂與沮喪，他升到喉頭的話全部又沉沉地壓到腹底去了。

時候還沒到。

再等一等，這麼委屈黯淡的日子就將要過去了，Fido這樣告訴自己。最近一年，當他每次用碎紙機碾掉一張沙盤推演的筆記紙時，他都會這樣複述一次，彷彿安撫一隻養在心底的小孩。

Fido打開架在電腦上方的攝影機，整了整身上白底鑲著隱隱金線的襯衫。

十分鐘之後，會有來自台灣龍、虎、鷹、蛇四支職棒球隊的資深球迷，和他進行一場視訊會議。Fido為這事已經奔走一年多了，他希望自己等會兒在鏡頭上看起來夠稱頭，配得上研發出「暗影」這套軟體的專業人士的樣子。當然他並不是什麼專業人士——他懂一點程式，以一個球迷的觀點來說也非常懂棒球，但就是這樣而已。

他曾經去美國交換一學期，累積了一些會讓台灣球迷極羨慕的資歷。他旁聽過喬治亞大學資工系那門已成棒球球迷心中聖殿的「棒球統計學」課程，並且學得不比整間教室裡的美國同學差。他不會輕易地被OPS這類傳統打擊數據所迷惑，也知道如何正確解讀K/BB、BB/PA和SLG之間的關係④；幾十年來，台灣留學生都喜歡嘲笑美國大學生算術不大好，他知道這是真的，上課的時候教授總喜歡點名他來即席計算一些統計數字。

在學期比較鬆散的幾個月，他還擔任過一支１A球隊⑤的翻譯——那裡有兩個剛從台灣高中畢業的球員。１A等級的球隊，距離真正的美國大聯盟簡直是天與地的差別，從１A出發的球員只有極少數才能在大聯盟短暫露臉，而這極短的時間還必須花上他們六、七年的苦練去換。從各方面來說，即使是擅長說場面話的美國隊職員，都很難完全隱藏他們對所棲身之處的看法。這真是一點也不重要的，讓所有懷抱希望的人都看起來十分可憐的地方。

但無論如何，回到台灣之後，Fido就可以說他曾經在美國的小聯盟體系擔任翻譯。他也

---

④OPS指打者的整體攻擊指數，K/BB（或SO/BB）指球員的被三振次數與遇四壞球次數比率。SLG是打者的長打率。BB/PA指一名球員平均上場打擊幾次（PA）會獲得一次保送（BB）。

⑤美國職棒的分級體系之一。真正的職棒一軍是所謂的MLB（大聯盟），其下的二軍都稱之為MiLB（小聯盟），由高至低分成AAA、AA、A+、A、SS、R。在中文的用法裡，我們通常慣稱為：３A、２A、高階１A、１A、短期１A、新人聯盟。

確實因為這樣，而能獲得待會兒即將上線的四個人的信任。這樣半真半假的資歷，終於要在他蝸居收發室、處理了幾萬封信之後派上用場了。我，Fido，曾經任職於小聯盟體系——他知道這在台灣球迷心中聽起來像什麼：他們會想到AAA、AA那些每年被入選「美國百大潛力新秀」或「亞洲十大注目球員」的天生好手，他們也總是會記得Bryce Harper或Stephen Strasburg那些根本還沒摸熟小聯盟球場的浴室在哪裡，就咻地站穩大聯盟的超級巨星⑥。

對他們來說那就是小聯盟，是「比較小的」大聯盟。但只有Fido自己很清楚，這期間的差別可不是一點點而已，就像他跟真正「懂」棒球與程式的人的差別。

但沒有關係，三、四十年來，棒球的歷史都是由「不懂」的人來寫新頁的。

Billy Beane⑦不是說過嗎？他只信任不懂棒球的人——這樣才能確保他們完全不受傳統觀念的影響，把棒球當作一門科學，來進行冷酷無情但精準的判斷。

那就是他自己，Fido想著，他將成為台灣職棒的Paul DePodesta。

他當然熟讀*Money Ball*那本書，並且完全知道那本書真正的重點從來不在棒球知識，而在如何操作甚至製造出一種新觀念。很多球迷並不知道，就連這本書本身，都是棒球戰略的一部分。

Fido從中獲得堅強的信念：永遠不要小看外行人的影響力。

尤其是一群有熱情的外行人。像是棒球圈裡面的球迷。

四位資深球迷紛紛上線。在一般人眼中，這四個人沒有什麼共通點：一個文科的大學女生，一個剛畢業找到工作的職員，一個大學系棒的候補球員，一個年近三十的SOHO族。但

Fido很清楚他們都擁有他要找的特質。他們各自支持一支球隊超過五年，並且從未跳槽過。對於球隊的經營現況，他們都有超乎消費者該有的熱情，時常自發籌劃一些無酬的推銷活動。他們活躍的場域都在ＢＢＳ上，而不是球團經營的社群網站，這意味著他們是願意吸收新觀念的年輕人，並且與球團的官方保持一種批判的距離。

他們在龍蛇雜處的ＢＢＳ上面都有自己的資訊管道，聽過不少來自球團內部的小道消息。這些消息多半不是好事，但不管他們聽過多少，仍然對棒球維持很高的忠誠度。

更重要的是，這一女三男，都至少經歷過一次讓自己的球隊瀕臨潰滅的假球案。就像Fido自己一樣。

其中一人是蛇隊的ＢＢＳ討論版版主，在他的球隊又一次涉入假球案而有十二名主力球員被逮捕、使得之後三年陷入戰績與人氣都絕望的谷底時，他發起了一個ＢＢＳ徵文活動，主題叫做：「我們還在這裡」。

Fido不禁有點感動地想到當年還是純粹球迷的自己，「還在這裡」，多不容易。

---

⑥布萊斯・哈波（Bryce Harper）有「強打少年」之稱，二〇一〇年加入華盛頓國民隊後，二〇一二年便升上大聯盟。史蒂芬・史特拉斯堡（Stephen Strasburg）外號「天才小史」，二〇〇九年加入華盛頓國民隊，表現亮眼，隔年迅速升上大聯盟。

⑦比利・比恩（Billy Beane）是大聯盟奧克蘭運動家隊的總經理，這支隊伍預算極少、二線球員卻極多，但他在助理迪波德斯塔（Paul DePodesta）協助下，運用統計分析，帶領球隊創下了二十連勝的驚人紀錄。這段歷程被寫成了《魔球：逆境中致勝的智慧》（*Money Ball*）一書。

因此，在還沒見到這位蛇迷之前，Fido就隱隱對他先有了好感。蛇隊就是由他自己以前支持的球隊改制而來的。

四張臉都在視訊螢幕上亮了起來。四張不安、期待的臉，這代表之前寄給他們的信奏效了——代表他們真的是Fido要找的，真正的球迷。

Fido讓自己露出溫暖的笑容：「大家好。」

「好。」他們有點緊張地說。

「很高興大家都很準時。我叫做Fido，就是寄信給各位的人。今天我會代表我所屬的團隊說明我們的研究成果，並且希望能和大家合作。我想我們一定都google過彼此的身分，所以我想也不必多作介紹了。不過，為了討論的方便，以及形式上『保護』各位的隱私，」他頓了一下，得到了預期的笑聲：「我們就以四支球隊的吉祥物來稱呼彼此，可以嗎？也就是蛇、鷹、龍和唯一的女孩子虎。」

三個男生發出了有些曖昧的笑聲。

「好的，讓我們直接進入正題。我們正在做的事情其實非常簡單。」

Fido等到他們的表情安靜凝聚起來，才緩緩地讓自己的聲音穿越電波雜訊：

「我們要發展出一套能夠辨認假球的軟體。」

透過視訊攝影機沒能看清楚的，是Fido背後的整個房間。

如果一般人來到Fido的賃居處，一定以為他仍是一個狂熱的棒球迷。這不足十坪的空間被Fido打點得像是一間小型陳列室。一進門左側是浴室，右側則是用空心磚和實木板築起來的長形書架，一路延伸到盡處，再兩個左折綿延了整整三面牆。它只有最底一排放著零星的書，幾本程式語言，幾本棒球小說——包括台灣史上一閃即逝的、早就絕版的「棒球文學獎」作品集——，幾本球員傳記，和一整列各個球隊在不同年度印製的彩色賽程本。這些精印的賽程本都有些舊了，書頁之間的寫真圖片雖然猶有明星氣勢，但那些球員絕大多數已不在球場上了。

第二排則是各隊的加油棒，有最普通的，要兩兩互相敲擊才能發出聲音的空心圓錐形；也有特殊節日發行的，內含細沙的細柱狀加油棒；以及最少數的，久未照料就顯得扁塌的充氣型。加油棒依照黃、橘、藍、綠色系，大致分成一堆一堆的四個區域，靜靜地倒扣著。它們多半不新了，有些甚至還有敲擊過的凹痕。

再過去是四種汽笛。聽說現在球場已經禁止使用汽笛了，新球迷已經不認識這種東西了吧。它們不起眼地堆在最小的角落，可是Fido這樣的球迷非常清楚，它們才是真正聲威浩大的武器。再過去是四支簽名球棒，棒身上都有四隊最具代表性的投手與打者的手跡，Fido唯一遺憾的是還缺了幾個不那麼知名的名字。

簽名球則多得一眼無法盡數，它們分別裝在透明的壓克力小盒裡，盒子正面浮刻著球員的名字和紀念事由。

某某某千安紀念。

某某某百轟紀念。

某某年總冠軍紀念。

有的盒子是空著的，因為Fido閒暇時總會撿一顆出來握著，轉著，用指腹輕擦縫線。最上一層的架子，像動物園一樣或趴、或蹲、或站著上百隻吉祥物玩偶。絕大多數都是絨毛填充娃娃，極少數是壓克力或金屬製的模型。它們的造型時常在誇飾的雄壯與迎合市場的可愛之間依違不定，Fido自己是沒有什麼特別的偏好，全都想辦法蒐購起來了。

他買這些東西本來就不是因為什麼偏好，除了大學時曾經想討好一位願意和他一起去看球的女孩子之外，他從來沒有動過買周邊商品的念頭。

但是現在，他擁有一整屋的周邊商品。在玩偶的上方，他釘了十幾個點，懸掛著自己並沒有穿過的一系列鑲有球員背號的T恤，以及各隊的紀念球衣。相對來說，球衣是最容易二手買到的，也許是因為最貼身的緣故吧，所以當人們不願意再和它們這麼貼身的時候，除了拋售之外大概也沒有別的處置方式了。

花了Fido一兩年的時間，這個房間的規模，總算是大致底定了下來。如果收發室是Fido糊口的工作，而「暗影」是Fido真正的事業的話，這間「陳列室」，或許可以算是Fido獨一無二的興趣吧。

不，他現在不是球迷，而是收藏家。

世上唯一的，專門收集涉入簽賭的球隊、簽賭球員周邊商品的收藏家。

Fido玩味了一會兒視訊線路之間的沉默，把視線移向桌上的一顆簽名球，壓抑自己拿起球來把玩的衝動，緩慢地說：「我們先休息一下吧——十分鐘之後，我們再來討論各位帶來的名單。」

蛇、鷹、龍、虎的震驚，讓Fido知道自己的確說服了他們。他們之中也許有人正在懊悔，為什麼沒有想過這麼簡單的辨識辦法。

這個「簡單」的發想，正是Fido在「暗影」研發團隊裡面最大的貢獻。那是他的另一群朋友，一個由大學行政單位的助理Fido、體育台轉播助理阿浪、資工系學生阿燭和Chef、論文以假球案件為主題的法律所研究生大澄組成的團隊。嚴格說起來，他們其實沒有發明任何東西，沒有任何技術突破。

他們只是把已經有的材料疊起來。

大約在十年前，電視台引進了幾套高速攝影系統。Fido和他的朋友們正是當時躬逢其盛的第一批球迷。這套昂貴，但在美國、日本和韓國早已廣泛使用的器材，為這封閉保守的職棒環境帶來難得的、真正的進步。一顆棒球從投手手上投出，一直到被擊中的半秒之間，可能會旋轉近兩千次，這套攝影機可以讓人數清楚每一次旋轉軌跡。引進初期，導播還常常浪費鏡頭去拍攝場邊啦啦隊裙襬的布穗。幾年後，當Fido閒暇時重讀喬治亞大學「棒球統計學」講義之餘，百無聊賴地播放一則高速攝影機錄下的全壘打影片。突然，在那用高速攝影機拍攝，才能清晰看見的漂亮揮棒重播時，一個「簡單」的概念突然竄進了他的腦袋。

如果說，我們能夠蒐集單一打者大量的打擊影片……

說來可笑，台灣雖然擁有全世界最豐富的假球偵辦經驗，但我們的司法體系卻常常錯放或錯殺球員。原因很簡單：當你看到選手在場上表現得亂七八糟的時候，你永遠分不清楚他到底是真的狀況不好，還是他故意要讓球隊輸球。其次，放水不是一件每天都會發生的事情——通常一年之中，放水的比賽只是少數。這讓那些放水表現看起來更是只像「恍神」或「失常」，尤其在球員平均素質並不高的情況之下，搞不好也只是殘忍地顯示了某些人球技太差而已。更何況，聰明的球員根本無須依賴失誤來放水；他們完全有辦法做到看起來像是拚盡了全力，連Fido都聽說過一些技巧。那些被抓到的球員，通常都是自己不小心犯了球場以外的錯——留下了不該留的通聯紀錄、有不明的金錢流向……

三十多年的職棒歷史上，沒有一個人真的是因為球場內的表現被定罪的。

因為在這項失敗是家常便飯的運動裡面，沒有人能夠證明這次失敗比上次失敗特別。即使是棒球科學的最高殿堂美國，也沒有能力分辨假球。因為統計學只能看到最後的結果，沒有辦法推導結果之前的原因。更何況，自從一九一九年的「黑襪事件」⑧之後，美國就再也沒有爆發過任何有影響力的假球案了，他們沒必要投注任何資源去研究怎麼用科技辨識出假球。

但講義紙邊的一行筆記照亮了Fido，那是當年教授說過的一句話，他隨手抄上去的：「問題從來不出在結果。問題其實出在導致結果的過程。」

也就是說，所謂的「打假球」，其實就是球員「故意要失敗」。

如果是故意的……

那就意味著，球員一定要在運動過程中，做點什麼不一樣的動作。球員的習慣動作，就像與生俱來的指紋一樣，是不可能修改的。那些動作可能很多餘，可能一點意義也沒有，但去掉那些，球員就會不知道怎麼打球。這就是為什麼美國大聯盟的打擊教練除非很有把握，不然絕對不會改變一個球員的習慣動作。一改，很可能一個超級強打從此變得無比平庸。

這在運動心理學上，是一個沒有完美解釋、卻確鑿地存在的現象。

似乎從來沒有人問過這個問題：一個球員蓄意放水的時候，會不會也有什麼習慣動作，形成一種「打假球的模式」？

沒有人看得起這些人，所以沒有人會認真研究這些人。

⑧一九一九年，在美國職棒大聯盟年度總冠軍賽「世界大賽」中，代表美國聯盟的芝加哥白襪隊竟有八名球員明顯地故意放水，最後輸給了國家聯盟的辛辛那提紅人隊。這件假球案被稱為「黑襪事件」，成為美國職棒史上揮之不去的汙點。

當然也就沒有人想過去分析簽賭球員的動作，而人眼和一般的攝影機又不可能看清楚那幾分之一秒的差別。

也許，這就是為什麼他們從來可以隱藏自己好幾年，直到自己犯了別的錯誤才被揭發的原因。

於是Fido找上了大學好友阿浪，用理所當然非法的方法取得了公司內儲藏的所有影片——光是這件事就花了好幾個月。在這段期間，他從過去一起看過球，也一起因簽賭案黯然離開的死忠球迷當中篩出最值得信任的幾位。下班後大多數時間，他都和這些人寒暄、對話，確認哪些人還像他一樣，壓抑著心底潛伏的棒球熱病。

他需要隊友，一名球員是無法上場比賽的。

最後就是這些人了。或許真有棒球之神眷顧，當Fido對他們說出那個「簡單」的想法時，每一個人的眼神立刻燃起了不容動搖的烈焰。

他們決定暫時以打者的打擊動作為分析標的，因為不管電視上的觀眾看到了什麼，都有一台高速攝影機從側面對準了打者，錄下全程動作。接下來事情就簡單多了。每一位年資三、四年以上的先發打者，都會留下至少三千次揮擊紀錄，這樣本夠大了，大到可以歸納出幾種清晰的模式——這代表了打者臨場的身體狀況和攻擊策略的變化，也就是傳統上球迷籠統稱呼的「近況」。

當他們第一次完整分析一名打者，決定在螢幕上用不同的顏色標示出他的幾種揮擊軌跡。樣本越少的模式，他們就用越深的顏色來表記，最少的那些，就變成完全的黑色。Fido

永遠會記得他按下顯示鍵，螢幕陸續描繪出那名已被判決有罪的球員的所有軌跡時，他心裡頭的震撼之情。他看到畫面上出現六、七種顏色組成的光盤，就像是層層疊疊的土星環帶。其中掩藏著幾條純黑色、不足以成為光環的細線。

這一批不到三十次，無法被歸入任何「近況」模式的揮棒……

不是受傷。不是經驗成長。不是策略變換。不是季末疲勞。

他緊張地按下另一個指令，要求電腦隱藏那幾條黑線以外的東西，並且撈出來源。這次電腦花了比較久的時間，才一一把這些軌跡所指向的比賽調閱出來。同時，Fido拿著大澄花了好幾週時間下載、摘要的法院判決書，翻到描述該球員的頁次。法院紀錄上顯示，這名球員已承認放水的場次總共有八場。

Fido焦躁地等待著最漫長的幾分鐘。這是最後一關檢核了，雖然他不相信法院認證的這八場一定是正確的，但這是他們目前唯一能證明這個理論、這套軟體能否成功的依據了。

電腦最後叫出了二十二場比賽。

在這二十二場比賽裡面，這位打者啟動揮擊的棒頭略高於平常，結尾時卻異常的低。這使得他的揮棒掃過的地方甚至無法像平常成為一個平面，而比較像一片彎曲的洋芋片。

這其中有七場，同時也出現在法院的判決書裡面。

也就是說，法院判斷是假球的，他們大致上都找出來了；但很有可能，還有法院不知道的。

Fido突然感覺到房間裡的空間變得有點沉重，一瞬間落在他的身上，但他的身體本身卻反而輕輕浮浮的。他按開網路瀏覽器，登入他們這個小團隊的維基式協作平台——ＢＯＬ，Baseball Observer League。聽起來就像是Ball——在那簡潔而無多餘設計的白色文件頁面，打下一行他知道夥伴們等了好幾個月的字：

「恭喜大家，抓到『暗影』了。」

只有「暗影」是不夠的，還必須讓它取信於所有人。

這是已然離開球迷圈子很久的ＢＯＬ成員都做不到的，也是Fido為什麼會把蛇、鷹、龍、虎四隊球迷找來的原因。

幾個月前，他開始聯絡他們。這中間也經過許多往返試探，但Fido沒有鬆口說出「暗影」的內容，只是慢慢確定他們對棒球的忠誠度有多高，僅僅隱然透露Fido代表的是一個棒球科學的研究計劃。對於這些資深球迷來說，能跟真正的「專業人士」說上話，是求之不得的事，Fido知道他們抱著能偷學多少就學多少的心態在接近他。這無所謂。告訴他們在喬治亞大學旁聽到的那些東西，並不會洩露「暗影」的核心。

而就在十分鐘前，當Fido真正向他們解說「暗影」，並且播放了那名惡名昭彰的胡姓內野手的軌跡圖樣之後，他看得出四個人的腦袋都正激烈地沸騰著。

圖像顯示，胡姓內野手如果故意不想打到球，他的右肩會異常地聳高，導致整個揮棒平面與地面的角度變得更斜。

就這麼簡單。

十分之一秒以內的事情，明擺著經過所有人的眼睛。

但以前沒有人看到。

Fido告訴他們，這是ＢＯＬ裡的幾個人不眠不休的結果。

「我們全部抱著和各位一樣的熱血，並不打算用它來牟利。我們只希望，這個儀器可以從技術上根本地杜絕假球。」

「就像最新一代的測謊機已經幾乎不會有漏網之魚了——那正是我們的目標。我們以後會繼續開發更精密的打者檢測軟體，並且開始思考如何檢測投球和守備。」

Fido知道自己說這些話的時候，眼睛裡的火有多亮。

因為他們四個也是。

「所以我們希望各位做的第一件事情是——暫時對這個軟體的存在保密。到了必要的時機，我們會需要借助各位在球迷之中的影響力，幫忙說服那些『蓄意』不信任這套軟體的球迷、隊職員。」

他們點了點頭。蛇迷甚至開口回答：「當然，我明白。」

「謝謝你，」Fido說，同時眼神掃過另外三人，親眼看他們都點了頭，才說下去：「第二件事是，我們需要各位推薦幾位『可信任的球員』，這就是之前發信請大家提出名單的原因。這些都是你們信任的球員，各自有很強的理由相信他們從未涉賭。因為我們沒有時間和資源去檢查這個聯盟的每一個人，所以每一隊我們都需要兩個優先名單。同時，我們也希望這些球員最好是在球隊上很有威望、或者長年來成績優秀，擁有許多球迷的人。等我們確認他們真的品行良好，也願意為台灣的棒球改革登高一呼，我們就會聯絡他們。而他們將會是我們推行『暗影』時的第一批盟友。」

「我現在已經收到各位的名單了。在我打開檔案來看之前，容我特別提醒一次，」Fido沉聲說：「這八位球員，將會是『暗影』分析的第一批現役球員。也就是說，無論你們對他們有多強的情感，這套軟體不可能放過任何一個有嫌疑的人。如果結果不如人意……這想必會非常非常傷感情。在瞭解『暗影』運作原理後，如果想撤回手上的名單，不想接受直接衝擊的風險的話，我完全可以理解。」

Fido看到四個被他點燃的臉龐暗了一些。

但這是沒有辦法的事。他耐心等著。

結果是唯一的女孩虎迷先開了口，有些沙啞地：「好。我相信他們。」

Fido和其他幾個人一起笑了笑。像是鬆開了什麼，龍迷和鷹迷也說：「這麼多年了，就一次解決這件事吧。」

於是所有人望向蛇迷。

「媽的，搞得我好像最沒信心一樣。跟他拚了啦，還有什麼好怕的？」

Fido的身體第二次感覺到忽重忽輕的詭異質量。

無論如何，事情會有個開始了。

其他ＢＯＬ的成員也會很振奮吧。他們這群，已經好久好久不忍再認真看比賽的球迷，總是深怕自己不小心又喜歡上哪個球員，又要眼睜睜目送他們進入哪個地檢署。

他們知道自己在對抗的是什麼。

如果這場仗他們竟然贏了，那Fido做到的將是比Paul DePodesta更困難的事——Paul只是擊敗了公平商業競爭底下的眾多對手，Fido可是隻手逆轉了整個腐敗的文化。而且，Fido是真的懂一點，真的喜歡棒球的。對他而言，這不只是冷酷無情的科學分析。

整個ＢＯＬ都是這樣。

到了勝利之日，他們就可以再次一起進場看球。

而一切就要從今晚開始。Fido把這八個現役球員的分析工作分攤給連自己在內的四個ＢＯＬ成員。四台電腦一起動，總是要快得多。他當然為自己留下了蛇迷推薦的名單，這支也曾經是「他的球隊」，雖然當時的吉祥物和現在毫無瓜葛。大二遇到那次假球案之後到現在，他再也沒有認真研究過一軍名單了，所以他雖然對蛇迷所推薦的兩個名字略有印象，但其實根本不太記得他們打球的樣子。他低聲地念著這兩個名字，想像這兩個人可能是什麼形態的球員，想像他們在未來漫長的戰役當中，會如何成為ＢＯＬ最有力的盟友。

他下指令調閱電腦裡的影片——就從這個「謝士臣」開始吧。

3

昨晚，我又一次拿到單場MVP。

今年他們又把獎品換成鍍金的獎牌了。事實上，我比較喜歡去年的廠商——他們贊助的是一尊正在揮擊的琉璃小雕像。球季結束的某個下午，我把一整年的份統統裝進地下室的發球機裡。它們彈射出來的軌跡還真是詭異，有一座直直在我肚子上撞出一小塊烏青，晚上換衣服的時候差點被欣予發現。

第二個測試你對棒球有多瞭解的問題：今天晚上我的表現會如何？

如果你真的是仁柚，你會知道答案；但是，還是會答錯。

有個日本人做的棒球遊戲，紅了二十幾年，連球員都有不少人在玩，叫做「實況野球」。我不大懂日文，不過我覺得這個名字很有意思。「野球」就是「棒球」，而它把自己形容為「實況」，是不是想要讓玩家覺得，自己玩遊戲的時候，其實就是在進行一場「真正的比賽」？

另外一款很紅的遊戲叫做「野球魂」。一個是「實況」，一個是「魂」，他們把棒球想成什麼啦？

總之，大概是為了「實況」吧，「實況野球」設計了一個呈現球員近況的系統。每一場比賽開打前，電腦會隨機給每個球員一個參數，顯示他們今天的比賽能夠展現出幾成的實力。它把球員的臉塗成五種顏色，看顏色你就知道這名球員的近況。這就是很多球迷琅琅上口的「粉紅臉、紅臉、黃臉、藍臉、紫臉」──雖然他們是拿來形容我們在球場上的表現，粉紅色是代表火燙到不行，紫色代表手感冰到極點。

這沒什麼錯，問題是並沒有一台電腦在背後給我們參數。所以他們只好用最近幾場比賽的表現來推測。

所以你看，我今晚的臉應該是什麼顏色？

昨天晚上的我，四個打數擊出三支安打，包含一支二壘安打。最近十場比賽我的打擊率是三成六一，近五場比賽是三成九一，逼近四成。三成就是個好打者，那我可以再告訴你，台灣的職棒歷史上，從來沒有一個打者在一整年裡可以維持四成打擊率。

粉紅色吧。

那我如果今天晚上四個打數都沒有安打，經過球迷最擅長的數據心算，我近十一場的打擊率會變成三成三三。

沒那麼誇張了，但仍然非常不錯，至少還是張紅臉。

關鍵就在於，今天晚上上場以前，沒有人會覺得我一支安打都擠不出來；而當我真的打不出來，他們會把一切歸諸於運氣。搞不好謝士臣的近況本來就真的只是紅臉啊，誰能看到背後的那台電腦？

親眼看見之前，誰會相信一個粉紅臉的打者，會打不到平均時速只有一百三十五公里的軟弱投手？

謝士臣打不到蔡明雄的球——你如果這樣說，會被所有稍有常識的球迷笑死。

但我今天就會這麼打。

好故事總是出乎意料，好比賽也是。不管你認為「好比賽」是什麼意思。

但對我所效力的蛇隊總教練林杏南來說，他知道出乎意料的好比賽，全關乎於數據。而操作數據的方式，就是用數據看不到的東西當作理由。

所以，等我今天晚上被三振兩次、並且擊出一次雙殺打，使得球隊以一比零飲恨輸球之後，他會對記者這樣說：

「這場比賽球員的狀況其實非常不錯，只是運氣比較差。全場的關鍵，是第七局謝士臣的雙殺打。那是一個二壘方向的強勁平飛球，只是剛好掉進了守備員的布陣裡面。謝士臣的近況還是非常火燙，他的三振都是見獵心喜，稍微偏差了一點點；他的雙殺也是打得很強勁的結果。所以明天的比賽，我仍然會讓謝士臣擔綱第四棒，謝謝……」

誰看得見「近況」這種東西？

所以你知道問題在哪裡了：今天晚上，全世界只有一個叫做「林杏南」的人會看到這玩意兒，就像全世界只有「張金榮」看得見好球帶一樣。

當人們說「面對現實」，指的總是不如人意的部分；但我們的「現實」比這個要多得多。

所以，我也怕遇到真正的「紫臉」。

因為如果真的近況差到不行，我就失去了控制比賽的能力。這樣一來，不管林杏南和張金榮要我做什麼，我都沒有辦法好好完成。

棒球的打擊是很難的。如果現在滿壘，輪到我打擊，我只要讓自己被三振就可以解決所有問題。但你要知道，被三振是不容易的。我不能老是站在那裡，什麼球都不揮地被三振。是有人做過類似的事情，以前有個姓胡的內野手，他就站上去，眼睛根本不看球地連揮三個空棒。那一年他出賽二十七場，被三振了二十次，到後來，每次他上場，觀眾席就瀰漫著一種怪異的沉默。

那年還沒打完，他就被檢察官帶走了。

真正的三振是這樣的：我知道這一球將是內角球，我刻意提早出手把球打到界外，一好球。下一球投手會投外角，我就照往例站著不動。接下來會有兩顆壞球，我忍住不出手，但一定要作勢把身體往前衝，彷彿差點被騙到，卻又驚險忍住的樣子。最後會是一顆內角的下墜指叉球，我這次終於被吊中，揮棒落空三振。

這才是一個好的三振。如果我狀況不好，界外球很可能打進場、身體往前衝可能會收不住、對壞球出手可能會不小心真的打中……一旦你把球打進去，就什麼都有可能發生。最糟糕的事情就是，我竟然狀況差到在這種時候打了安打，那我就只能等著比賽結束去領那還不夠我賠林杏南或張金榮二十分之一的三千塊打點獎金。

很多人都以為，只有技術不好的球員，才會墮落到「玩」那個。

或者他們以為，「玩」了就會墮落，疏於練習。

這就是為什麼他們總看不到我。

有誰相信，十三年生涯有十一年擔任球隊中心打線，而且每年至少擊出十支全壘打的謝士臣，會是球隊輸球的最大原因？

他們都錯了，就像你一樣。你看我打球不只十三年了，可是你只待在球場裡，那你就什麼都看不見。

看見了，你也認不出來。

因為你會看到我練球比誰都勤。三十五歲的老鳥了，沒幾個人像我一樣還會依照體能教練的菜單做重量。從來不宿醉，練球從來不遲到，打擊練習量也是全隊最多。

你看到的，那些球迷也看到了。

我甚至覺得，警察、檢察官和法官也看到了。

那他們的視線裡，就看不見「不存在」的東西了。

台灣職棒的歷史已經有三十多年了。三十多年，很夠球場裡面的每一個人學會很多很多事情。我常常覺得很奇怪，為什麼同樣的三十年，似乎只有看球的球迷沒有從中學到任何東西？他們就像你，這麼多年來，都留在最初進入球場的那一刻，從此就只能是不再長大的小孩。我知道這樣說不完全公平——我知道你對棒球的瞭解程度不可能輸給任何一個執著的球迷，你當然早不是第一次出現在意外現場的你了。就像那些開始研讀棒球統計學、絞盡腦汁推敲在網路上在現實中好不容易取得的，幾絲關於棒球技術和消息的球迷一樣。很多時候，我真的相信你跟仁柚的死應該沒有任何關係。也許你只是個愛看球的小幽靈，剛好在那個球場的某場比賽裡面被界外球擊中而死吧？

之後就一直這樣蹲著，不怎麼說話。

只用你的眼神回應我。

但我還是要說，球迷真是一種不大能學習——起碼是往錯誤的方向學習的人啊。

比如說，當他們認真地拿棒球統計學的理論去質疑球隊的調度時，他們所說的當然都是對的。如果這是一個美國、日本或韓國的聯盟的話。如果球團的目標是要逼近統計學上的「理論勝場」，打算越贏越多的話。

如果——如果這是總教練林杏南的工作的話。

可惜他們從來都不是對的。很可惜，不是嗎？他們的知識就像華麗的積木，以精巧的工法建出了美國式的棒球聖殿。他們只有一個地方想錯了，那就是，台灣這塊棒球沙地從來就沒辦法支撐起那麼巨大的建築物，真正住在沙地上的人當然也從沒有這樣夢想過。

比如說今年吧。一名資深蛇迷，也是蛇隊討論版版主，在網路上發表了一篇文章。他說，根據過去十二年的數據，「可以合理期待謝士臣繼續繳出OPS＋120的成績，足堪繼續擔任中心打線。」不必去管那個數字是什麼意思，總之是很不錯的成績。

他是對的。我想等到球季終了之時，我確實會非常接近這個成績，但他說那是「合理期待」卻是不大正確的。因為如果我不是在台灣，而是在別處一個差不多程度的什麼棒球聯盟，這個數據絕對可以再往上增加一截。你想想，像是今天晚上，我根本不打算擊出任何一支安打。如果一年裡這樣的比賽有十場，真正「合理期待」的數字應該要增加兩支全壘打與十五支安打。這實在不算是個小數字，畢竟就算是我，一年能打出來的安打不過一百支左右。

那篇文章最有趣的地方，還不在對我的評價，而是對一名內野新人的期待。這名內野手叫做張勝元，從小到大都是國手，去年還在一個大型國際賽打了美國隊兩支全壘打。那名球迷寫道：「張勝元可能是近五年業餘最好的打者，天花板非常高……雖然季初可能需要一段適應期，不過對他有八支全壘打、兩成八打擊率的期待一點也不過分。就在謝士臣邁入三十歲後期，必然即將逐年減弱火力輸出的情況下，必須給張勝元更多的上場機會以磨練他面對職棒一軍投手的能力，才能來得及讓他頂上未來十年中心打者的位置……」

我認識他說的這孩子。右打者，有漂亮的手腕控制力，而且也懂得用腰、用肩膀，確實是非常值得矚目的新人。

也許那名蛇迷也想到了：這些簡直就跟當年我進入職棒時，聽到的話一模一樣。那時候的總教練還不是林杏南，但就算是他，也會這樣和記者說。

而張勝元是林杏南作主選進來的，這事早在兩、三年前就決定了。如果這位預測得很熱心的蛇迷知道這些的話，或許就再也不會相信那些據以預測的歷史紀錄了吧。他會理解到，瞭解棒球不等於瞭解台灣棒球，就像瞭解台灣的人可能連棒球都看不懂一樣。張勝元就讀的學校是此地最有名的體育大學，他一入學林杏南就和他們教練談好了。——不要覺得這很早，要不是這孩子脾氣有點拗，不肯高中畢業就加入職棒球隊，林杏南才沒有機會靠他在體大教書的老朋友。

球迷當然不會知道這些的，他們看到的都只是結果。他們看到的只能是去年年底職棒新人的選秀。依照選秀的規則，從去年最後一名的球隊開始挑選手，一隊一次挑一人，是為一輪，這個步驟反覆進行直到所有球隊都不再挑人為止。十幾年前，台灣的職棒選秀是沒有電視轉播的，我想你應該能夠猜到，根本沒有隊伍是按照規矩挑的。早在選秀之前，哪個選手會到哪裡大家心知肚明。幾年之後，開始有些狂熱球迷會觀察業餘球員，發現了球隊所選的名單根本不合邏輯，需要游擊手的選了投手，投手老化的選了外野手，「喬好的」的流言傳了開來。於是，職業球隊終於願意讓電視全程轉播選秀的過程——所謂「全程轉播」，也不過就是讓人看到他們輪流去把寫著球員姓名的磁鐵貼上去而已。

不過這樣，至少就給了一點憑藉讓球迷相信選秀是真實的；如果選秀出了問題，那真的是純粹的失誤而不是私相授受。

失誤會讓他們憤怒，但欺騙會讓他們傷心。

三十年了，我們這些打棒球的太清楚了，人是不需要真實的，他們只需要一點點真實的碎片作為憑藉。只要憑藉就可以了。

這不就是棒球的本質嗎？我打得最好的一年，總共在一百一十七場比賽也不過擊出二十六支全壘打。可是在那一年的四百多個打席裡面，每一次我站上打擊區，他們都覺得我會把球掃出牆。

只要滿足他們二十六次就可以換到一年了。

總之，張勝元是這樣的孩子，有些拗，有些堅持，很努力想贏每一場比賽。這點讓林杏南有些擔心，但他相信這是一個聰明的新人，很快就能適應台灣的職業棒球。我卻覺得他太樂觀了點，張勝元好歹也打了十五年的學生棒球，一切該聽說的早聽說了，十五年改不了的觀念，進了職棒要如何改起？

林杏南對我聳聳肩：「他們家去年欠了一筆錢，是我們去擺平的。」

我曉得他的意思。這是常有的事，所以我也不會傻到去問，到底他們家怎麼這麼巧就會在選秀前一年欠一筆需要別人去擺平的錢。這只是一個小小的技術問題而已。我想到的是另外一件事：「可是你們開了六百萬的簽約金給他。我打賭他如果知道了，當天下午三點半以前就會把那筆錢全部匯進你戶頭裡。」

林杏南笑開來了。「那你說該怎麼辦？」

這次輪到我聳肩了：「你怎麼會問我，我只管打球。」

「嘿啊，」林杏南無聊地把頭擺向一邊：「『每一球都全力以赴，在場上拚輸贏。』是吧？」

我職棒生涯的第四年，他就成為我的總教練了，至今在他旗下超過七、八年，幾次轉隊我們都「剛好」被湊在一起。這樣的師徒關係在職棒圈算是長的了，雖然我們的關係不僅止於師徒。加入球隊的前幾年，唯一會給我指令的只有「大仔」張金榮。後來一次酒聚，張金榮就告訴我，「上面」打算派一個人下來直接溝通，派個能跟我們這些小鬼說話的人，省得猜來猜去三不五時出錯。我馬上就聽懂了。比賽時，主審不能跟我們講話，對手不太可能跟我們講話，休息室裡面又隔絕所有電訊設備。

那就是教練了。

所以表面上我們是師徒，事實上我們是某一形式上的同事。林杏南負責打點比賽以外的事情，比賽就交給我。在這方面，他是個出色的教練，比起當球員，他更適合排解或製造球員之間的糾紛，在預算之內給予每個人滿意的價碼，並且成功把那些仍然搞不清楚狀況的人整治得服服貼貼。

也許我想得太多了，張勝元沒有那麼特別。

我揮揮手，一邊拎起球棒往打擊練習區走。

林杏南突然出聲叫住我：「欸，禮拜六那個，這次一定要去啊。」

「知啦。」

其實我挺喜歡看球探報告的。我曾經看過台灣球探寫的，比較不正式的一些報告，也看過棒球圈內流傳的幾份，記載某些國外頂尖選手學生時代的評價。除了氣象報告和算命，你大概找不出更不準確的東西了，你會常常看到他們預估一名投手最好的武器是滑球，結果最後他靠伸卡球混飯吃。不過它也不全那麼無用，至少他們選出來的人大多是對的，只是那些人沒有變成他們以為的樣子。

聽說，美國那些球隊的球探部門，都是由退役的、打不下去的選手組成的。

這也難怪。

不過我們也好不到哪裡去。在台灣，最認真撰寫球探報告的連球員都不是——而是像剛剛那名網路球迷，那樣的人。

聽球團行銷部的說法，這人好像還在球迷之中有不少的支持者。

球迷的球迷，那到底算是什麼呢？

無論如何，他提到了「天花板」，這是值得嘉許的。

關於天花板的部分，他說的我幾乎都能同意。比如，他說張勝元有比較高的天花板，應當取代原本的三壘手常駐先發。他又說，天花板不會立即轉化為實際的成績，但只要經過一段時間的適應，球員的潛力會連本帶利地把低潮時的成績全部補回來。

只是我的理由跟他不大一樣。

任何球隊都需要強打者——因為只有強打者才能選擇在關鍵時刻不當個強打者。

「天花板」也是個來自美國棒球的一個比喻，它的意思是球員可能的潛力。很殘酷的是，大多數人能夠到達的程度在一出生就決定了，不管你多麼努力就是只能到達某個地步。你可以夜以繼日、五倍十倍的苦練，最後才發現因為你手指之間的寬度或肩膀的柔軟度不對勁，你就是沒有辦法好好將職棒投手的球打出去。所以天花板越高的越值得上場，雖然他可能暫時打得不如那些苦練的平凡人，但有一天他一定會不一樣。

這就是為什麼林杏南絕對會盡最大的努力，去吸收張勝元。

我們需要那種像個最純潔的好球員那樣專注於技術的進步的人，如此，需要他的時候才用得上。他至少已經有一半合格了。

除了球探報告寫得不怎麼樣之外，台灣整個職棒的產業是非常忙碌、活躍的。當然包括了所有的「產業」。

這部分，林杏南是別出心裁的佼佼者。他上任不久的某天，趁著餵球給我打Tee⑨的時候對我說：「聽說你不太喜歡球迷見面會？」

⑨一種打擊練習，將球放在一個T型架子上，然後揮棒打它。這種架子通常稱為Tee座。

我盯住球短小的拋物線，把球棒旋出去擊中球心。

「是啊。」

「為什麼？」

我皺了皺眉頭，下一球稍稍打歪了。

「我的工作就是打球啊，為什麼要去？」

這句話就是這句話的意思。打球要想的事情已經夠複雜的了，那時候的我還沒現在這麼篤定，總還有點心虛、不安，與球迷接觸的事情能免則免。我當然不是會面露愧色的那種人，如果需要，我也可以侃侃而談，關於對棒球的熱愛與初衷，想要贏球的執著。這些不難，只要回想起還和仁柚一起打球的日子就好。

用那時候的自己來說話。

但這樣會讓我覺得身旁的你變得更像仁柚，而我知道仁柚一定不會喜歡看到這個謝士臣。

我當然想過。

我一直試著告訴自己，如果仁柚能夠進入職棒，那也不過會是另一個被林杏南吸收的張勝元。

不是嗎？沒有任何證據可以讓我堅持，仁柚會是個比我更好的、更篤定的球員。

但是，那畢竟是還沒投出的球，還沒啟動的球棒。

「還沒」已成永遠，那就是任誰相信什麼都可以了。

而你的存在，你此刻的眼神都告訴我，仁柚將會是一個怎麼樣的球員。

你盡可以繼續忍著那種厭惡的表情，但我還是得做我該做的事情，然後全部都告訴你。

你得聽。

總之，這是林杏南教我的第一件事，他說，你以為你只要表現得夠好，那些「在玩」的散客就會下注到你身上嗎？

這還不夠，你還得讓他們覺得你真的好到不行。

他們是知道的，就算謝士臣打擊率三成五，他還是有六成五的機會會讓他們的賭金被收走。然而，如果這個謝士臣頻繁地出現在各種綜藝節目、公益慈善活動、形象廣告和毫無意義的球迷見面會裡面……如果這個謝士臣從來不像個苦練的球員，他在球場上不會每次都奮力撲向壘包，他總是用悠然散步的速率迎向該接的球，他面對刁鑽但不喜歡的好球絕對不為所動，被三振也一臉不在乎的樣子……

很快地，謝士臣會在一般球迷心中留下一種愛恨交織的形象，他們會恨你怎麼這麼滿不在乎，但放大你每一次揮棒所意味的才華洋溢。

而在不那麼一般的球迷眼中——他們是更費心蒐集各種花邊資訊，好設法掌握「近況」的族群——，你會是一個超過帳面數字三成五的天才球員。

一公斤的棉花和一公斤的鐵；三成五的普通人和三成五的天才。

從此以後，我就聽任林杏南安排了。我當然不會去問林杏南是找誰去處理的，我願意參加，不代表我需要自己去做。

這也是台灣球迷花了三十年的時間仍然看不出來的事——這或許代表我們的人真的做得

還不錯——，到底哪一件事情是誰負責的？當有支球隊在選秀上沒有選擇張勝元，而去選了一個平凡但聽話的投手，那些球迷的失望憤怒應該要朝向誰？當球團想出了質感低劣的行銷活動，應該是誰的責任？

他們總是，也將繼續，問錯最根本的問題。

這場活動一如以往的每一場，謝士臣會暫時從單純的球員成為一個明星球員。即使在場所有人都知道，跨出了球場之外，台灣其實只有一小撮人在意這些「明星球員」。但無所謂，這裡的人剛好全部都屬於在意的那種。

這是一個可以容納八十人的宴客廳，但是寬敞地只擺了五張八人圍坐的圓桌，正中央是兩排放滿菜餚的長桌。這間坐落於蛇隊主球場隔壁、步行距離不到十分鐘的小型會館，內部多以蛇隊的代表色紫色裝潢，這個中式宴客廳也就理所當然地鋪了貴氣的紫色厚地毯。每一張桌子都坐了七名球迷，留下一張空椅子。剛剛才觀賞完蛇隊主場比賽的他們，是花了六、七倍於球賽門票的錢才取得坐在這一席的權利的，然而此刻，他們都沉醉在剛才的勝利裡面。

一週之前，當他們報名的時候，並沒有預想這麼幸運的場景。他們知道來的會是謝士臣，但不知道謝士臣恰恰會在九局下半、二比二平手的情況之下，挑中一顆內角指叉球送出右外野的大牆。他們當然也不會曉得，即使是謝士臣本人，也是今天下午才知道的。大半的球迷坐在嘈雜之中，反覆用手機觀看網路上的精采畫面重播，等待今晚的英雄現身。

比較內行的球迷早已想好了等等要問謝士臣什麼問題：「這幾年你對內角下墜系變化球的抵抗力比較差，今天怎麼會挑了這一顆指叉球來打呢？」

他們強壓著喜悅興奮交雜的情緒，一會兒看向前方小舞台，一會兒看向自己這桌唯一的空位，那位子待會兒當然只會坐一個人。燈光漸暗，所有人的緊張和脖頸一起伸長，眼神跟著僅有的光源集中到舞台旁邊的小門上。是的，謝士臣走了出來——那在電視上、在球場上看不出有這麼高大的身影走上舞台向所有人揮手。

他說了一些話，然後邀請大家自由離席去取食物，每個人都很匆忙，用最快的速度回到座位上，彷彿最可口的不是食物而是自己座位上的空氣。

謝士臣拎著甜得有些生膩的香檳，每到一桌就先乾一杯。每一桌都有想問、想說點話的人，腆著剛運動完、蒸騰著熱氣的臉的謝士臣卻只需要回答一些無關緊要的東西就好。他柔順地配合一旁主持人的安排，迅速地與球迷拍照、玩遊戲了起來。這樣一來，就沒有任何真正需要回答的問題，沉默與遲疑就會被當成運動員的木訥。謝士臣的眼光有時候會飄向無人之處，不過沒什麼人會發現。

在這場短短的消夜餐會結束以前，每個人都熱切地想和謝士臣多靠近一些，把握有限的時間，遞上精心製作的卡片或是小禮物。他們聽過不少明星處置禮物的殘忍故事，不過他們願意相信眼前這個人，他們一向樂意相信一個剛擊出再見全壘打的英雄。不管棒球的歷史經歷了幾年黑暗，只要一道電光似的揮棒軌跡就可以驅逐所有的幽暗記憶。一桌一桌過去，謝士臣也慢慢放鬆了下來，他感覺到自己臉上的熱氣漸漸不只是運動產生的體熱，和燈光、冷氣在膚表形成了很有趣的感覺。他接過非常非常多禮物，遵照林杏南的指示一一將它們收進一個斜斜揹在自己肩上的行李袋裡，不要在意這看起來有多笨拙。每一個人都喜歡笨拙。事實上沒有林杏南的指令，謝士臣也會盡可能這麼做的，他是個喜歡拆信讀信的人，雖然大多數的信他只讀一次，但他非常得意於能與一些常來球場的死忠球迷聊天，假裝隨口說出一些卡片的內容讓他們陶然無措。

這裡的人實在太多了，微有醉意的謝士臣不可能特別注意到角落裡，有一個穿著他職業生涯十年時，球團發行的黑底金紋紀念球衣的人——那樣的人充滿了整個宴客廳。身材略胖、戴著眼鏡的Fido並沒有任何異於其他球迷之處。他長得很平凡，沒有問什麼特別尖銳或專業的問題，沒有任何試圖引起謝士臣注意的怪異行為。他像很多球迷一樣，熱切地盯著謝士臣把自己那盒封得很漂亮的禮物收入行李袋。它沒有特別重，看起來一切如常。

那裡面裝的，只是包括謝士臣在內的一些打者打擊時的側面照片而已。

4

Fido和BOL的關係其實有點微妙。對外，他當然會說這是一個「團隊」，但成員在現實生活中並不全部見過面。讓老一輩的人來說，他們會被稱為「網友」，但他們認識彼此夠久了，自己曉得彼此之間的友誼即使在最老派的人眼中，都足堪稱之為「朋友」——雖然他們大概也不會在意稱呼。

研發、並且打算運用「暗影」作為武器去對抗整個台灣職棒，這可不是一件可以和陌生人合作的事情。

一個無法證實、但BOL成員都相信大約為真的故事是這樣的：一名清白球員發現了隊友打假球，先是向球團舉報，結果收到舉報的人剛好是集團的一部分。他幸運地只是不被理會，沒有更進一步的「處理」，但他因此也不知道自己有多幸運。一年之後，簽賭案爆發，警察搜宿舍、檢察官傳喚作證，這名球員想著機會來了，遂自願前往地檢署說明。承辦的檢察官待之以禮，進一步請他進內室討論。門關上，閒雜人等清空，終於只剩下他們兩人，檢察官按著桌子俯身向他：

「就是你不放，害我賠了三十萬。」

他們已經完全想好接下來的步驟了，至少想好了什麼事不能做。不能相信職業聯盟和所有球團，所以絕對不能把軟體交給他們，這個軟體存在的事情也必須讓他們最後一個知道。民意代表這一條線絕對不能用，這是標準請鬼拿藥單。檢警單位跟媒體也許算是勉強可信的人——前提是真的找到確定身家清白、背後有靠山的人。七刪八扣之後，等於沒有任何正規管道了，他們目前唯一能相信的人，就是能登入ＢＯＬ論壇的這些人。

Fido的計劃也是從一個簡單的概念出發的：如果不知道可以相信誰，那就讓信任的風險分散開來。他倒過來，從最後的目標構想起。「暗影」沒有辦法在小樣本之內抓出誰放了水，也就對剛加入職棒沒幾年的球員無效，而由於台灣職棒球員的高汰換率，這就等於對一半以上的現役球員無效。所以這套軟體其實只能是一種安裝在球員背後的「芒刺」，讓他們知道事情總有一天會被發現。

這就夠了——Fido一點也不在乎以前的他們做過什麼，只要能夠保證以後的比賽都是真的就可以了。當然，順利的話，軟體推行過程中一定會有一些現役老將先被揪出來，不過能夠打那麼久的球員畢竟是少數，就算全部都逐出聯盟也不至於毀滅整個聯盟。而其他的年輕球員，還沒有足夠的揮棒樣本能定他們的罪。

他們還可以繼續下去，只要從此……

Fido知道，他能利用的主場是網路。台灣有很多球迷是不上網的，他們平常只是開著電視聽球，偶爾瞄上一眼畫面。雖然他們可能支持一支球隊七、八年了，卻從來沒有動念要到任何一個網路討論區去看一看。

但是，那些會上網的球迷就不一樣了。

他們會像病毒一樣擴散，只要有一樣武器帶給他們希望。

ＢＯＬ裡資工系的阿燭承諾繼續改善這個軟體。至少有兩件事情要做，一是繼續擴大「暗影」的功能，最好也可以檢查打者的球路辨識、守備員的初始動作、投手的手臂旋轉、捕手的配球習性……的功能；二是要重寫演算法，設法讓軟體的檔案再小一些，方便下載。可以的話，Fido也希望他們能寫出不需依賴高速攝影機畫面就能分析的程式，讓任何一個球迷都可以自行分析網路上的比賽重播。

而Fido自己，則持續和龍、虎、蛇、鷹四隊球迷保持聯繫，確保他們的支持。

根據其他幾人回報的檢測結果，他們所提供的名單，看起來並不太樂觀。

只有謝士臣通過了檢測，是毫無疑義的，沒有「暗影」的一名球員。

等到時機成熟，Fido他們將會在網路上大量散布這些消息，吸引體育台以外的新聞媒體和球迷的注意。這些球迷領袖和有影響力的球員將分別在網路、在媒體採訪時表態支持一款「無傷大雅的檢測軟體」，並且強調自身的清白，所以不畏懼任何檢視。

就是這樣，「不畏懼任何檢視」，讓它像測謊機一樣，具有抽象的莫須有的道德權威，讓所有球員都不能拒絕。然後，一種隱然的恐懼就會種到他們心裡。

Fido從來不奢望法院會採信「暗影」作為犯罪證據。判刑與否，那一點也不重要。重要的是給予球員壓力，給予球迷制衡球員和球團的能力。

長久以來，球迷只能不公平地選擇信任或離開。

在「暗影」之後，這種情況將不再存在了。每一個人都可以輕易下載到這個軟體，每一個人都可以驕傲地出示自己熬夜跑分析軟體的結果，大聲告訴全世界，你看，我所支持的他每一道揮棒軌跡都是重合的。沒有一次作假，沒有一次不認真，他們對著鏡頭說的「全力拚輸贏」是玩真的。

那是台灣有職棒以來沒有過的幸福。

Fido決定一力頂下這件事。他告訴BOL其他成員，為了安全理由，他面對球員的時候，絕不會透露其他人的身分。所有球員都將以為這套軟體是一個叫做Fido的瘋狂網友獨力研發出來的——這對他們來說也許還更能接受，一個除了棒球沒有別的東西的瘋子。

是了，他想，就這麼穿。他連上蛇隊的官方網站，眉頭皺也不皺地花掉四分之一的月薪買了一整套蛇隊的紀念球衣、球帽。特別是球衣，他還選擇繡著謝士臣背號的那一件。

其實，他心裡很清楚，這不只是安全理由而已。

偷出影片的阿浪很辛苦、調出法院卷宗的大澄很辛苦、寫出並改良程式的阿燭與Chef也非常了不起。

但真正的靈魂應該是提出那個簡單概念的人，Fido。

他在BOL的內部網站說過，一切成功之後，他一定會讓大家一起到螢光幕前面接受歡呼。他確實會這麼做，BOL的所有人都知道，在網路上面留下的承諾，比白紙黑字更難消除。但那是之後的事情了。

至少此刻，從謝士臣開始，每一個球員和球迷都將要先認識這一個叫做Fido的人。

棒球場上的守備員有兩種，一種是追球的，一種是等球的。

Fido剛開始看球的時候比較喜歡前者。這是很正常的，在電視螢幕或球場觀眾席上面，看到一名外野手迅速移動，身影橫越一段長得不可思議的距離，最後飛身撲落接住一顆全場觀眾都已經絕望的球，是一件會讓全身血液逆衝上腦門的事。相較之下，有些球員就像是毫不在乎比賽一樣，不要說從來不撲球了，不管情勢多緊張，他總是散散漫漫地移往球的落下點，手套隨便一擺就把球收進去，讓人即使是贏球了都看得滿肚子火。

在美國上棒球統計學的第一天，教授就播放了兩段大聯盟比賽影片，剛好就是這兩種類型的外野守備。影片結束之後，教授問大家的意見，哪一個守備員的防守能力比較好？

大概有三分之二的同學舉手支持追球追了大半場的那位，包括Fido。四十多歲、身形精瘦的男教授含笑的眼神掃視整間教室，恰巧落定在Fido身上，點了他：「為什麼？」

這不是很明顯嗎？——

「顯而易見，他做出了比較難的動作——魚躍式接球。」

他假裝不經意地說出專有名詞，"Diving Catch"。

教授對他微笑：「這是個好意見。」

但他很挫敗地聽出來，這就是他答錯了的意思。

果然，教授很快接著說：「讓我們換個方式想，如果是前者自己的某些錯誤，造成了他必須使用高難度動作接球的處境呢？——比如說，他一開始就判斷錯了，跑錯方向，以至於繞了很大一圈才能勉強接到球。或者，讓我們考慮一個更簡單的可能性：如果第二支影片那位看起來只是接了一個平凡飛球的球員，在初始的啟動動作就比別人快了半秒呢？當別人看到球飛出來，才開始去追逐飛球的時候，我們這位『平庸的』外野手早就在球跟球棒接觸的瞬間依靠耳朵、風向、經驗還有最重要的——直覺——開始接近飛球落點呢？我想不必我多強調，對職業棒球來說，半秒鐘的差異有多大。」

Fido和所有的美國大一新生完全被教授吸引住了。Fido感覺自己在台灣看球幾年所理解的棒球世界開始漸漸動搖了起來。

「棒球就是這樣，最精采的事情很可能發生在最開始的地方，而那個地方沒有一個棒球主播會告訴你——因為他們跟你一樣，都是透過攝影師的眼睛看球的。幸運的是，一個球員大部分重要的習性和天賦是終身不變的。他們可能因為還沒有接受足夠的訓練，而使得這些東西被埋藏起來，但他們能夠做到什麼、他們絕對不會做什麼，會從他們出生的那一秒起，伴隨他度過整個球員生涯。你只要能夠詳細閱讀他的履歷——在我們這堂課上面，這就是所有統計數字最重要的意義——你就能夠發現真相，關於棒球最正確的真相。」

教授說著開啟了另一段影片，用分割畫面並置剛才兩段守備動作，但這一次攝影機是掛在極高處俯視整座球場。透過慢動作，所有人都清楚地看到了，那個精采撲接的球員跑動的距離其實還不如看起來慢吞吞的球員。而後者之所以看起來慢吞吞，是因為他的步伐大而穩定，事實上他跑得比前者更快。

Fido決定相信謝士臣之前，再一次想起這件事。

坐在喬治亞大學資工系教室的那個Fido，還是一個熱愛棒球、因而對台灣棒球失望的球迷。那時的他負氣不再看台灣棒球了，但在這堂課的每一分每一秒，他用以參照教授的知識的東西，全部都是台灣棒球。這點他沒有辦法騙自己。

他也好幾次想過，也許這些知識能夠讓他為台灣棒球做些什麼，也許多留幾年，再想辦法受完整的棒球統計學訓練？但隨即他都自嘲地告訴自己，那種環境，憑他一個普通大學生，怎麼可能？

就算他真的成為一流的數據分析師，也沒有球團會給他位置。

當時他還不知道，他將成為這麼重要的關鍵人物。

但這時候Fido回想起來，教授說的每一句話都像是精準的預言。

——不要一直注視著結果，要從攝影機看不見的起始處尋找。

——球員的秉性是不會變的，如果有什麼變化，一定是哪裡有問題。

這些話Fido曾經抄寫在某頁課堂筆記上面。而現在，這些就是「暗影」全部的運作基礎。

「暗影」的分析結果出來了：事情很明顯，謝士臣的揮棒軌跡大致上只有三種。狀況佳，狀況差，以及受傷。在前兩個情況裡面，比對整個區段的數據分布情況，就可以發現在長打率和平飛球比率有顯著的差異。而第三種情況正好與新聞報導裡面他僅有的幾次受傷時間是重合的。而且這些軌跡基本上都是連續出現在不同時期的，每一個時期都只有一種軌跡占據壓倒性的比例。

也就是說，謝士臣是一個每次揮棒都無比誠實地反映出身體狀況的球員。每一次都是誠實的。

於是Fido送出了第一個禮物盒：一疊「暗影」分析上色的打擊動作照片，以及一封信，信的第一句話就是：「您是我們見過最誠實的職棒球員。」

Fido想了很久才寫出這封信，他希望謝士臣能感覺到，對一個台灣球迷來說，能夠向一名台灣球員說出這句話是怎麼一回事。

他不只是因為「暗影」的結果而相信謝士臣的。

他花了好幾個星期才下這個決定。他最先用兩天的時間讀了網路上所有關於謝士臣的資料，包括棒球網站的數據與動作分析，大量的新聞報導，還有幾次他接受電視訪問時的影片。電視裡面的謝士臣看起來就像是典型的台灣球員：有著黝黑深邃彷彿原住民的臉膛（但他其實出身於閩南家庭），一百八十一公分、九十二公斤的身量在職棒球員之中不算太高大，但無疑是壯實的。他講話的時候，笨拙而不流暢的話語就從圍有淡淡落腮鬍碴的口中說出來。他早年守過右外野，但主要的守備位置是外野中最不重要的左外野手，後來慢慢轉任全場最不重要的一壘手和指定打擊——這就是說，他是那種守備天賦比較差的「追球」野手，但還是憑著強悍的球棒在球場上取得一席之地。

在他職棒生涯的第十年，他已十次入選明星賽，並且幾乎入選每一次國家隊國手。就在那一年，他擊出了生涯第一百八十一支全壘打，就跟他的身高數字一模一樣，這可不是隨便哪一個台灣球員能夠完成的紀錄。因此，球團為他安排了一系列的慶祝活動，推出了一系列媒體報導。Fido看著網路上的訪問畫面，謝士臣身穿繡著蛇形金紋黑底的特別版紀念球衣，照例平淡無奇地感謝了父母、妻兒、教練和所有隊友。他極少在公共場合露面、據說也不大看棒球的妻子難得地抱著小孩一起站在鏡頭前面。整段談話的最後一句話是：

「也將一切獻給我永遠的隊友許仁柚。謝謝他不斷地在本壘板後方為我接住每一顆球。」一伴隨著這段話，電視台的後製人員配上了與他略微緊張的表情不搭的溫馨音樂，他的妻子也靠近去摟住了他。

Fido在自己租來的小小房間裡面，看著三年前畫質顯得略差的影片，被這句話驚起了所有注意力。

許仁柚是誰？

蛇隊從創隊以來，選手名錄上從來沒有這個名字。

是捕手嗎？——就算是，為什麼謝士臣會說『為我接住每一顆球」？這句話比較常是投手說出來的，因為投手非常依賴身後守備員的幫忙，但謝士臣分明不是投手。

如果這是一種象徵性的、感性的說法，那這個人想必非常非常重要。

重要到會最後一個提起，作為訪問的總結。

重要到會讓這樣一個以木訥作為基本特徵的台灣的棒球員，感性起來。

Fido開始搜尋許仁柚這個人。謝士臣發出來的音他聽得很清楚，但不知道是哪三個字。他試圖去找不同的影片版本，但始終沒有找到上有字幕的。幾個小時後，Fido決定暫時把這名字放一邊，點開索引，從他業餘時的資料讀起。沒多久，他就讀到謝士臣所屬的高中球隊打進玉山盃冠軍賽時的報導——這大概是謝士臣嶄露頭角的起點，在整個聯賽裡面，他拿下了全壘打獎、最佳外野手獎和打點獎。

但重點是在結尾左右的地方，教練說的一句話：

「我們要帶著去不了的仁柚完成夢想。」

去不了？

Fido閉上眼，想像自己十七歲的時候，如果殺了人會有什麼感覺。

如果殺的那個人是自己幼時夥伴、最親密的隊友。

如果那個人，是你當投手時，最信任的搭檔捕手……

如果這件事情在棒球場上發生……

Fido睜開眼，心裡開始浮現一種奇異的感覺。要是謝士臣此刻在他眼前，他一定會問：

「為什麼你還願意繼續打棒球？」

謝士臣十七歲，因為打擊練習時站位的失誤，揮棒擊中了捕手許仁柚的頭盔。這種事情幾乎不可能發生，一般來說球棒不夠長，很難擊中蹲在捕手位置的人，最多也是打中伸到前面的手套。僅僅如此，也可能是五十場比賽才會發生一次的稀少事件。總之，許仁柚的頭盔應聲碎裂，當年高中最受矚目的國手級捕手當場死亡。經過調查，一般認為是許仁柚不慎蹲得太前面了，因為謝士臣既未離開打擊區，也沒有讓球棒脫手，因此整起事件沒有他的責任。

但少年謝士臣受到了非常嚴重的打擊，從報導看來，至少經歷了數週的心理輔導。新聞報導的熱度過去，下一次謝士臣再出現在媒體上的時候，就是高中教練宣告原本投打兼優的他得了投球失憶症，無法再站上投手丘，退出年底的青棒培訓，國家隊一次痛失一雙投捕好手的消息喧騰一時。

瀏覽完當時的報導，Fido突然浮起了淺淺的印象。那應該是在Fido非常小的時候，小到還不知道怎麼上ＢＢＳ，即使看體育版也只知道看職棒新聞的年紀。他依稀記得曾經聽說過這麼一個事件，只是沒有認真留意過。

畢竟那只是業餘選手。

Fido還找到了當時的一些網路討論。許多人認為這件事對一個高中球員的打擊實在太大了，不看好他能夠繼續打下去。然而，再過一陣子，新聞再次報導了這所民和高中——他們打進玉山盃決賽，最終奪下了這項頗有歷史的全國聯賽的冠軍。在冠軍賽隔日的報導裡，記者描述謝士臣哭著把他得到的金牌項鍊埋入本壘板底下。

從此，這成為民和高中的傳統，所有奪得的獎牌都由聯賽中最活躍的球員親手埋在同一個地方。

接下來的事情就平順多了。謝士臣保送進入一所體育大學，就在蛇隊主場所在的城市裡面，不過蛇隊還要過幾年才成立。他穩定地獲選不少次國手，表現中上，但因為守備位置不好，還不到國外球團會來挖角的程度。他準時畢業，沒什麼不該出現的花邊新聞，菸酒惡習、金錢、情感的糾紛全部沒有。這雖然不能證明什麼——因為也許只是沒有被報導出來——但至少是初步的好消息。

畢業之後，他在第二輪被一支球隊選入，再過幾年，他才輾轉進入Fido原本支持的蛇隊。只是那時候，Fido已經不再熱切地追著每一天的賽程了。

進入職棒之後他穩定成長，很快站穩一軍成為主力球員。開始有不少職棒球迷注意到他，討論也多了起來。他是球迷會喜歡的那種打者型態——有不錯的擊球點，很好的選球，很好的長打能力。最大的缺點是他糟糕的守備能力，他跑步的速度中等，但落點判斷極為糟糕，臂力也不像一般投手出身的選手那麼好，顯然投球失憶症的影響一直都在。

一年之後，他和妻子張欣予結婚，是個小學老師——Fido特別查了一下妻子，她的新聞很少，但家族幾代似乎不是小公務員就是教師，與簽賭組頭應該沒有牽連，這很好——，看起來並不是對棒球特別有興趣的人，這倒是很特別的現象。一般的球員家眷，往往都先是靠得比較近的球迷。但這也是好事。那些常出現在球場，並且能成功與球員交往的年輕女孩，對男友以外的球員們也都有著高度的興趣，謝士臣娶了個圈外人，也就降低因為情感糾紛被牽連入賭局的機會。幾年之後，謝士臣生下兒子，取名叫做謝以倫。在這段期間，他換過幾支球隊，其中一支還是因為假球案解散的，但他從來沒有任何不好的傳聞。他幾乎每年都入選明星賽，也穩定擊出至少十支全壘打。就和所有球星一樣，明星賽的那一陣子，他總會抱著稚幼的謝以倫在場上出現。

但有一件事情是不變的：每一次在榮譽時刻受訪，謝士臣總會提起許仁柚。十三年了，他對許仁柚的思念與歉疚似乎不曾稍減。

所以十週年的那句話：「也將一切獻給我永遠的隊友許仁柚。謝謝他不斷地在本壘板後方為我接住每一顆球。」並不只是矯飾而已。

如果經歷了那些事，而他又對那件恐怖的意外永誌不忘，那只能說明一件事。

謝士臣真的非常非常熱愛棒球，能這樣懷抱著傷痛一直下去。

只有「暗影」，或只有「許仁柚」，都不夠證明謝士臣這個人。

但是，已經一次出現了兩個證據。

Fido知道這是賭注的時刻。在事情成功以前，讓可能是任何一個簽賭集團的任何一個人知道「暗影」的存在，他們的計劃就將前功盡棄。而且，他也不敢去想像那樣的集團會用什麼手段來阻止他。但無論如何，事情要開始，就先得要相信一個人。然後也許，謝士臣就能夠告訴他下一個可以相信誰。只要他們的盟友越來越多，事情就可以成功。

Fido聯絡了蛇隊的那位資深球迷，蛇迷很興奮謝士臣通過「暗影」的分析，隔著電話都能感覺到他做了一個拉弓的動作。冷靜下來以後，他告訴Fido，接近謝士臣最好的方法就是參加球團舉辦的球迷餐會，雖然不一定能說上話，但花一點錢就能親手送給他一個禮物盒。

他保證，謝士臣會自己閱讀每一封信，因為謝士臣曾經好幾次在練打的時候跟他聊天，提及信中的內容。

「會不會有球團人員先檢查那些禮物？」Fido問。

「我不知道，但我覺得不會。」蛇迷在視訊那端扯了扯嘴角，表情一瞬間看起來竟有點像蛇隊的圖騰：「老實說，他們的重要性根本比不上最小咖的藝人。更何況台灣的球團才不會特別花錢雇一個人做這種小事。」

Fido心底閃過一絲不安。但是他想，這可能是唯一的辦法了，既然要相信謝士臣，他就決定豁出去。

他想起喬治亞大學資工系教授說的：「幸運的是，一個球員大部分重要的習性和天賦是終身不變的。」也許在球技以外的地方，這也能夠行得通。

他想著教授說過的這句話。他知道自己最後會相信謝士臣的，但在真正下決定之前，他還想再多知道一些。

Fido叫出謝士臣的簡歷，拉到最前端。一個棒球員的資歷，第一行一定是出生，第二行就是他所參加的第一支球隊。他記住第二行裡面「清仁國小」四個字。那是謝士臣和許仁柚棒球生涯的起點；如果一個球員終身不變，那應該可以從這裡看出某些東西。

平時的誠實可以讓你在需要撒謊的時候無往不利，Fido一直相信這個信條。他安排了幾組工讀生代班，然後跟收發室的組長說要回台中老家探望急病的母親。他答應會帶幾盒太陽餅回來，連排休帶請假地換到了一個禮拜。

在南下的火車上，他打開電腦，重新複習前夜網路上找到的那一丁點資料：清仁少棒，成立於一九八八年，中間很幸運地沒有解散過，但卻也不是支多出色的隊伍，三十多年來只有四次拿到台中代表權。這個中型的學校有四十五個班，三年級以上各設有一班體育班，那就是謝士臣和許仁柚曾經待過的地方了。這支名氣低微的隊伍雖然偶爾也會出現像謝士臣一樣優異的校友，但平時幾乎無法引起任何關注，從網路上只能知道這支球隊去年還有出賽紀錄，教練是一個只參加過一次職棒選秀落選的中年球員。

從這個教練的年紀來看，他不太可能帶過謝士臣和許仁柚。

在火車上，Fido想好了第二個謊，他打算重複把這段話告訴清仁裡遇到的每一個人：「您好，我是新聞系的學生。我正在修一堂關於體育新聞的課，想要收集球星的個人資料來完成一份報告，請問您知道清仁少棒畢業的職棒選手謝士臣嗎？……」念大學的時候，因為一些通識課報告的關係，他也曾經這樣出去採訪過。每次他看著這些根本不明自己來歷就回答問題、甚至拿出書面資料的人，就感到很不可思議，萬一他不是他自稱的大學生會怎麼樣？

現在他知道了，完全不會怎麼樣，人們聽到大學生就先相信了一半，剩下一半只要他自已不心虛就好。他不想驚動太高階的主管，所以先去跟門口的警衛和幾個整理園圃的工友探聽了一番。警衛是個不看棒球的替代役男，聽到他提謝士臣還反問：「他是幾年幾班的？」

相較之下，工友們老練多了，但也沒有人知道謝士臣是誰。

「沿著校門進來的園子邊走，第一個彎左轉就是教練室，你問教練吧。」他們說。

Fido依言走下去，一左轉，就看到一間像是昨天才臨時搭建的小倉庫，旁邊靠著一輛橘色運沙土的手推車和一些散亂的鏟子。

他們該不會用這些玩意兒整理球場吧。1A聯盟裡面最簡陋的球場，也至少有一台耙梳紅土的機關車啊。

「您好。」他敲了敲門，感覺到初夏逐漸發揚起來的陽光的熱力。

門縫裡面也沒有冷氣透出來。

門很快打開，是一個精瘦黝黑的中年男子，Fido深深點了頭：「請問您是吳于木吳教練嗎？」

吳于木穿著緊身的棒球練習衣，整張臉幾乎被汗浸透，一點一點流到肩頸上。他點了點頭，說：「我是。」在這幾秒之間，Fido才發現這間小小的「教練室」還真的是個倉庫，除了吳于木才剛推開的桌椅以外，整個房間都是塞得滿滿的鐵架、球棒、球、壘包、輪胎和一組有點陳舊的發球機。

「您好，我叫Fido，我是新聞系的學生，想來這邊採訪關於清仁少棒的校友謝士臣的事。」

「謝士臣？」吳于木聲音沉沉的：「喔，蛇隊那個喔？」

「沒錯，沒錯，請問您擔任過他的教練嗎？」

吳于木嘿嘿笑出聲音來：「你看我敢有遮爾臭老？」

Fido也跟著笑了：「歹勢、歹勢啦。」

吳于木就靠在門邊，沒有打算出來，也沒有要請Fido進去坐的意思。現在是上課時間，校園的大部分都沒什麼人。兩人一陣子沒有說話，吳于木深深地看了Fido一眼，悠然點上一根菸，噴了一口，才終於開口：

「有啥密好問？人就翹去了，講那些有什麼意思？」

「不是，我真的是——」

「不是啥？他們是我賢拜的學生，老實跟你講我也是不知道什麼。你們這些記者，過一陣子就編個理由來這裡問東問西，是欲擱知影啥？人是在民和死的，你們怎麼不去問伊們高中教練？」

「你先聽我說，先聽我說，」Fido對他猛搖手，覺得自己那蹩腳的台語完全不夠用了：「我真的真的不是記者，我也不是要來打聽什麼八卦的。我們採訪的目的是說，有很多人都訪問過謝士臣本人了，但是我們想知道他周圍的人對他有什麼看法，這個資料現在沒有人整理，所以我才來這裡。不信的話，我可以給你看我的學生證。」

Fido說著真的拿出一張紫色的大學學生證，亮了一亮。當然是過期的，但是作廢章是蓋在背面。

吳于木面色和緩了一點，沉默一陣之後，看起來竟還有一點歉色的樣子。一會兒，他才開口：「啊我就沒帶過他啊。」

「那……你記不記得你的賢拜有沒有跟你說過什麼，比較特別的事？」

這一次沉默得更久了，但是Fido知道台灣球員都是這樣的，他們一生說話的字數搞不好比揮棒的次數還少，願意認真回想已是萬分珍貴的事了。

「有一次比賽，有點奇怪，賢拜沒有讓他們兩個上場，」許久，吳于木才終於抬起頭來，有點遲疑地說：「那次後來就輸掉了，晚上喝酒，我問賢拜這兩個囝仔是安怎。賢拜哼一聲氣說，哪知，輔導室講說他們『壓力過大、行為失常』，不讓他們來練球啊。」

「您好，敝姓張，請問有什麼事嗎？」

穿著樸素套裝的女老師雙手按裙，微微對Fido點了頭。他剛剛循著清仁少棒教練吳于木的指引，穿過走廊上一群一邊玩鬧、一邊好奇打量他的小學生，找到了輔導室。他才向距離門口最近的老師開口，這位張老師就從裡面一點的座位被喚出來了。輔導室的內裝不同於其他教室，主色是淡柔的皮膚色，深處兩個角落都鋪了暖色系的塑膠軟墊，有一些孩子在那邊圍著一位老師。

「不好意思，打擾您。」Fido沒有忘記自己的身分，用一種生澀的、過度的禮貌說話：「我們正在進行一個關於職棒球員幼年生活環境的報告……」

他們坐在靠近另一扇門前的會客沙發區。在他講完整套說詞之前，張老師都微笑、點頭地聽著。

最後，Fido說：「總之，我們希望可以收集一些還沒有被媒體披露過的資料。」

張老師表示了然地點了頭，婉拒之色卻已經浮上臉面了：「我們這裡的確有不少學生的資料，但是，我們有義務要保護學生個人的隱私。」

「是的，我明白。」

「如果你要的是體育班的資料，我想來輔導室可能有點白費力氣了。體育班的孩子有事情寧可跟教練說，也不願意來輔導室，」張老師笑了笑，伸手指向一排鐵製檔案櫃：「與其看這些卷宗，不如去看他們的宿舍。你知道嗎？這麼小就離家住校的孩子，平常練球那麼辛苦，又沒有人可以撒嬌，他們會把所有事情都寫在宿舍的床板和牆壁上。」

「但是我們要找的人，已經畢業二十多年了呀。」

Fido無奈聳肩的樣子，又換來張老師一個溫婉的微笑。Fido想，這究竟是輔導老師職業性的反應，還是她天性如此？他繼續說：「我也明白您說的那些問題，不過，我剛剛跟吳教練談過，他提到這名學生確實曾經接受輔導室的諮商。我想，也許貴處室裡還有曾經輔導過該名球員的老師？能否讓我稍微訪談一下這位老師？」

張老師暗嘆了一口氣。「好吧，您們的報告主題是哪位球員呢？」

「職棒蛇隊的現役一壘手，謝士臣。」

Fido看著本來一逕掛著微笑的張老師，在短短的一句話內，一個字一個字地溶掉了原來的表情，代之以困惑和驚詫的皺眉。

「他？」

張老師這個字出口的同時，Fido心中有一條閃電般的思緒竄了過去。

他脫口而出：「您是……張欣予老師？」

對方更加困惑地點了點頭。

這是理所當然的事。謝士臣的妻子張欣予，那個對棒球沒有什麼興趣的小學老師。她極少數在鏡頭上露面的幾次都是重大榮譽的場合，在那些影片裡面，Fido只熱心注意謝士臣提到許仁柚的神情變化，根本就沒有好好注意過她。她本人看起來比鏡頭前面幹練多了，或許她在攝影機面前很容易局促不安吧。

張欣予慢慢鎮定下來，但是那股疑惑的神色並沒有消除。

「非常不好意思，我在影片上看過您，但不曉得原來您就在清仁——」

張欣予第一次打斷Fido的話：「你說，吳教練告訴你，士臣小學的時候曾經到輔導室來？」

「對，」Fido還正盤算著要不要提到許仁柚也包括在內，張欣予應該非常清楚這個人對她丈夫的意義。但他還來不及下決定，張欣予已經起身去解檔案櫃的鎖。

「……還真沒有想過來翻翻看……」她細細地自語。一會兒，她從眾多巨大的藍色卷宗夾裡面抽出一個，再從裡面取了一封牛皮紙袋。

Fido靠近去，謹慎地維持一種不要太造次的距離。他看到封面頂端寫著謝士臣的名字，張欣予看了他一眼，沒有要他後退，就把裡面的文件全部拿出來快速地掃讀過去。

那些失去光澤的紙看起來保存得非常完整，從來沒有被人翻動過的樣子。就著斷斷續續掠過去的字眼和張欣予之後的補充，Fido有些啼笑皆非地明白了事情的梗概。

紙袋裡面有一份現已退休的輔導老師所寫的報告書，敘述謝士臣和許仁柚在小學五年級下學期的時候，私自在半夜時闖入校園，被監視攝影機拍到。他們兩個從學校隔壁的宿舍偷溜出來，大費周章地翻過側邊的圍牆，進到學校的球場裡面。根據附近居民的說法，凌晨一點多的時候清仁少棒球場的探照燈突然亮起來，大概就是他們摸進去的時間了吧。這兩個小孩不知道哪裡來的衝動，約好了半夜繼續來投捕練習。

那位輔導老師啼笑皆非地寫道：當問他們萬一隔天沒有精神怎麼辦的時候，他們回答：最近練球的時間都改到下午了，早上在教室上課可以睡覺。張欣予原本驚疑的表情慢慢鬆開，換上一種與剛剛不同的笑容。最後，他們還招認這不是第一次半夜跑去球場了，他們一向就只依著路燈從牆頂滲進來的光線投球，投到被抓的前一天，許仁柚終於因為視線不良被打傷了手指。所以他們才開了害他們被發現的夜間探照燈。

「真是服了他們。」

張欣予抿抿嘴：「原來他從小就這樣。」

「喔？」

「棒球啊。日也練夜也練，停不下來似的。」

「這是非常令人欽佩的，台灣球員很少對棒球這麼有熱情的。」

「謝謝你。士臣也這麼說過，他說看到那些年輕球員練球的時候拖拖拉拉就生氣。後來，他還花錢在我們家地下室改裝了一間打擊練習室，就只為了不用跟別人輪流，可以自己打個夠。」

「哇，真是投入。」Fido認真地說。

張欣予指指報告的結論部分，示意Fido讀下去。在那份輔導報告的末段，該老師做出的結論是，謝士臣與許仁柚長期以來因為棒球隊集訓生活壓力過大，以至於行為失常。輔導老師強烈建議這兩人應該暫時停止棒球隊的活動，以免過度執著對身心造成不良的影響……

「唉，」張老師微微苦笑，手指停在這個段落上面：「我有時候也這樣想。」

Fido覺得，他已經知道夠多，至少足夠做下一個決定了。雖然他心底有點隱隱的不安，張欣予最後的動作，彷彿有些欲言又止。在他探訪清仁隔天、準備轉乘公車到謝士臣的高中母校民和中學的路上，他才突然在意起最後那個瞬間。當張欣予說「我有時候也這樣想」的時候，手指究竟有沒有在許仁柚的名字上停留？他們的談話非常小心地避開了這個名字。

但這不重要。執著是好的，這才有利於「暗影」的進行。不管是對什麼執著，那都是好的。

他抱著輕鬆的心情前往民和。他在清仁用過的說詞，完全可以再重複使用好幾次，但這一次他沒有非知道什麼不可的壓力了。

就只是去看看。然後，他愉快地想著，太陽餅可以等到上了火車之後再買。民和不愧是高中棒球的名門，在接待採訪者這件事情上從容多了。警衛看了Fido的學生證，並要求在一本登記簿上簽名，就告訴他球場的位置了。

進到校園裡面，意外認識張欣予以後就充塞的興奮感，漸漸冷卻了下來。那是一個平凡無奇的學生棒球場。沒有看台，只有半人高的鐵柵欄，簡陋的鐵皮休息室。在本壘板的後方有一塊廣闊的區域，地下埋著二十多年來民和奪下的每一面獎牌。

這裡就是事情發生的地方。

球場裡面沒有人，這就是Fido刻意選擇午休時間來訪的原因。警衛也說，正午過後，球隊會轉移到室內場地去做別的操練。

Fido慢慢地走入球場，幻想著一個十七歲的青棒球員在這裡度過每一天的心情。那是他從來不可能擁有的人生，就像每一個球迷一樣。可是每一個球迷一定都曾經狂熱地模仿他心目中的那一個人。他向投手丘走去，讓自己沉浸在一種冥冥的遙想裡面。投手丘是棒球場內最高聳的地方，從遠處看只是一點點不起眼的隆起，但站在上面的感覺全不是那麼一回事，簡直就像是成了全場的核心。站得最高的那個人持著球，一切要等到他啟動了才能進行下去。

這就是棒球，全世界唯一一種由防守者決定開始與暫停的運動。

一切都要等他開始。

一會兒，他緩步走下投手丘。謝士臣棒球生涯的軌跡，就是從投手丘緩步走向本壘板旁邊的打擊區的。

Fido拾起小半截斷掉的水管，拿著它站進左打的位置。他用自己的左肩去感覺那裡有一個捕手，一個從小一同練球、一同半夜偷溜到球場去的捕手。捕手向投手丘打了一個暗號，然後手套往前一擺。Fido的左手疊在右手上面，用八隻手指最靠近掌心的指節平行鎖住水管。他想像投手投進了一顆球，而他一邊揮擊一邊在腦中回想謝士臣的打擊姿勢，雖然只有短短幾個影片的印象，但他記得那是非常簡潔有力的揮棒。他也許揮得根本不像謝士臣，但他還是努力地在每一次揮棒之間，檢查自己每一個關節彎曲連動的弧度。

他聽到水管劃過空氣的風切聲。

第十次、第十五次、第二十次。

然後，在速度與和諧造成的恍然中，有那麼一次……他手上的水管脫手飛了出去。那是揮久了，控制力渙散了，肌肉疲勞了。但在那瞬間他又告訴自己不僅如此，不僅僅是一次失誤或閃神而已，特別是它咻聲就往身後該有捕手的位置騰飛而去。

將近二十年的事了，如果從來不提，也許所有人早就忘記了。

可是不行，有那麼一個人，從來就不曾忘卻。

他知道這樣的模仿根本及不上真正的記憶，萬分之一都不到，但那萬分之一的瞬間，他也確實扎扎實實地心裡一涼：「來不及了……」

然後他看到了那個孩子。在一壘壘包旁邊，抱著短褲包裹不住的膝蓋蹲在那裡。

5

其實就是你吧。

每當我想起他的時候，都會看見你。或許是看見了你才想起他，但久了，感覺都一樣。我知道，就像現在一樣，我不必真正說話，只要在心底說給自己聽，你就能聽清楚每一個字。所以，每次我想起仁柚，就會自然地和你對上眼神。

你知道我為什麼要告訴你那麼多關於棒球的事嗎？

因為我從來沒有忘記，最開始是你教我打棒球的。每一次動作，我都會想起你。接球的時候，你要我把右手虎口往上翻一點，讓球可以循拋物線落進來。如果球低了，就逆時鐘往下划，反手擋在球和身體中間。我們總在你家門口丟球，你讓我背靠著一堵牆，因為我比較不會接，後面有牆才不需要一直撿球。我一直都接得不好，丟得更差，讓技術比較好的你也沒有少撿幾次。那時候你哪來的耐心？正常的孩子都不願意和這樣的人一起吧？

像謝以倫，才八歲，就知道不要跟他媽玩球，要來找我。挑的哪，欣予說，漏接了他生氣，扔給他歪了一點也生氣，快不行慢也不行，反正都有得不滿意，一急起來就罵媽媽笨，每次都把欣予氣得趕他回房間裡。

可是如果我沒記錯，你教我丟球的時候就像他現在這麼小；就像你現在這麼小。

你那樣教我，所以我也就這樣教你。

從小我就跟你一起打棒球。你說我動作歪了，我就照鏡子回想你的動作。

但是那天之後，我所知道、看到、聽到的一切，你都再也來不及遇到了。

就換我教你吧。你教我打球，我就教你我們怎麼打球。

我知道有些東西你不愛聽，可是，如果連對你說話都不能誠實，那這些話只能帶進墳墓裡了吧。

像是防守。從小我們就知道，我是一個不大會守備的人，你常常告訴我，外野手不能等到球被打出來了才去追球，那樣的話跑得再快都沒有用。應該是投手把球塞進好球帶，打者的球棒碰到球，發出聲音的一瞬間，就應該要決定往哪個方向跑了。球是在內角還是外角被打到的？擊中的聲音聽起來是劈到上緣、咬中還是切到下緣？打者的力量強嗎？

你說的和教練說的差不多，這點總是讓我很驚奇，明明是一起加入校隊的，不知道為什麼我就只會悶著頭打，你卻可以跟教練一樣講出一堆道理。不過，那些道理從沒能讓我守得更好。我沒有辦法在一瞬間就想這麼多的事情，如果我開始想，只會更追不到球。那些守備好到可以站中外野手的人總是說，你要感覺，會感覺到球差不多就在那個地方落下來。可是我沒有感覺。

最後，教練告訴我，不投球的時候，他會把我放在指定打擊或一壘——如果真的沒有辦法，我就去站在左外野，接不到沒關係，穩穩地把每一球傳回來就好。

正面來球的時候單膝跪地，用身體把球擋住，擋住就好。教練說，這是唯一保證不會漏接的方式。

但我仍然時常漏接。

那時候的我們都不知道問題到底在哪裡，教練也沒有說。一直到很多年後，我才知道教練應該早早就看出來了——因為我守備能力的差勁是天生的，而且正好弱在練習所無法彌補之處，那就是「初始動作」。對那些優秀的中外野手來說，他們只需要一點點線索就能夠啟動，比如說球棒發出的聲音，和今天風吹在身上的感覺。

但像我這樣的人不行。我們要聽到聲音，看到球起飛的仰角，追蹤球行進的軌跡，遲至球飛到拋物線的頂點了，才能確定球到底會落在哪裡。一來一往，我們就會比人家慢上很大一截。

這是另一個張金榮和林杏南覺得我很好用的原因。

我說過，只有夠強的球員才能裝弱。可是，如果一個球員本來就弱，那他就可以裝到不像是裝的。

第三題：台灣的職棒球隊，平均一年會出現幾次真正的守備失誤？

從統計數據來看，答案很明顯。去年一百二十場比賽，最會失誤的球隊總共失誤了一百五十二次，最穩定的球隊也失誤了一百一十三次。

但這裡面，有幾次是真正的失誤？

答案是：絕大多數都是真的。

你蹲過捕手，你知道我們每天在球隊裡會練接多少次。身為指揮官的你，對每一個人應當接到什麼程度的球一清二楚。所以如果有一位球員在關鍵的時刻漏了一顆不應該漏的球，你覺得其他人會看不出來嗎？

所以，絕大多數的失誤，都跟放水無關。

是的，也許有一種可能是，其他球員也看出來了，但他們一起共謀放水，那就不會有問題。聰明。看起來你慢慢可以理解台灣的棒球是怎麼一回事了。但事情沒有這麼簡單。我說過，每一個球員在場上都是拚輸贏，有的時候拚輸有的時候拚贏。我還沒說的一點是，同一隊球員很可能拚的不是同一個輸贏——就拿我來說吧，我的指令是來自林杏南，偶爾會來自張金榮。但就我所知，蛇隊跟我同一掛的人大概只有十個。剩下的二十多個人——嗯，我沒有辦法保證他們的清白，就像他們也無法知道我的情況一樣。

可以確定的是，如果他們也有在玩，那指令一定是別人下的。

這個意思就是，除了給予你指令的人，以及你很確定是「隊友」的人以外，你不能讓任何人輕易地看出來。

很久以前有一支球隊發生過這樣的事：幾個內野手出來作證舉發先發投手放水，一時之間轟動整個棒球圈。過了兩個月，這些被開除的先發投手聽到了一些蛛絲馬跡，反控當初作證的幾人是和另一簽賭集團配合的。這支球隊的游擊手和三壘手在法庭上都認罪了，卻都沒有作證證明對方確實有放水。一查之下，才發現原來他們其實也不是同一個集團的，所以不指證對方不是不願意、互相袒護，而是他們真的不知道彼此的情況。

如果你失誤到引起另一集團的人懷疑，那，只要派一個人向媒體透露訊息……

反正球員是用不完的，球團不會在乎開除任何人。而球團開除人只有一個標準，那就是你玩得太拙劣，搞到讓媒體知道了。

所以，在守備上放水最理想的情況不是漏接，而是一開始就不要站在能夠接得到球的地方。

這你就懂了。從小開始，你就是很受教練信任的，知道如何指揮守備布陣的好捕手。你會徹夜看錄影帶，記得高中聯賽裡面每一個打者的習性，在臨場的時候指揮我們移往接球機率高的地方。

就是這樣，反過來就可以了。

如果面對一個需要向左站三步就能接到的打者，我們就會向右跨一步。

這樣，當球正常擊出之後，我們就可以使盡全力地跑，展現球迷最愛看的拚勁，從電視螢幕的左下角追到右上角。我們可以逼真到全力飛撲，但球最終還是在距離我們半步的地方落下來。

從起跑那刻開始算起的話，我們根本就不算是有放水。

而像我這樣初始動作遲緩的球員就更好用了，就算刻意在原地猶豫繞圈，也沒有人搞得清楚我今天是不是只是剛好又暈了頭。

不必那個表情，我沒事。

能走路下場的都不算大傷。

仁柚，到很後來我才醒悟，雖然你接了我上千顆球，但我們對球的感覺從來都是不一樣的。

比如說，當我投出一顆一百三十五公里的球，你接到瞬間的球速其實只剩下一百一十多公里了。

投手丘到本壘板那麼短，衰退卻來得那麼快。

他們說，這種衰退叫做「尾勁」。一顆速球能有的最好的情況，就是從頭到尾都沒有衰退，但這種情況不存在。

所以我才會說，十三年是一個能夠得意的數字，讓我成為一個稀有的三十五歲職棒球員。而且到目前為止，除了我自願迎來的引退賽以外，我看不出有任何理由能阻止我邁向第十四年。

現在才五月，我已經轟出九支全壘打了。

如果你是仁柚，你一定會同意，作為一個打者，簡直只有尾勁最好的球才能與我比擬吧？

我見識過尾勁好的球。比如說虎隊那個一號投手李萬英。昨天的比賽你見到了嗎？被打得很慘的那個先發投手就是了。他可不是一直都那樣的，昨天那樣的狀況也不是他的實力。他進入虎隊三年了，第一年下半季開始就是主力投手。你沒接過他的球，也沒在打擊區看過他，沒辦法想像那是多有尾勁。

簡直跟瘋子一樣的球。

我很少在打中球的時候手會被反震回來的，他是現役選手裡面極少數的例外。就跟那些球迷謠傳的一樣，有尾勁的球，在打者看起來甚至會上飄。第一次遇到他的時候，我還不清楚他是這樣的，分明是全力要打了，還是跟個傻子一樣切在他球的下方，碰都沒碰到。球當然不會飄啦——只是落下得少，對我們這些身體已經記住正常落下點的打者來說，就像是上飄。他的指叉球也很不錯，一路衝過來快到底了，才一股腦地往下沉，手上棒子都出去了腦袋才告訴你不對，來不及了。

第一年他是新人王，丟得好極了；也就是說我打他的成績爛到可以。

隔年有一場，他先發，第一局就保送到一、二壘有人，解決掉一個之後換到我。林杏南叫我過去，跟我說：「今天讓三分，你打就對了。」這就是說，跟他說好了，他不會丟我打不到的球。

——我不會打下墜系的指叉球，那就是速球了。

站上打擊區，先看他丟了一顆內角速球，我身體往後一縮，壞球。我感覺到他的確是有留手了，那球不再像是在太空中旋轉前進的隕石那麼瘋了；尾勁弱了不少。我放心地抖了抖肩膀。第二顆是個外角掉到地上的速球，我還是沒有揮。這時候我看了一下休息室，林杏南對我皺了皺眉頭；我再轉過去看主審張金榮，隔著厚重的護具，我覺得他也是一個無奈聳肩的樣子。兩個意思加起來就是，他們也不知道為什麼會這樣；原本的劇本應該是他丟進來讓我轟出去的，但是不知道為什麼，這小子突然丟不進好球帶了。

第三球進來，修正過頭了，是顆跟我下巴一樣高的壞球。

再沒尾勁的球，丟那麼偏我也是沒辦法打的。

我舉手示意喊了個暫停，一面退出去拉拉筋骨。

給這小子一點時間喘口氣。

我站回來，呼一口氣。

今天的局是多少？二十萬嗎？賠率多少？

我看了投手丘上略顯緊張的李萬英一眼。要是今天出了問題，我可一塊錢都不出。

他抬腳，舉手繞臂，球瞬間壓出手——這顆對了，是正中好球——我不再猶豫，身體整個扭過去把球往前送。但才出手腦袋就暗叫不好了。這顆是李萬英正常狀態的球，有上竄尾勁的那種。王八蛋。我心裡閃過去很多念頭但已經來不及了，球棒切中球的下緣，整個球不如我預想那般朝全壘打牆平射過去，而是像噴水池的軌跡那樣直直往天上飛，看球的人最喜歡把這種球叫做「見高不見遠」，就是這個意思，死定了的意思。結果運氣竟然不錯，球一路旋到二壘手跟右外野手中間的空檔，非常軟弱地落地形成一支安打，壘上的跑者回來得了一分。

那局結束，我回到休息室的時候，林杏南不太動唇地在我經過身旁時說了句：「媽的，不用力就丟不進去，什麼鳥投手？」

我聳聳肩表示同意。那場比賽結束時，我們輸了一分，沒有如賭盤那樣開出三分領先。我邊換衣服邊看著更衣室上方的小電視，電視台主播訪問對方總教練，對方說，雖然贏球，回去還是要特別檢討在一局上失掉的那一分，「萬英畢竟還年輕，火候不足，投了不少失控的球。」

我忍不住哼笑出聲，一瞥看見林杏南在旁邊也是一樣的表情。

後來李萬英幫上面做了兩場白工才算抵了債。那兩場他們都以極些微的差距輸掉，總教練受訪講的話卻整個反過來了：「雖然輸球，但是萬英展現了主宰比賽的控制能力。」

說得真好，不是嗎？

但昨天就不一樣了，昨天的情況太難了。林杏南告訴我的是讓兩分，李萬英也確實很聽話，一有機會就送不少容易狙擊的球進來。只是不知道虎隊的打者是特別想贏，還是他們也收到了要讓分的指示，我們好不容易拉到兩分，他們下一局又乒乒乓乓反超回去──你說得對，林杏南已經去查我們隊上幾個投手了──總之昨天那樣實在莫名其妙，一路打到十四比十二，我們落後。我前三個打席打了兩支二壘安打、一支一壘安打，配額還差四分，我第四次站上打擊區的時候壘包上是滿的。

這情況其實很簡單，他塞一顆沒有尾勁的速球進來內角給我就行了。

我沒有注意到，這小子被打出火氣來了。

雖然不是扎扎實實地擊敗他，但一場比賽掉個十多分，對他來說似乎已經超過了投手自尊所能忍耐的極限。

第六局、滿壘、兩出局、落後兩分。

我等待的第一球送進來，是個內角。我還是果決地出手──球迷們喜歡看這樣揮棒的人，事實上這也是面對內角速球最重要的事，不能想，不能猶豫──結果球行到半途，才發現那是他招牌的指叉。我在揮棒的同時用全身力氣在心底罵了髒話。我跟他對決的次數沒有一百次也有五十次，我知道他的指叉球是怎麼回事。我設法在那幾毫秒之間改變揮棒軌跡，但還是來不及了，我的球棒劈在球皮上方，形成一個軟弱的高彈跳球。

場面上包括我的四個跑者都跑了起來。至少要踏上一壘，先搶回這一分。而且眼角餘光看著李萬英自己橫移去撿球，心想他至少總知道要傳歪一點吧？我往前跑，三十五歲的我跟二十五歲的我最大的差別，就是跑步的速度。我大踏步，看到一壘壘包也沒有減速，即將踏上去的那瞬間，李萬英把球傳到了。

果然傳歪了——他把球傳到我面前幾十公分處。

剩下來的你都看見了。一壘手本能地把重心偏過來接球，而根本沒想過要煞車的我，就和虎隊那個比我壯半倍的一壘手撞翻成一團。聽林杏南說，他在休息室還清清楚楚地看到我落地時，右腳腳掌被壘包絆了一下，整個翻折成無法理解的角度。

然後就是你現在看到的樣子了。

說是沒什麼，但這是個好理由。

所以我今天向林杏南提了引退賽的事。

「傷有這麼重？」他握住我的拐杖搖了搖。

我聳聳肩，反問：「Katsu搞定了嗎？」

Katsu就是「勝」的日文發音，這是球迷給最近擊出生涯第一支滿貫全壘打的張勝元的外號。他們還做了一面大旗，上面就只俗擱有力地寫了個大大的「勝」。這個反問旁人聽起來可能莫名其妙，但我知道這對林杏南和我來說，是同一件事。

如果沒有人可以接替我的位置，他這總教練的「績效」可是要大大打折。

他沒有說話，我大概就猜得出一二了。

「他不錯啊，我看下半年就可以上手。長得帥，形象又好。上次球迷見面會不是還有女球迷送他一尊等身抱枕？」

我斜眼看看林杏南，他有些鬆動的笑意，不過很快就斂起來。「這有什麼，等他回送人家飯店鑰匙，這才是新聞。」

「他拿簽約金抵了？」

林杏南「嗯」了一聲：「不只。」他手屈起來，比了一個飛機的手勢，「他在那邊有認識的。」

原來如此，所以是有退路了。

這孩子挺有趣的。若非他不合作會讓我的要求落空，我倒是滿樂於欣賞林杏南苦惱的樣子。看來他有雙好父母，竟然嚴嚴實實瞞住了有外國球探看上他的事情。

這樣還決定留下來啊。

「總ㄟ，那你覺得辦在八月怎麼樣？」我繼續若無其事地說。

林杏南的表情不大高興了，又說了一次：「傷有這麼重？」

我當然不會告訴他，其實不只是傷的問題，還有前兩天拿到的小禮物。

一個不起眼的盒子，誰送的？不曉得，總之不是我能在練打時認出來的人。盒子裡面有兩疊圖片，第一疊是一個姓胡的內野手的打擊側面分解動作。這姓胡的我知道，幾年前被開除了，他不是我們這一掛的，嚴格說起來，甚至不算是有「玩」。這是個不懂禮數的新人，脾氣搞不好比Katsu還硬。他發現隊上的賢拜在玩，向球隊、向聯盟申訴無效之後，不知道是誰教他：乾脆就做得更誇張，透過電視轉播，讓大眾發現這支球隊不對勁。

不曉得他現在明白了沒有，不管教他這招的是誰，那都是別人的「隊友」。

他誇張的揮棒確實引起了注意。一個月後，檢察官到他的宿舍帶人，火速起訴。有沒有定罪我不知道，也不重要，反正球團早已多次宣誓，起訴就開除，以示他們清白的「高道德標準」。

那疊圖片有點奇怪，每一張拍攝的都是揮棒完畢，球棒即將脫手的瞬間。在姓胡的身前會有一條線，看起來像是棒頭掃過的軌跡。每一張都比前一張多一條線，顏色深深淺淺，大部分都還頗鮮豔，只有少數幾條是純黑的。圖片的右下角標著日期，很明顯就是每一次揮棒的比賽場次。看了幾張，我就刷刷地翻到最後，那些看似沒什麼意義的軌跡線湊成了像被截掉一半的飛盤一樣的形狀。那幾道純黑的線旁邊，用虛線再次標上了日期。

你也感覺到了嗎？

不用去查，我也知道這是什麼意思。

我不知道這是哪個人想出來的鬼方法，不過，它還真有點門道。

我再拿起另外一疊更厚的，果然，是我的圖片。我直接跳到最後一張，腦袋裡面已經開始思考要怎麼處理了。當然得先跟張金榮和林杏南說一聲，但這他們也處理不了吧，只希望不必讓上面的動到太難看的手段。這人是玩真的。老實說，我有點不爽，不管這個人是誰，他一定不知道，如果那些本來不存在的東西現形了，那事情就很難善了了。

不過，這次倒沒有料對。最後一張圖片裡，我的身前一條黑線也沒有。

這是怎麼回事？我腦袋裡轉了一圈：如果黑線意味著打假球的揮棒軌跡，而我的圖片上沒有任何一條黑線，那就是說，不管這個人用的是什麼方法，再一次，就和以往的每一個球迷一樣，他的方法是看不到我的。

我順勢翻到照片的背面。

是了，有字：

「您是我們見過最誠實的職棒球員……」

暗影。軌跡。信任。誠實。

照片遮不住的眼角餘光，我和你的視線對上了。

一瞬間接通，我明白了，我的眼睛。

這玩意兒看得到別人，但看不到我，因為我的眼睛。

我開始思考跟剛剛完全不一樣的事了，這還真是個禮物。很久以前你留給我的，此刻那個不知名的人捎來的。他的信紙底端，留下了一組email信箱。那組帳號，看起來就像是把手放在鍵盤上面隨便碾出來的十個英數字母。如果這不是脅迫，如果這是一個信任的訊號，那他想必正在等待我的主動聯繫，想必有所求。關於一個誠實的球員，他能求的還會是什麼？我不禁笑出來了。

如果他真的這樣認為——

6

等待回信的日子裡，Fido發現自己越來越像球迷時代的自己了。現在的Fido仍然不敢進場看比賽，可是開始注意蛇隊的戰績情況。職棒三十五年，在這個只有四支球隊的聯盟裡，球隊排名是很不穩定的，因為從最後面衝到最前面也不過需要打敗三支球隊。蛇隊的表現還不錯，快要打完一半賽程了，還是穩穩占住第二名的位置，比起前一年的掙扎墊底好上不少。除了謝士臣穩定供輸火力，新人游擊手張勝元也表現頗佳，兩個人加起來已經打了十七支全壘打，可以預期蛇隊今年至少會有兩個十轟等級的打者。

另外一位被參與「暗影」的蛇迷列入推薦名單的主力投手也表現得很出色——可惜「暗影」分析投手的能力還沒發展完全，沒有辦法確定他到底能不能成為盟友。投手的動作似乎比打者複雜不少，負責建構檢測模式的阿燭說，只要有足夠時間就能找到模式，但現在還沒辦法。

這是Fido當初沒想到的一點，四個球迷提出的八人名單裡面，有五名是主力先發投手。棒球老話說：「先發投手占勝算的七成。」對於念過一點棒球統計學的Fido來說，這種錯誤的觀念早就被趕出他的腦子了，但球迷們仍然會記得那些縱橫大半場，擁有最多鏡頭，完全壓滅對手火力的大投手。

所以他們當然更信任投手。Fido第一次和四個人會談的時候，並沒有特別強調名單應該出自打者，看到他們交上來的名字，好幾年沒認真看球的Fido也沒辦法一下子認出每個人的守備位置——台灣的「資深」球員也不過四、五年以上的資歷而已，比起Fido的球迷時代都是資淺得來不及認識。於是當他把這些名字分發給ＢＯＬ的成員同時進行軟體分析的時候，就鬧了一場笑話。

總之，最後的結果是：八個球員扣掉五個投手，而剩下的三名打者，只有謝士臣通過檢測。沒有通過的打者屬於鷹、虎兩隊。Fido只好安慰這兩名球迷，「根據我們初步的分析，我們看不出你推薦的投手有任何嫌疑。只需要再精密一點的確認……」

Fido不太確定這樣的安慰有多少效果，鷹迷全程都暗著臉，而虎迷女孩更是一聽到消息就停不下眼淚。

天曉得，沒有軟體可以檢測當然就沒有任何嫌疑。

但重要的是不能讓他們對自己的球隊完全失望——那就是他們對棒球完全失望的時候了。Fido還是需要這些盟友的。

「但我們確實掌握了可以信任的名單，我們的努力不是沒有價值的。」

Fido早已經歷過完整的循環了，或者說是「輪迴」還更恰當一點。先生後死，死而復生。他相信過，所以也完全失望過。而現在，因為這個在漫長的二十多年始終如一的謝士臣，他感到自己慢慢可以重新相信了。

如同十多年前，每週一是職棒聯盟的休兵日，沒有任何比賽。那一天的晚上，Fido就會提醒自己，到官方網站查一下蛇隊本週賽程。他還不願進場，連電視直播都只停留幾分鐘就轉開，但是在有比賽的日子，他會記得在睡前去查今天的戰情簡報。有的時候，他會在晚餐時分就想起今天有比賽，但因為比賽還在打，他就去讀一點書，回幾封信，做一些收發室助理分內、但其實沒有很急迫的聯繫工作，讓自己一路忙到該睡的時間為止。

他甚至另外兼了一份母系教授的助理工作，負責最瑣碎的報帳業務。這份工作的好處就是永遠都做不完，永遠都會被退件複查。

他知道在別人看來，他只是做著沒有任何出息的無聊工作，但他自己感覺活得比任何時候都積極而有希望。

然後到了十一點——即使有延長賽，也應該打完了的時間——他就可以安心地登入網站，瀏覽那份日漸重新熟悉的戰報表格。

謝士臣：1B、SO、GO(1)、BB。差強人意。

謝士臣：DP、2B(2)、HR(1)、IBB。狀況極佳。

謝士臣：SO、SO、FO、E。……

他的眼睛只注意這個名字。大部分時候只注意這個名字，有時候他會不小心發現張勝元又猛打賞⑩或擊出全壘打了。

這是很自然的，強打游擊手是多麼難得的一種球員。

但是新球員太不確定了，清白或暗影，沒有足夠的樣本可以分析。

起先只是戰報，後來他開始看謝士臣過去比賽的影片。

十三年來，謝士臣的身材和臉型沒有太大的變化。高中時代細瘦修長的身形，在進入職棒兩三年之後完全壯實了起來，此後的十多年，他就像沒有經過時間沖刷一樣。他帶著落腮鬍的臉本來就顯老，因而不管過了多久都沒有老的感覺。而他的身體，Fido滿意地想，根本就是職棒球員的最佳典範。以他的實力，就算他在重量訓練上鬆懈下來，也能在台灣的職棒裡維持不錯的成績。但他沒有。連對棒球員相對無關緊要的腹部，看起來也鍛鍊得很不錯，不像那些差不多年紀的打者，早已肚腹突出了。

Fido喜歡他的揮棒——無關乎誠實，即使以最嚴苛的職業選手標準檢視，謝士臣的揮棒都是非常賞心悅目的。他的揮擊一氣呵成，非常簡潔地朝向他的目標攻擊過去。有些選手會因為看錯了球路，在揮棒中途扭曲身體去碰球，使得整個揮棒軌跡像是摔壞的瓷盤那樣坑坑巴巴。但謝士臣從不如此。他的揮棒軌跡就像是土星環，豐厚、大氣且理直氣壯。如果他猜錯了球，他就會毫不戀棧地揮空，反正永遠都有下一球。

而如果他猜對了，那球場的每一個角落都得要繃緊神經了，在他狀況最佳的時候，他可以隨心所欲地轟炸球場的任何一個角落。

比較起來，張勝元確實就像個新人——爆發力十足，但技巧顯得稍微生澀。

⑩指一位打擊者在比賽中擊出了三支以上的安打。

Fido每天都告訴自己這些事情，讓自己安心，他之漸漸對謝士臣入迷，是有著棒球史上前所未有的科學基礎分析出來的。而且，也絕沒有任何球迷像他這麼深入地調查過一個球員。

他想起張欣予的證言：停不下來似的練習……

但他心裡那位親身活過幾次「輪迴」的Fido卻又不斷提醒他，不管再多的分析與證據，相信一名球員都是危險的。

最後他告訴自己：他只是等待回信等得太心焦了而已。

Fido把那個他用亂數產生器製作出來的email帳號、密碼手抄在桌邊的便條紙上面。雖然沒有任何根據，但他總覺得一旦存在電腦裡，留下電子紀錄就不安全。關於「暗影」的事，他僅能信任記憶和緘默，如果真的無法記憶的，那最多只能依賴手抄。任何能過電的東西都是危險的——即使他知道這樣做有幾分可笑，他終歸還是得登入去查信的。更何況，他還忍不住反覆輸入這組帳號密碼，每天六七次，就怕漏了謝士臣的回信。

一週之後，他揣著那張便條紙去上班，偷空絞碎了它。現在，不靠它也能輸入那組毫無意義的亂碼了，但他還沒有收到回信。他只能耐心地等，在心底自言自語，這不是一件容易的事，對任何人來說。

即使是謝士臣也是需要考慮的。

再過一週，他覺得快要按捺不住那股焦急了。每次看到謝士臣的比賽片段，都徒勞地想從他的表情上看出點蛛絲馬跡。

是否該再做點什麼。

或者催促，或者是想辦法提升信任。

畢竟，謝士臣對Fido一無所知。

但是下一次出手時機應該是什麼時候？現在已是五月中了。球季剩不到五個月，他必須趁球季還沒結束前打贏這一仗，因為只有這段期間，可以動員起最大強度的球迷輿論。

歷史上每一次假球偵查案都發生在球季末尾，正是因為所有參與其中的人——包括檢警單位——都知道，如果非得斷尾求生，那個時候傷害最小。

所以，「暗影」的事就得反過來做。

一路等著，Fido就看到了謝士臣受傷的消息。在一場激烈的打擊戰當中——他看到對方先發投手的名字，不禁想起四位資深球迷之中唯一的那個虎迷女孩；她提出來的打者被「暗影」否決時，幾乎要哭出來的表情讓Fido非常不捨，這位李萬英是她最後的希望了吧——，謝士臣一個人打回五分，但是第五分卻是用他的傷勢換來的。他在跑壘時與一壘手劇烈衝撞，對方只有輕微拉傷，但謝士臣卻右腳翻船，腳踝異常腫大。

球團的官方新聞稿照例對傷勢含糊其辭，網路傳言說有碎骨，但也有人說是關節的傷。總之，當天晚上他就被下放二軍調養了。

接著，在Fido還沒想清楚下一步該怎麼做的時候，信箱裡就收到了信：

——明天下午兩點，沙埔路一九六號一見？

沒有署名，但email的帳號開頭是「Hsien.jy」。

Fido看到帳號的當下被一股暖意襲滿全身，驅走了數週等待的焦躁。別人或許看不出這串英文有什麼意思，但Fido瞬間就能理解。

謝。仁柚。

Fido決定穿著去球迷餐會的同一套球衣。他覺得，維持一個熱血球迷的形象，會比較有助於取信謝士臣，畢竟沒有一定的熱情是不可能搞這麼一件事情的。他再次請假南下，在火車站附近租了車，循地圖找，從市區主幹道轉上沙埔路，門牌號碼一路倒數接近個位數的路途上，兩旁的街市越來越稀疏。

他一邊找路，一邊想著該怎麼回答待會兒可能的質疑。

這套軟體真的有用嗎？你們怎麼拿到這些影片的？你們是否找過其他人？……

有些問題他也不確定要怎麼回答才好。也許他計劃得沒有自己以為的周全。但他只能、也必須信任謝士臣了。信任他將會取得信任，只要見到他，事情就會順利開始了。車子最後在一幢獨棟的小別墅前面停了下來。不是什麼豪華的別墅，雖然也有著沿滑軌旋開的鐵柵門，但看起來並無警衛一類，房屋美觀但不致華貴得太張揚。

別墅的附近有一些草地和灌木，看起來沒有什麼費心整理，但不到荒涼的地步。Fido把車停好，熄火，附近一瞬間安靜了下來，只剩下一點點微弱的蟬鳴。他深呼吸，然後摸索到門口的對講機，按下去。

等了大約五秒，他又按了一次。

靜默的幾秒裡，他腦中似乎浮現起了張欣予說過的，謝士臣在地下室搭建的打擊練習室。一陣輕微的音爆聲中，一個粗拙的男聲響起：「你好？」

「你好！」Fido試圖保持心情的輕鬆：「我是之前和您有約的Fido。」

對方沉默了一會兒。

彷彿很久，但仔細想想又似乎僅僅數秒之間。

「啊！好的，請進請進。」

鐵柵門應聲開始滑動，順著滑動的軌跡張開了一道寬廣的入口。Fido遲疑了一秒，最終決定還是走路進去，把摩托車停在外面。

穿過並不算大的庭院，Fido覺得自己鎮定一些了。他是來完成一件拯救台灣棒球的大事的。他不是一般球迷，這也不是什麼球星見面會。他沒有那麼崇拜謝士臣，他只是需要這樣一個盟友。

就這樣而已。

而那個叫做謝士臣的球員，此刻正站在門口的台階上，對他伸出一隻手說：「歡迎你來。」Fido感覺謝士臣比螢幕上看到的要巨大許多——確實他的身高只是常人之中略高的樣子，但他的肩膀、腰身到大腿，都不是平常人所習見的尺寸。謝士臣一邊說著，一邊把他迎進房子：「現在只有我一個人在家，我想這樣比較適合。」

Fido立刻想到張欣予。不知道她有沒有跟謝士臣提過？但轉念一想，她並沒有聯想起來的理由。安心下來之後，繼而就是心裡一抽，是的，比較適合。這樣含蓄而有祕密的說法，讓他感受到一種同志的親密感。跟著他走，Fido這才重新想起謝士臣的傷。他沒有用拐杖，腳踝處也只有稍微露出包紮的紗布，但走起路來很明顯一腳高一腳低。

「謝謝你抽空見我，」Fido一面走，一面讓自己流露出適當的感激：「尤其是在你受傷的時候，還讓你走出來接我。」

房子並沒有想像中那麼大，走進門一拐，就是一間沙發繞著黑玻璃桌面的台式客廳。謝士臣坐下來，揮了揮手，像是同時示意Fido坐在他對面的位子，同時表達不在意。

「沒什麼，小傷而已。」謝士臣露齒而笑，「這樣才能放幾天假。」

「真的沒問題嗎？從重播畫面看起來很嚴重……」

「醫生說要一個月，球團打算對外發布的說法是六週，但是實際上嘛，你知道他們多麼大驚小怪……你不會往外講吧？這種無聊的事情也沒什麼好說的。」

「當然，當然。」Fido試著讓自己在搭話以外說點別的，說點方便切入正題的話，但腦袋裡一時什麼也接不上，只好說：「休一個月的話，那應該趕得上明星賽的！」

說出口他就暗暗對自己生氣，怎麼越說越像一個普通球迷。

「那也要能入選才行啊！」謝士臣大笑。

「怎麼可能不行！」

「好啊，有你這句，等入選了我就送你票。」

謝士臣一派悠閒的樣子，似乎沒有立刻提起「暗影」的打算。Fido順著謝士臣往旁邊飄的眼光，看到右手邊的電視櫃。除了正中央的電視之外，兩邊的玻璃酒櫃收著幾座MVP獎牌，與視線平行的那一列裡，則收著幾張家人的照片。他看到年輕一些的張欣予，若干照片裡還有個眉毛和謝士臣一樣粗的小孩。其中一張是不到十歲的小孩戴著小小的手套，彷彿投手一般抬腳準備向觀者投球。在畫面的最近處，是柔焦了的、謝士臣壯碩蹲捕的背影。

「那是……您的兒子嗎？」

Fido被這張溫馨的照片吸引住了。是張欣予拍的嗎？

謝士臣的聲音傳來時，Fido仍未移開眼光。「對啊，是以倫八歲的時候照的。」

「拍得真好。」

謝士臣咧了咧嘴。Fido的眼光順著這個高度往旁邊一格望去，看到的是謝士臣從小到大、穿著各階段球隊球衣的照片。小時候幾乎都是投球的畫面，直到高中以後才漸漸出現打擊或跑壘。而就在兩個時期的正中央，是謝士臣穿著那身民和高中經典的橄欖綠球衣，手搭著旁邊比他更粗壯許多、面容卻沉穩安定的隊友的肩膀。

就是他了。他凝視著這張照片，想起從知道謝士臣這個人以來，所發現的許多事。

然後他轉過頭，謝士臣正安靜地看著Fido。

Fido迎上他的目光，手指著謝士臣與謝以倫父子投捕合照的照片，輕聲說：「如果……

他也有過這樣一張照片就好了。」

才開口，Fido就有些後悔了，這種隱晦實在太過直白了。

謝士臣的笑容斂了斂，雖然還稱得上是笑著的。

「仁柚一直都在場上，所有的比賽，我們都是一起經歷的。」

「我明白。」

謝士臣沒有任何被冒犯的樣子，但整個人像是輕易地滑入了一個Fido所未能參與的世界裡去了。

Fido突然升起一股不可抑止的衝動，危險的，想要坦承一切的衝動，包括他去過清仁，去過民和，還認識了他太太的事。或者談談許仁柚，談談自己和棒球。原先希望自己不要像是個普通球迷，但這些盤算現在一點都不重要了。

沒有什麼不能說的，所有的小心都毫無意義。

「謝士臣先生，我非常感謝您願意見我這樣一個來路不明的球迷。就如信上所說，我相信您，而且希望能得到您的支持。……我以前也是個球迷，然後後來又不是了。現在我希望我可以重新相信棒球。台灣的棒球。您是我第一個信任的球員，不只是因為我的軟體告訴我，也是因為許仁柚先生的事。那是非常令人難過的。可是它發生了，而且那之後十幾年，您還在球場上，還仍然是最認真的球員，更重要的是您從來沒有忘記過他。

「您會記得對您最重要的人。所以我覺得，您一定也記得，關於棒球，那些最早、最純粹的東西……」

謝士臣沒有出聲，專心地聽著。

直到Fido說完最後一個字，他才輕輕地動了動身子。

「如果我願意支持你，你希望我幫什麼忙呢？」

Fido直起身子，在球衣上的號碼和隊徽的微微擺動中，把他準備多時的計劃重新說了一次。他在心裡排練了那麼久，就等這一刻。除了事情約略的步驟以外，他還試圖估計大致的時間表——從剛剛的對話，他得到一個靈感，如果謝士臣可以在明星賽的記者會上發布這個消息，那是一年一度的慶典，想必會得到更多的關注……Fido則可以早早安排他在網路上面聯繫過的球迷們即時呼應。

Fido沒有提到ＢＯＬ，只說，他可以成立一個網站，提供許多「暗影」的檢測實例，讓所有球迷可以自由下載比對。球迷這方面，只要情緒操作起來了，他們自然會讓訊息延燒開來。職棒三十五年，球迷們心中漲著三十五年的壓抑與熱情了，「暗影」就是戳破這顆氣球的第一根針。

由謝士臣為中心引爆這件事，讓媒體必須關注，然後網路這邊則由Fido負責。

如果成功的話，「暗影」就會成為球員道德標準的檢測器，而且是透過無比可靠的科學分析。

「多看新聞就知道，台灣人最喜歡的就是要求別人道德，最相信的就是看起來很科學的東西了。那我們就一次給他們兩個。」

謝士臣笑著點了點頭，這鼓勵了Fido。這對夫妻在這點上真是相像。Fidc最後說：「如果可以的話，也希望您可以聯絡聯盟內其他可信的球員、教練，一起發動這件事情，想必會更有說服力。」

只要台灣球迷願意再次相信台灣職棒，像美國、日本、韓國那樣時時球場爆滿的盛況，根本是輕而易舉的事情。

「這樣，像您這樣認真的球員，才不會被埋沒啊！」

Fido說完了。他看著謝士臣，發現自己的臉頰不知已經燒熱了多久。

從剛剛開始，謝士臣的話就不多。

客廳裡沉默了一會兒，Fido數著自己的心跳聲讀秒。但他發現自己很難專心，總是數沒多少又從零開始。

「謝謝你信任我，願意告訴我整個計劃，」良久，謝士臣像是決定了什麼，徐徐開口：「但是，第一個，我沒有辦法幫你找其他球員和教練助陣。也許你不相信，但我也不知道誰是可以信任的。就算是我的好朋友或教練，他們如果有在『玩』，也不會告訴我。」

Fido心往下一沉，但他還是接了口：「嗯，是的。」

「你不要怪我，我能待這麼久，靠的就是我什麼也不知道。」

Fido點點頭，「這個部分，其實我們可以自行用『暗影』找出可以信任的名單，倒不是太大的問題。……」但他忍不住問：「可是，從來都沒有人找過你嗎？你打得那麼好。」

「當然有，所以我知道誰絕對不能信任——但我不會說——說了對你也沒有好處。這也就是我為什麼沒有跟他們合作，還能一直留在這裡打球的原因。」

這是理所當然的。明哲保身，一句俗濫到不能再俗濫的話。

在台灣，哪一件事情不是這樣。

可是……

「可是，您還是願意支持這件事吧？……」

「我願意支持所有能讓我安心打球的事。」謝士臣說：「可是，你真的覺得，這樣不依靠警察和法官的事情能成功嗎？我不曉得。你跟我說的那些組織、動員或者網路什麼的，我都不懂。我只知道，法律還是最大的，只要它能夠確實執行。當然，我知道，有些事情讓大家不願意相信法律，但是，如果沒有警察或其他更有力量的人當後盾……」

謝士臣指指自己的腳：「下二軍休養對我們來說是家常便飯的事情，但原因卻不見得和球團發給媒體的說法一樣。」

Fido覺得自己快要撐不住了。他和幾分鐘前的自己是兩個人，和來到這裡之前的自己也完全不一樣了吧。

幾分鐘前的昂揚彷彿幻覺，只剩下臉頰上的一點熱。

他感覺自己是被連塞了兩顆好球的打者，而且他還知道如果有最後一顆，那他一樣什麼也打不到。

他還以為自己準備好了。

謝士臣站起身來，越過客廳，拍了拍Fido的肩膀。房子外面隱隱有車聲逼近，Fido竟然好清明地理解到，啊，是那個清仁國小的輔導老師張欣予接著放學的謝以倫回家了吧。謝士臣也有所感應，看向窗外，再轉過來注視著陷入失望氛圍的Fido。這個年輕人穿著黑底、繡有金色蛇紋和謝士臣背號的球衣，微胖的身形說明他是個不常運動但喜愛透過螢幕觀賞職業運動的人。他瞭解很多關於棒球的事情，也充滿了熱情，但那些事情，不見得在台灣棒球能夠行得通。

最要命的一點是，如果他的想法行得通，他自己也不會知道。

謝士臣知道，但是暫時不會告訴他。

再讓失望彌漫一會兒。然後，給予今天的最後一擊。

「我很抱歉，你辛苦來這裡一趟，只能這樣答覆你。當作是賠禮，我先透露一些未來的計劃吧，目前我們還沒有公開這件事。關於明星賽的記者會上要說些什麼，其實我已經打算好了——我，謝士臣，將在那個時候，發布我將在今年退休的消息。」他揮揮手，「一些細節，已經開始安排了。」

車聲靜了下來，接下來是鐵柵門沿滑軌旋開的聲音。

「如果你說的事情有什麼確定的進展，我絕對願意幫忙，然而就像我剛才說的，有太多不能確定的事，我打球的時間也不多了，而且……」謝士臣看了一眼窗外，再看一眼酒櫃上陳列的照片，說：「畢竟，我還有家人呀。」

Fido遊魂似地站起身，喃喃說：「是的，當然……」

「真的非常對不起。我很支持，但是，非常對不起。」

「沒有關係。」Fido勉強自己笑：「我明白，沒有關係的。」

「請你一定要堅持下去。台灣棒球需要更多你這樣的人。」謝士臣伸手去握住對方的手，施以充滿歉意的壓力，同時慢慢地將他送向門口：「我會寄票給你——如果你還願意來看明星賽的話。我會幫你安排最好的位子，也歡迎你帶朋友一起來。」

「謝謝。」Fido說。

他覺得自己好像應該說：恭喜你退休。但不確定是不是該用「恭喜」這個字。這是喜事嗎？在某種意義上，或許是吧。

十三年的球員生涯，得來不易的喜事。

近黃昏的光線有些暗，側邊的草木看起來伏著幽暗的影子。

「再見，真的謝謝你來。」

「再見，很對不起打擾您。」Fido說。

然後，匆匆在張欣予能看見自己以前走出巨大的鐵柵門外。一切很快就都安靜下來了，只剩下他有點遲緩地轉動眼睛，搜尋自己停放摩托車的地方。

7

傷還沒全好，不過應該快了。

別擔心——其實我也不確定，你真的有在擔心嗎？——，這種程度的傷不是第一次了，下禮拜就能練打了吧。我又不是那種需要拚死跑步的球員。我是第四棒一壘手，不是第一棒游擊手。

游擊手真的是個累人的位置，專注力半秒也不能散，要跑動要補位，傳球距離更是他媽的長，從小我就不喜歡。據說有個中南美洲國家也很愛玩棒球，他們的小孩加入球隊的第一個守位一定是游擊手，「因為這是全場最有趣的角落，只有在這裡才可以完全享受棒球的樂趣。」

享受樂趣，聽起來就像張勝元會說的話，不知道他有沒有聽過這個國家。

Katsu正在慢慢地長成最珍貴的那種內野手，各方面來說都是。

他的跑壘速度是全隊第三快，但判斷時機的眼力卻超過前兩名，這讓他累積了十一次盜壘成功，暫居聯盟第一。他的初始動作很有天分，活生生比全隊所有內野手都多出至少左右一步的攔截範圍。守備的時候，他毫無猶豫地滑步接近目標，接、收、傳的方向卻早已經過縝密的計劃，完全扣緊比賽的情況。以游擊手來說，除了臂力平平之外，還真沒什麼好挑的。

更好的一點是，他很能打。

也許比我還能打，如果扣掉你的眼睛的話。

截至六月，他擊出了九支全壘打，打擊率三成零一，站穩了球隊的第三棒。如果不是我在，那他毫無疑問地就會是第四棒。

我可以想像球季開打前寫了一篇球探報告的那個球迷在電腦前面的笑容。他整份預測只看錯了一件事：Katsu幾乎沒花任何時間就適應了職棒強度，而面對他的投手花了三個月卻都還沒找到修理他的辦法。

但球迷不會知道的是，現在他的Katsu正是笑不出來的時候。

誰教他把林杏南逼急了——好吧，這裡面也有我的一份。

前幾天下午，賽前守備練習，Katsu漏了一顆滾地球，撿起來再傳，一心急竟然失控把球射進客隊休息室裡面去。林杏南臉色鐵青地喝住他，連我們隔得遠遠的這一掛外野手都聽到了。

又來啦。閒閒的話聲在草地上搖晃著。

「總ㄟ心情不好囉。」某個正在傳接球的人這麼說。

我坐在左外野的一座球籃上。復健菜單結束了，也不能多練什麼，只好百無聊賴在那裡拋球給學弟打。

隔著大半場，就看到張勝元小跑步到對方休息室，向著對方總教練誇張地又是脫帽、又是鞠躬。

誰看不出來這是怎麼回事。

失誤在球場上本來就小事，誰一輩子沒有漏個幾百次。

這時候是下午三、四點，觀眾席上還沒什麼球迷。雖然名義上，練球是開放參觀的，但實際上這時間大家都互相認識。那幾十個在上面遊蕩的，要不就是球員的家眷，要不就是工作人員。你如果想看到些什麼，一定得在這時候就先到球場。

能到二軍的比賽更好，越是人微言輕的，越愛多說兩句。沒有比老蹲二軍的球員的家眷更多嘴的了。

對方的總ㄟ跟林杏南也是一掛的，板著臉說了幾句，手一揮，Katsu就開始悶著頭罰跑了。看似又是個平常的一天，林杏南的提議再次被Katsu拒絕。

這小子還真能磨。

但今天其實不一樣。林杏南並不是沒有辦法的人，只是他確實如他在球迷眼中的形象一樣，有幾分斯文氣。別隊總教練打球員、和領隊一搭一唱扣薪水、甚至把「上面」的人請到飯店房間裡面，讓人掛幾天傷兵名單這種事情，林杏南是不肯做的。當然啦，那個叫做Fido的小鬼不可能知道這一點，所以這還不失為一個好理由。

他不知道的可多了。

雖然，他知道的事情有點麻煩——對我有利的那種麻煩。

總之，林杏南比較喜歡不著痕跡的辦法。這就是為什麼他不會立刻告訴新人，隊上有哪些「隊友」的原因，雖然「那個賢拜也在玩」通常是一種很有效的說服方式。

我繼續坐在原來的位置上，眼角餘光看著繞著球場跑的張勝元慢慢接近。

「Katsu！」

「賢拜？」

他停下來，恭恭敬敬地站住。雖然是教練命令他跑，但我是早他十三年的大賢拜，而且我現在就在他旁邊，出聲叫了他。

這種事情就跟萬有引力一樣。

「No mind啦，」我指指在本壘方向抱胸板臉的林杏南，他一定正在偷偷注意這裡，所以才會刻意不看過來：「他齁，就是嘴賤愛牽拖啦。沒事，回去我幫你講講。」

張勝元眼神閃過一絲尷尬：「賢拜，免啦……」

我扣了扣傷腳：「我不能上場，你別想太多，他那邊有事我來就好。你在上面專心好好打，就是幫我忙啦。」

「是！」

他認真過了頭的臉上重又露出了放鬆的笑容。

有些事情就是得繞點彎，越大的事情就越得繞，這也是林杏南教我的。

就像那天Fido來找我。

你說得沒錯，我其實不一定要拒絕他的。

如果我願意，他的計劃也許真的有機會。幾十年來，什麼辦法都有人想過了。找警察，建立聯盟安全小組，跟保全公司合作，截斷球場通訊設備，監聽每一個球員，監控球員的金融帳戶。後來他們發現最大的問題不在球員這裡。球員會被抓出來、開除、判刑、被索求巨額賠償，可是永遠都有新的球員。接著他們上街遊行——雖然我始終搞不懂，我們連個凱達格蘭族的球員都沒有，跑到凱達格蘭大道上是能搞出什麼——，支持立更重的法，鼓動輿論，弄到最後，總算有個總統宣誓要在任內掃除簽賭。

某種意義上，他可以算是成功達成目標了，在他的任內確實沒有爆發任何一起簽賭案。因為他直接下令終止所有監聽和偵查。查不到就不會有案子，沒有案子就可以列在政績裡面。

真可惜，他如果小時候也打棒球，長大一定是個出色的職業球員。

這些東西都不可能成功，因為它們都沒有真正瞭解問題。

問題是：有些不存在的人，有些不存在的事，他們看不到就是看不到。

這個名字幼稚透頂的「暗影」卻有點機會，因為它唯一的功能就是讓所有人看到。

我最擅長的就是看見和不被看見。

那些圖多看幾次，我就懂了。那是把打擊動作全部疊合起來，找到某個人的揮棒模式，然後那些故意亂揮的，不合於模式的東西就會被凸顯出來。只有一個小小的漏洞：如果有一個人從頭到尾都知道球會落在哪裡，而他決定一直盯著沒有球的方向，並且往那個方向全力揮擊，他看起來就一點也不像是故意揮空的。

不過這個漏洞問題不大，因為整個聯盟只有一個球員有這種能力。如果Fido生在另外一個國家，也許也能成為一個出色的職業球員吧。但不是這裡，不是現在，未來也沒有機會。

即使我加入了，也不保證他能夠贏。

有機會，有機會而已。

張勝元會在意這種機會，如果讓他知道了，他會抓住不放。但我打球十三年了，有機會的事情聽多也看多了。有機會的意思就是，事情沒有太多意外發展的話，其實本來就是無法成功的。

然而在我手上，只要繞幾個彎——

張勝元如果再不懂得繞彎，他在球場上的敏捷可都要浪費了。再快的滾地球也是看得見的，但他一直拒絕面對真正的，不存在的那些球。

一出局，二、三壘有人的危機。打者咬中球，把球帶向三游之間。張勝元向右踩一步之後飛身過去，又是一個撲接。雙殺守備，攻守交換。了不起。

這個play漂亮，有技術，有貢獻，有滿身的紅土，連林杏南都得站到休息室的最前面歡迎他回來。因為現在是比賽時間，觀眾席上有球迷，休息室裡面有攝影機。就像身為傷兵的我，本來是不用到球場的，但我知道林杏南會怎麼說。

來讓他們看看。

就像是變魔術，展示是為了掩蓋。

讓他們看跛著腳還是到場的謝士臣，讓他們看球隊落後時謝士臣抱著球棒的寂寞神情，讓他們看被三振會摔頭盔的謝士臣，讓他們看新人游擊手擊出全壘打後會拖著傷擁抱隊友的謝士臣——

啊，不是全壘打。

這是顆失投球，球速沒有特別快，卻笨直地往打者的腰帶送，投手一出手我就覺得張勝元可以轟出牆。

但是沒有。他往上揮的軌跡切到球，球很強勁地往三壘方向滾動，雙殺打。

總有幾次是這樣的，有時候太甜的球也會讓人措手不及。

林杏南附耳向旁邊的助理教練說了幾句話，然後轉過來看了我一眼。我知道他等這麼平凡的一刻很久了。

我非常期待張勝元看到存摺的數字變化之後的臉。不過大概是不可能看到了；過了這麼幾天，他應該早就發現不對勁，而換上那副悶著頭跑步的苦惱表情了吧。

不知道他要多久才會想起，那天當他為了損失一發全壘打、還外帶一個隊友出局而在休息室裡悶悶不樂的時候，我用拳頭捶了捶他，笑說：「Ni-batting[11]喔！」和這一切的關聯性。當時的他看了我一眼，困惑不到半秒，就不好意思地搔了搔頭，把我的話當成是在虧他。

他這樣想也不算錯，只是沒有那麼對。

每個球員都有自己的「熱區」——有的電視台會在轉播的時候，用動畫在好球帶的地方畫出3×3、或5×5的格子，然後把該位打者擅長擊球的區域塗成紅色。以我來說，就是靠近我身體的內角球一整排，以及中間偏高的幾個位置。張勝元的熱區會比我少掉內角最低的那一格，但是多出外角偏高的兩格。

當球進到這些區域，你的身體是會有感覺的。而當那種感覺閃過腦際，但你的手卻沒能跟上的時候，確實是不太好受。

特別是對Katsu這樣的球員來說。

林杏南對這小子真的是下足了工夫，分別打了好幾通電話給Katsu高中和大學的教練。他的大學教練也是「同事」，當初就跟林杏南說他很能打，不過不建議把他選進球隊，一接起電話就笑：「早就跟你說過這小子脾氣拗，現在果然，搞不定了吧。」

問來問去，說法都差不多。張勝元家裡算是半個外商公司，專門代理國外的文具，不差他這份球員薪水。他爸跟所有父親一樣認為打球沒出息，不過既然家裡有份事業可以繼承，有沒有出息就沒什麼關係。中小學成績都不錯，就是太愛打球，國中的老師覺得他繼續練球太浪費，為此專程家庭訪問。他偷聽到了，接下來幾次考試故意亂寫一通，一心一意留在校

---

⑪台灣球員的習慣用語，也就是「Nice batting」（打得好）的意思。

隊裡。他高中的教練跟林杏南沒那麼熟，只是對這位總ㄟ也耳聞過一些，所以除了誇Katsu拚勁好，高二那年被觸身球打中手腕，腫成兩顆棒球大還硬要上場之外，還意有所指地說：

「賢拜你放心，這孩子只要有球打就滿足了，人品一流的，不會走歪路。」

如果有人來問起你，我可能也會這樣說吧。

不知道欣予會怎麼跟別人提起我？前兩天晚上她告訴我，前陣子有個新聞系的大學生跑到清仁去找關於我的資料，說要寫一篇報告。她靠近來抱著我，說，因為那個大學生，她才發現原來輔導室裡有我的紀錄。

是我們偷了球場鑰匙，大半夜跑去練球的事。她提到了你的時候抱得更緊一些。

那時的我們，不會輸給張勝元吧？丟球，接球，揮棒，每一次都很像，每一次都不太一樣，在這樣平靜的變化裡面就有我們需要的一切了。欣予這樣的人是不可能明白的——就算是Fido這種自以為很理解棒球的人也不可能——，當她說我年紀真的大了，該考慮好好休息的時候，我知道她不會懂。這跟輸贏沒關係，跟什麼拚勁沒關係，只是人被啟動了就不會甘願停下來。

但我沒有多說，只是反抱著她，多年以來，正是因為她什麼都不會懂，我才能夠這樣抱著她。

我還記得你的熱區。外角腰帶高度，或者再略高一點的位置。因為你揮得沒有我快，所以比起憑直覺快速揮棒，更喜歡把一個打席當作一局棋。我們的天分是對稱的，你會守我會打，簡直就像是被惡作劇拆開來的一名完美球員。

一直以來，你的打擊成績就是靠眼睛，你會沉著地盯著球的行進，縫線旋轉的模式，直到非常確定這是你能打好的球，才出手。

而在那次之後，我才繼承了你的部分，從此成為一個完美的打者。

在那比光還短的一瞬間，棒頭與頭盔就像是通了一道電流過去一樣。我有些什麼永遠地被你帶走，換得了某些永遠在我身上的東西。

我曾經想，我要打到你的這雙眼睛閉上為止。如果你還讓我繼續看得見好球帶，那就說明我對你的責任還沒有結束。然而已經十三年了，我幾乎早就忘記了這個想法，直到這個拗得就像當年你我的張勝元出現，我才理解：這是多麼可笑的幻想，這跟你想打的棒球一點關係都沒有。

那為什麼你還在這裡？蹲在這裡，用那種眼神看著我？

為什麼你還不閉上眼？

只要你不再看，只要你離開球場，這一切馬上就可以結束。謝士臣就會立刻變成一個打擊率兩成都不到，毫無長打率的衰老一壘手。沒有人會要這種球員，他連自己家裡地下室裡面飛行的酒瓶都擦不到。

為什麼張勝元不乾脆出國算了？

美國球探一點也不在意他的違約金，唯一的條件只有轉任二壘手。

你們還留在這裡等什麼？

Fido來過後幾天，我給林杏南看了禮物盒裡的第一疊照片。他的反應和我初看時一模一樣，前面幾張還漫不經心，翻到最後臉色全凝了起來。

「這些哪來的？」

「一個球迷的禮物。」我說：「一個有點太超過的球迷。」

看表情就知道，在幾十秒之內，林杏南念頭已經轉過一輪了。這些圖片是貨真價實的嗎？或只是繪圖軟體虛構的恫嚇？對方真的是球迷嗎？會不會是哪個新上任沒打點好的檢座？也許，根本是其他同行玩的把戲？但他很明白以上的想法全部都不夠合理。偷偷摸摸地找上一個資深明星球員，而不是直接找記者、找熟識的警方管道，很顯然就是別有所圖，而且是個在正常管道內沒有夥伴，一無所有的人才會想出來的計劃。

那麼，這就是來真的了。粗魯，直接，但很可能有效。

最後，他的表情靜止下來，轉用一種詢問的眼神注視我。

「總ㄟ，說真的。我打夠了，真的累了。」

我累了，而且我手上有這麼一疊圖。林杏南是個好溝通的人，不必多說他就能知道我打的主意，這點真的是我的運氣。

我答應他，為了給上面一個交代，剩下來的場次我分文不收。張勝元的事情，我也會幫他幾手。最後，這個熱情得過頭的球迷，雖然任著他，也不可能真的完成他的幻想，但製造出來的麻煩肯定不會小。而我可以想辦法擺平，或者至少讓上面有時間布置擺平他的辦法。

我要的就是一場比賽而已，一場以我為主角的比賽。

這就是Katsu現在苦惱的真正根源。在那次全壘打不成的雙殺打之後，林杏南沒說什麼理由就把他給換下場。但真正的好戲在後頭：他的個人帳戶突然多出了二十五萬元。光看轉帳日期就知道，這是一次在熱區打了Ni-batting的價碼，雖然他從來沒有答應過這筆交易。不過有誰會在乎呢？事實就是球也打了，錢也到了，轉帳紀錄也留下來了，一樣不缺。

沒幾天，我就聽到林杏南訕笑地跟我說：這小子把錢統統領出來，裝在一個破背包裡，偷偷摸摸地想退還給林杏南。

「謝謝總ㄟ好意，可是這個……」

林杏南當然不承認，只笑著回：「你要謝的話，我們隊上就只有一個啊。」

接下來幾天，他在球場裡見到我都是一副噎著話的表情。

等到他鼓起勇氣，已經過了一個禮拜。

「賢拜。」

此刻我也拆掉繃帶，開始進行一些簡單的傳接球練習了。他走過來，我就示意另外一個外野手先暫停，轉向他，率先開口：「免煩惱，小事情而已。」

「賢拜。」他咬字咬得很重：「我真的沒有在玩的啦。可不可以。不要這樣。」

「沒事，你想到哪裡去了？我只是聽說你有個長輩動手術，拿去買點營養的東西，就當作我謝謝你代我的班嘛。」

「不是，沒有這樣的，錢我自己有，真的。總ㄟ說……」

「總ㄟ說什麼？」

我注視著他，我知道自己臉上掛著的微笑看起來像什麼。外野剛有割草機整過，一股微溼的草腥味被午後的陽光蒸得飛散起來。我們在這樣的氣氛裡面對峙了一會兒，他眼神裡流轉過好幾種情緒，倏明倏滅，看起來都似曾相識。這不是你，這是張勝元，一個令林杏南頭疼的內野手。他沒有在十七歲的時候，被自己最好的搭檔用球棒打死。這不是你，你不會這樣看我，你不可能這樣看我。這裡是職棒球場，看台上只有稀稀落落的家眷，陰影裡只有頂著大濃妝的年輕女孩，整個球場被西曬和涼蔭切割開來。有一些工作人員正在安置喇叭、大旗，用幾首流行歌測試音響的效果，這是一個有著標準的三二〇、四〇〇、三二〇外野規格的職棒球場，三萬席座位，雙層看台。

這不是想起你的時候。

最後，他沒有說話，只是再深深看了我一眼，然後右手握拳伸進戴著手套的左手裡探了探，然後轉身，拎著那雙包覆在鞣皮裡面的手，慢慢地走向球場的另外一個角落。

我想我應該是守住了該有的樣子。我相信林杏南一定看到了，雖然他一直都假裝自己不在現場。

稍早的時候他說，如果我的腳感覺還可以，隨時講一聲，就可以上場。上場之後，我還是會排在第四棒，我的前一棒將依然會是近五年內台灣最好的游擊手。而你還是會在我打擊的時候，用那樣的姿勢蹲在一壘壘包旁邊。

快結束了，我一邊告訴自己，一邊重新開始傳接球。快結束了。

8

——請你一定要堅持下去。台灣棒球需要更多你這樣的人。

回來之後，Fido很少睡得安穩，並且變得多夢。

他感覺自己就像個情蒐做得很疏懶的總教練，臨場總會被棒球之神懲罰，剛好犯下每一個能犯的錯。有一年，中華隊在亞洲區的比賽先是大敗給日本隊，又輸給韓國，最後對上實力最弱的、無甚看頭的中國，竟然又在延長賽輸球。那時候，包括一群資深球迷都聽到了小道消息：整個集訓過程裡，中華隊只派兩個人進行情報蒐集，而且由於經費不足，沒辦法實際到各國去看比賽，所以，這兩個人唯一能做的事情，就是試著在一個月裡面，看完這三個國家過去一年四、五百場比賽的影片。

事後，Fido和當時的一些網友再花了一個多禮拜的時間重新檢視各國代表隊的選手數據，發現中華隊還真是倒楣透頂了——由於缺乏情蒐，教練臨場的判斷只能用猜的，跟機率賭一把，但竟能像是排練好了一樣全部猜錯：該派左投手的時候換上了側投，該配高球的時候配出了低球，該把守備布陣往右邊shift的時候卻下令趨前。

那時候Fido寫了一篇文章嘲諷中華隊「簡直就像收了錢一樣神準」，現在想來，搞不好還真歪打正著。

那時候的他還不相信簽賭仍然存在。還沒被傷害過，所以以為自己、以為自己身處的時代是特別的。當他說「收錢」時只是個不可能發生的比喻，並未考慮這個詞最直白的意思。要相信他們是多麼容易的事情，只要你看一眼比賽，看他們的步法和姿勢，就不可能相信那麼簡潔俐落的力量傳導之間，還能容得下別的東西。

他們可以攀在中外野的四百呎大牆上沒收全壘打，怎麼可能無法抗拒一點點小小的誘惑。不過那個天真歲月也不是全無收穫的。起碼，若非一起受過這樣的傷，那群只是在閒暇時一起看球、罵教練、算數據以致發現中華隊有多倒楣的網友，也不可能像現在一樣信守彼此，變成研發「暗影」的ＢＯＬ。資工系的阿燭和Chef，他們寫出了「暗影」的主程式和ＢＯＬ的加密協作平台；中文系畢業、後來跑去電視台工作、打定主意事成就離職、偷了一堆影片出來的阿浪；正在念法律研究所，埋頭整理歷次簽賭案卷證的大澄。

但Fido現在沒有臉面對他們，他已經兩天沒有登入ＢＯＬ了。

他一直夢到他們，即使他們只在視訊上見過，但在夢裡卻認得每一個人完整的樣子。他們一起坐在爆滿的球場裡面，買了本壘後方最貴、視野最好的位置，球場裡的各種聲浪轟得大家腦袋發暈。大家看起來都很愉快，只有他一直想：這到底是哪一場比賽？誰對誰？他望向場上，竟然有四支球隊同時比賽，其中一組被擠到中外野去。黃色球衣的投手和橘色球衣的投手分別把球投給藍色與綠色的打者，兩顆球同時打擊出去，十八個守備員一起搶球……

這些人到底是誰？這是什麼隊伍？有沒有哪個我認識的……然後他清晰地聽到了穿過噪音的一聲廣播：

「現在上場打擊的是背號50號，謝士臣。」

他腦袋裡「嗡」了一聲，四周全部都安靜了下來。

這是他第一次在現場看謝士臣打擊。

他下意識地沿著謝士臣的肩線望向投手。

球投出。ＢＯＬ的成員們在瞬間轉過頭來看著他——

Fido睜開眼，感覺自己全身浸滿了熱汗。電風扇運轉的輕微噪音扇形掃過整排實木板架，他這沒有其他人進來過、也不曾告訴過任何人的小小收藏室。

黃色。橘色。藍色。綠色。他依序默念著隊名和球員名字，它們都是曾經被人們用最大的聲量吶喊出來的字。但此刻，它們只是一些早已沒有球迷的崇拜與夢想依附其上的，單薄的顏色和形體。

Fido知道ＢＯＬ的成員不會太責怪他，畢竟，他是唯一一個和職業球員有過接觸的人。

那是在好幾年前的美國，一個1A的聯盟。但這不是他能釋懷的理由。

明明就有了決定性的武器，這一仗怎麼可以未戰先降。

直到六月，謝士臣復健情形良好的報導出來了，他才在協作平台裡面簡略地提及了上次談話的過程。根據報導，謝士臣的腳傷恢復得很快，已經可以進行簡單的守備練習，他承諾絕對會在明星賽以前歸隊。這一陣子，他一遍一遍地播放當時暗中用手機錄下的對話，不斷想著下一步該如何進行。

就此放棄是不可能的。他當然可以要求四個球迷再提名單，但問題的核心如果沒有解決，也可能只是被其他人用類似的理由多婉拒幾次而已。

而且，重要的是謝士臣。雖然他心裡有另外一股聲音在告訴他，這只是意氣用事而已，但他仍然覺得，說服這一個人是最重要的。

這一個時時記得高中時的隊友，記得棒球最初的起點的人。

更何況，他越是回憶當天的情況，越是覺得謝士臣沒有把話說死。似乎有什麼關鍵的空隙，只要Fido找出來，就能夠讓他點頭。

Fido想起了張欣予。這是可能的嗎？他們夫妻的感情看起來非常好。

他重讀之前找到的資料，提到張欣予的報導，主要都在他們結婚、生子的兩個時間點。她是清仁國小的老師，謝士臣新人年的時候，蛇隊球團辦了一系列「職棒球星回娘家」的活動，因此在清仁少棒活動中結識。不同於某些知道自己的外貌與身分能在球場中享受注目，因而幾乎每賽必到的女孩，張欣予並不是一個熱愛棒球的妻子，除了每年度的職棒頒獎典禮之類的重要場合會出席之外，很少人在球場裡面看過她。即使在那些場合裡，她衣著的樸素與她丈夫優異的榮譽紀錄也形成強烈的對比，似乎嫁給一個球星丈夫並沒有改變她的生活方式，這讓許多人在傳為美談之餘，很好奇他們是怎麼開始交往的。

網路上流傳一個故事：謝士臣到清仁少棒辦活動的那一天，可能是前夜才從外縣市客場拉車回來的關係，頗有幾分恍神，和小朋友玩球時失手把球甩出去，打破了二樓邊間的一扇窗戶。那間正好就是清仁的輔導室。幾分鐘之後，惱怒的張欣予拿著那顆球，準備到球場來責罵闖禍的學生時，愣愣地看到了媒體的ＳＮＧ車和滿場的蛇隊隊職員。謝士臣非常斯文地道了歉，並且當場在那顆球上面簽名以為賠贈。

據說，謝士臣另外用一排小字寫上了自己的電話號碼，但把球遞過去的時候，巧妙地用手指遮蓋起來了。

不管這些報導或傳言可信度如何，有幾件事情是可以確定的：他們之間的感情非常不錯，而且這個感情的基礎跟棒球沒什麼太大的關係。甚至，就Fido上次談話的印象，張欣予似乎還有點不樂意謝士臣過於投入棒球。

這樣說來，張欣予會願意一起說服謝士臣投入「暗影」嗎？……

就算她願意，謝士臣會接受從未涉入他棒球事業的妻子的意見嗎？

——畢竟，我還有家人呀。

謝士臣這樣說過。如果他在意的是家人的安危，把她牽涉進來，搞不好還會適得其反。他說他要退休了，「一些細節，已經開始安排了。」

他是即將能從這污濁之地清白脫身的人了，這樣的人會有什麼理由繼續蹚職棒簽賭的渾水？

隨著錄音的播放，Fido彷彿又坐回那間客廳，一面喃喃自問。

——我很抱歉，你辛苦來這裡一趟，只能這樣答覆你。

——請你一定要堅持下去。台灣棒球需要更多你這樣的人。

突然一道光閃過Fido的腦際。

那些照片。

許仁柚。一切的起點，最簡單卻最不曾注意到的地方。

他腦中迅速流過自己當時說過的每一句話，懊惱地發現自己當時的軟弱和愚笨。Fido滿心以為只要把「暗影」亮出來就夠了，但他忘記了謝士臣才是扎扎實實地活在那樣的職棒圈裡的人。所以謝士臣有顧忌，有擔心，也有比常人更多的謹慎。

但是，也有牽絆。

是的，只有一種牽絆能貫穿謝士臣的一生。

——也許你不相信，但我也不知道誰是可以信任的。

這句話可以不只是拒絕的託詞，它也可以是一句無奈的告白。對於一個永遠不會忘記隊友的人來說，認不清誰才是自己真正的隊友，是多麼悲傷的一件事。而這世界上只有一個人、只有一種武器可以在這件事情上發揮作用。如果那些比謝士臣還要年輕，仍將繼續在球場上活躍的蛇隊球員，能夠揮除「暗影」的疑慮，變成一個個像是許仁柚那樣足堪信守的隊友……

十七歲的那一次是失手。

十七年後，謝士臣可以拯救自己的隊友。

他一定不會再讓一樣的事情發生了。

Fido振起身子，重新感到自己充滿力量的輕微顫慄。他登入論壇，迅速地向ＢＯＬ夥伴們說明情況以及他的決定。他的腦袋裡面有浪，把滿屋子職棒商品沖盪得東倒西歪。這次要準備比較久的時間——但一定趕得上一個月後的明星賽——這次，他們要再送給謝士臣一個禮物。一個比上次更大的禮物。

張欣予起初只是覺得眼熟，過了好一陣子才想起來，那個人穿的其實是蛇隊的某一款球衣。

那是光線有些模糊的黃昏了，她開著車轉上沙埔路，車上載著剛下課的謝以倫。睡在後座的以倫正就讀清仁國小，打了一下午球的他滿身灰撲撲地蜷成一團。聽他的級任老師說，他就像爸爸一樣，是一門重砲，在班際的樂樂棒球比賽裡面大放風采。

棒球校隊的吳教練好幾次來班上試探：功課如何啊？平常是不是常跟爸爸玩球呀？吳教練每次到班上，以倫當天的口袋裡面就會多好幾顆糖果。士臣不喜歡他吃糖，所以他越來越喜歡吳教練。士臣對於兒子是否加入校隊倒是不置可否，只聳聳肩，全部交給她決定。

「教育的事情妳比我懂。」他淡淡說。

聽起來好像很對，但張欣予知道，除了棒球以外，其實他什麼事情都這樣說，好像這個世界除了棒球以外都跟他沒有關係。

張欣予早就習慣了，早就不是會為了這個和他賭氣的年紀——這麼多年，跟他賭氣一點用都沒有。於是她告訴以倫：爸爸媽媽一起討論過了，等到四年級，你身體夠壯了，我們再來考慮要不要加入校隊。

以倫是聽話的孩子，跟他爸爸一樣黝黑、安靜，對於大人的決定，他總是點頭。然而，前幾天是他的生日，就在吹熄蠟燭時，他說出的第一個願望是「希望趕快長大」。

她一邊開車一邊想這件事。其實，也許不必這樣拖延孩子，如果以倫真的願意吃苦操練，少念點書雖然可惜了一點，但像他爸爸那樣也並不壞……

就在車子靠近家門的時候，近處傳來機車發動的聲音，斜斜地從旁邊掠過去。她的眼角瞬過機車騎士的身影，只看見上半身是黑底金紋小背心，就過去了。怎麼會有人到這裡來？是迷路了嗎？他們家在沙埔路底，獨門獨院，再過去就是還沒整建好的一塊塊重劃區地皮，平常很少人到這裡的。她把車停下來，才恍然想起：那是蛇隊球衣啊。她實在太少去球場看比賽了，竟然連蛇隊的花紋都搞不太清楚。

可是現在是下午五點多，比賽再一個小時就開打了，公司裡面的人都在球場裡面忙才對呀？

是球迷。她想起更多細節，那個人穿著跟謝士臣一樣的背號，身形卻顯然單薄得多，那是穿著紀念球衣的球迷。在士臣的衣櫃裡，就掛著一件從沒穿過的。

她不禁有些惱怒，怎麼會有球迷找到這裡來？

是哪個記者、還是公司裡面的誰把地址洩露出去？

雖然有時木訥得讓人煩悶，但凡事士臣從來都是依著她的。交往的時候，事無大小，只要她說出口的事情，幾乎就沒有做不到的，那種沒有邊界的溫柔跟他的外表全然不同。她起初以為是熱戀中、加上球員四處比賽聚少離多的溫存，不能期待長久如此。後來，才發現士臣就是個認定了就全心投入的人，棒球如此，對她的感情也是如此。

剛開始交往，多少親友警告她，職棒球員追女人太容易了，新鮮感一過就是一場空；後來他們每一個都誇張欣予好眼光，這麼單純老實的球員，真是萬裡挑一的。她知道士臣是明星球員，但士臣曉得她不喜歡過著整天提防攝影鏡頭的日子，婚後買房子，就挑上沙埔路底的這棟別墅。幾年來，除了工作上必得面對的人之外，還真沒有閒雜人等來過這裡。

她邊把睡得迷迷糊糊的以倫帶進家裡，邊盤算晚點要和士臣討論這件事。

不過，起碼是個男的。念頭轉過去，她自己就笑了。今年開幕戰的時候，以倫念了幾次要看爸爸打球，就跟士臣拿了兩張票。她是對看球沒有什麼興趣的，雖然規則大概也懂，不過對這種整場二十幾個球員把一顆球送來送去，彼此間卻一句話也不說的遊戲，她很難真的感覺到什麼樂趣。她也不是真的多話或愛熱鬧——事實上棒球場非常熱鬧——，只是她總覺得人跟人自然就是要說點話的，紅土場上那種比賽狀態的靜默總讓她覺得壓抑、不舒服。

在輔導室，不願說話的孩子都是問題最大的孩子。

以倫進了場，就安靜地注視場上，吸著可樂，眼睛隨著球轉來轉去，像是在旁觀一局棋。她有時候很好奇他們父子到底在這千篇一律的丟進來、打出去當中看到了什麼，但也許正是千篇一律，所以也像淡茶那樣不容易膩吧。就在她百無聊賴地坐在本壘後方的貴賓席上胡思亂想的時候，有陣嬌脆的聲音從身後傳來：

「不好意思，請問是士臣賢拜的太太嗎？」

張欣予轉頭答應。三個年紀比她輕許多，打扮也更入時的女孩坐在後排，修長的皙白大腿抵住了她的座位後背。

「猜對了！」她們歡呼一聲，其中一個女孩說：「好有氣質喔，果然是當老師的！」

張欣予微笑地謙辭了幾句。她們是士臣幾個隊友的女朋友。這也是她不太喜歡看比賽的原因；她覺得自己總是和保留席的其他女孩們格格不入。

整場比賽裡，她們忙著說話和拍照，拍球場也拍自己。她們提到了一些人名，張欣予只隱隱約約地知道好像跟某些球員有關，但一來沒留心聽，二來她也並不真的熟悉士臣的隊友，所以不太清楚她們在說什麼。比賽中段的時候，她們的話題移到了感情的煩惱上。不知道是真的煩惱、還是多少出於炫耀，她們開始細數男朋友各自被瘋狂女粉絲倒貼的紀錄：不出聲電話、跟蹤、在禮物盒裡面藏裸照……

忽然她們轉過來，問張欣予：「大姐，賢拜一定也很多桃花齁！」

張欣予愣了一下，覺得這問題對自己來說實在有點唐突了，但還是維持禮貌的微笑：「沒有耶。」

「怎麼可能！士臣賢拜那麼MAN，一定超多人追的！」

張欣予不知道該怎麼回答那幾雙戴了放大片再睜大的眼睛，只能隨意地敷衍過去。這倒是真的沒有。雖然士臣跟所有的球員一樣晚出晚歸，每天能見面的時間很少，但每個月薪水和勝場獎金是一分不少地交給欣予的，假日也總是在家，或者一起帶以倫出去玩。沒有多餘的錢，沒有多餘的時間，要說士臣還能有什麼祕密生活，張欣予是不信的。他一有空就是練球、重量訓練，連受傷被隊醫勒令在家休養，都偷偷在地下室打擊練習。

像那些女孩們說的，女粉絲日夜在家門外守候，一看到女主人出門就偷偷溜進屋裡的事，也是絕無僅有。根本就沒有人知道他們家的地址。

更何況，士臣對她的態度可是十年如一日。

也許是球迷變多了吧，難免就會多些狂熱的追星粉絲，想來要個簽名球什麼的。聽士臣提過，這幾年職棒平靜無事，國際賽的表現也還不錯，球迷的人數就穩定成長。她簡單地弄了兩個人的晚餐，然後搖醒睡倒在沙發上的以倫，催促他去把手臉洗一洗。晚點等士臣回來，和他商量加裝個防盜警鈴，請人檢查那幾個監視器是否還正常運作就好了吧。

以倫一醒過來就按開電視，轉到體育台，整個人再迅速地彈起身，衝進浴室裡。

好不容易爸爸傷癒歸隊，又回到一軍先發了。

就這兩件事吧，以倫和球迷。士臣向來不喜歡太多瑣碎的事來讓他心煩，他是一個那麼專注而又單純的人。

謝士臣完成了為期一個月的復健，重新回到球場，就如同他對Fido提過的時間表一樣。

在這幾週裡，Fido家裡的電腦基本上沒有關機，其他幾個ＢＯＬ成員想來也是。蛇隊正式登錄一軍名單的打者有十四個，扣掉一名洋將和謝士臣，再加上四名有過一千個一軍打席的二軍球員，「暗影」總共要檢測十六人。這段日子裡，Fido的情緒有點飄忽不定。有時早上在收發室上班，會萬分不耐於這些例行的瑣碎；但有時候卻又覺得這種靜靜的等候有一種沉實的生活感，讓他感到自己並不是在追求一個虛幻的泡影。因為這一切是如此地瑣碎而令人煩躁，所以更是一種全然可能實現的事。

這一次一定可以。

他付費訂了一個新聞資料庫，閒時就在裡面翻找舊時的報導。

「投捕默契十足　清仁少棒進軍威廉波特」

「配球策略高明　中華捕手玩弄美日打者」

「巧打建功　中秋節『柚』見再見安打」

「化解滿壘危機　謝士臣：因為捕手厲害」

「練球意外　青棒名捕許仁柚進入加護病房」

「痛失潛力新秀　棒球界人士籲制訂練球標準程序」

「謝士臣辭退培訓隊　中華青棒投捕戰力下滑」

……

這次一定可以。

這次要送給謝士臣的是一份更大的禮物，但體積卻比上一次精省得多。Fido將ＢＯＬ的運算結果集中彙整之後，只印出可以明確看出「暗影」最終檢測結果的最後一張圖，一共十六頁。他用學校的印表機輸出，然後把它們裝在一個沒有任何字樣的牛皮紙袋裡面，附上一封簡短的信。在信裡面，他像是個瞭解對方心意的隊友那樣，請謝士臣再思考一次。他封好這封局外人讀來必然覺得語焉不詳的信，挑一個業務輕省的下午蹺了班。

這是他第一次蹺班，卻是整個處室最後一個動用這個默契上的福利的人。

在南下的火車上，陽光從移動的窗格間掃過Fido，帶來一種間關的微熱。到沙埔路別墅的路，Fido已經記起來了，他應該來得及在傍晚的時候將禮物投進門口的信箱——上次他的摩托車就停在旁邊，他看清楚了是個配著鎖、能投入不能取出的信箱——，然後原路折回。回到住處的時間，也許剛好趕上今天比賽的戰報出爐。剛復健歸來的謝士臣會有什麼表現呢？不可能太好吧，畢竟受傷的期間，必然會讓比賽的感覺漸漸流失，這需要一點時間才能恢復，所有球員都是這樣的。

但也許謝士臣不需要。也許他可以打得像沒有離開過一樣。是有那樣的球員的，每個聯盟都有幾個，那種善於保持表現穩定的職棒球員。

有一句棒球老話說，能夠打出安打的就叫做球員，能夠每天都打出安打的，才是真正的職棒球員。

謝士臣是真正的職棒球員。他跟別人不一樣。

騎在沙埔路上，沿途天色漸漸暗了下來，但還不到需要開車燈的地步。太陽的餘熱讓他有點汗意。別墅靜靜地立著，空無一人。謝士臣此刻應該正在賽前守備練習，在Fido還狂熱地看球的時代，他常常午後兩點就到球場去，看著他們熱身、跑步、特打⑫、傳接球，直到比賽開始。那是一種無聊但安寧的日子。

如果這件事結束，而謝士臣還有幾場退休前的比賽要打的話，就多蹺幾個班來看球吧。從沙埔路退到外邊大路上，Fido就知道球場往哪個方向了；或者就算謝士臣退休了，也可以來看蛇隊，看看張勝元。這個Katsu真的是個頗討人喜歡的游擊手。不知道林杏南是個怎麼樣的總教練？

他把信封擲進信箱裡，第一次覺得這個動作是真的有意義的。在收發室那麼久，他從不覺得有任何人會讀，會在乎一封信。

Fido回頭離開。

油門催動，風把汗黏在身上的衣服吹開，眼角恍然看到有一個蹲著的孩子，抱著一副對他來說略顯巨大的棒球手套。車子迅速滑過，畫面被速度割碎帶走，來不及看上第二眼。但Fido卻很快、很篤定地想：那稍縱即逝的殘影一定就是他自己。——那個長久以來，一直抱著棒球手套，深深蹲在心底某處的孩子。

9

游擊手　張勝元。
三壘手　吳志森。
一壘手　何文軒。
一壘手　謝士臣。
捕手　　鄭芙明。
外野手　潘偉翰。

下午兩點鐘的陽光斜入蛇隊的主球場，已經慢慢可以感覺到天氣正在加溫。我們的主場休息室有一半罩上了光格子，林杏南就站在格線的邊緣。全隊集合訓話完畢，各自帶開暖身

⑫球員在例行的打擊練習外，進行額外的、或針對特定目標強化的打擊練習。

之後，林杏南一如往常反剪著雙手，彷彿監督一樣掃視全場。其實哪裡有什麼需要監督的，即使是最年輕的球員，都在球場裡面練過十多年球，職棒棒球和學生棒球，也是一樣的投、接、揮、跑，日復一日。

總教練這個位置，是要處理更重要的事情，才能坐得穩的。

聽張金榮說，今晚賽後，他們幾個要去跟上面喝酒。

「飲燒酒！阮無喔？」

那時候我們在球場內部的迴廊遇到，他脅下夾著護具，我拎著球具袋。

張金榮白我一眼。我初入職棒時，他就是最資深的主審；到現在他還是最資深的主審，我卻從最年輕的球員變成最資深的球員。這種變化是緩慢但確實的，你會慢慢可以開一些玩笑，會慢慢知道哪些事情不可能是玩笑。我們揮手別開。這種酒攤當然是沒有我的，「大人」們的事，沒能出席，至少代表沒什麼壞事。如果被邀請了，那若非立下什麼讓上面削翻的大功，要不就是問題大到連林杏南都壓不住了。

後面這種事很少發生，林杏南畢竟是這個聯盟最好的總教練；再加上他其中一個好朋友是最資深的主審。

整隊一起傳接球熱身時，張勝元刻意站在距離我四、五組人的地方，幾乎就是內野手群組能有的最遠距離。從那天開始之後就是這樣了。和他對面傳接的如果不是替補一壘手何文軒，就是那個四處轉隊的二流三壘手吳志森——要不是他薪水便宜，而且什麼地方都願意守而無怨言，還不見得能進來蛇隊。

林杏南他們晚上要談什麼並不難猜。不就是內野手群組裡面一個妄想引退賽的老頭、一個打死不配合的小鬼嗎。

在反覆的機械動作裡，我的思緒飄向前幾天投在信箱裡的那封信。張勝元、吳志森、何文軒，那份名單上的名字全部都是對的，至少，我所知道的「隊友」全部被他檢測出來了，一個都沒寫在上面。

除了我以外。

那晚欣予埋怨：怎麼有球迷到我們家附近探頭探腦的？我就知道一定是那個Fido。果然如我所料，他沒有這麼輕易就放棄，我的第一步棋走對了。要確定他有多堅持，他越堅持，我就越有借力使力的地方。

這次的信封薄得多，內容卻更多了。總共是蛇隊十六名野手的動作分析圖，而其中有六個揮棒軌跡比較單純，沒有在圖片上留下任何暗影的人，名字被另外印在一封信後面附著的清單上。它現在就收在你旁邊的球具袋裡。再過去一點，林杏南的旁邊正圍著幾個體育記者，彼此例行且謹慎地談話著，渾然不知離他幾步之外，還有幾張圖紙需要他操心。

那是打擊練習即將開始的空檔，外野散布著附近高中球隊來打工的練習生，我們隊上的外野手把球揮出去，他們把球傳回來。

還要一段時間才會輪到內野組。我拎著手套回到休息室，從套筒裡面抽出自己的球棒，渾若無事地走向總教練。這時我才發現，記者群旁邊的板凳上坐著一個精瘦的小學生。隔著人群，我與正在胡謅今晚戰力部署的林杏南對望了一眼，讓他知道我一會兒有話要說，然後另外找了一條板凳坐下。這畫面不是滿有趣的嗎？我的左手邊是個一眼就知道是少棒隊員的小學生，右手邊有一個沒人看得見的你。

從剛剛走過來的那幾步，我知道他一直在偷看我，那是和你的安靜眼神毫不相同的東西。

終於他開口了：「你是謝士臣……賢拜嗎？」

我轉過頭對他笑了笑。叫我賢拜是有點奇怪，不過一時之間也想不出更好的稱呼了吧。

「你怎麼會在我們休息室？」

「我叫許佳安……水漣國小……」他像是接受訪問那樣緊張了起來，黝黑的臉膛隱隱有光，花了很大力氣才讓自己穩穩開口：「我是來開球的！」

「喔？」

這名字我倒是有點印象。許佳安，是前一陣子入選中華少棒隊的投手吧？這幾天沒有特別注意，不過想也知道，他應該是贏了什麼重要的比賽或有什麼特別的表現，此刻正紅，就被球團邀來了。

在比賽開始前，由一個貴賓或明星站在投手丘上，象徵性地丟出今天的第一球，是職棒比賽的慣例。天知道這是誰想出來的噱頭。第一球？那打擊練習丟的幾百顆要怎麼算。

「原來是你呀，恭喜啊。」

他慢慢比較放鬆下來了，眼神滴溜流轉，挪挪身子坐得更近。

「賢拜，職棒的球真的很難打齁，對不對？」

「很難啊，球速很快，變化球又多。」

「是喔。……」他若有所思：「可是你還是很會打全壘打。」

「那是他們讓我的啦！」我說。

他愣了一下，看著我幾秒，然後我們一起大笑出聲。

「你以後也想打職棒？」

「嗯！」他用力點頭：「不過，我最討厭被人家打全壘打了。」

「那萬一遇到我要怎麼辦？」

他沉吟了一會兒：「遇到就很好啊……可是……」

「傷腦筋，還叫我賢拜，結果看起來不打算讓我餒……」我嘖嘖搖著頭。

他皺眉了許久。就在他有些苦惱的那幾秒裡，我恍惚閃過一個念頭，如果在那個時候，有一個職棒明星這樣和我們聊天，我們的表情也會像他嗎？一會兒，他臉上突然閃過福至心靈的表情，興奮地反問我：「賢拜，你最快打過幾公里的球全壘打？」

「最快……大概一百五吧。」

「那這樣好了！等我以後進職棒，遇到你的時候，我每一球都會丟剛剛好一百五十公里，不會更多也不會更少。這樣就很公平了，你有機會打到，我也有可能三振你。」

他的眼睛亮了起來。那樣輕易就發亮的眼神，一點也不像你。這就是為什麼他不是捕手吧，他缺乏那種意識到事情可能出錯的冷靜，所有事情對他來說都很輕易。

我抿嘴並用球棒指指他，他也笑著做了一個小幅度的投球動作。

過一會兒，林杏南才結束訪問走過來。靠近許佳安的時候，林杏南從背後摸了摸他的頭，流利地插進我們之間的對話：「士臣有看比賽吧？中華隊大投手耶！對日本六局丟十次三振，帥到不行。」小朋友的眉眼立刻笑得更綻放了。林杏南居高臨下地注視著少棒英雄：「想好要找誰搭檔開球了嗎？」

許佳安立刻深吸了一口氣，正坐欠身鞠躬：「我想要投給謝士臣賢拜接，可以嗎？」

在許佳安含蓄而雀躍的哀求下，林杏南才彷彿勉為其難般答應他到場上去和練習生一道撿球。

他知道今晚那些記者不會漏掉這條花邊的。

休息室安靜了下來，陽光畫出來的光格子越來越小。

「總ㄟ，暗時欲去飲燒酒？」

林杏南臉色陰下來，點點頭：「安怎？你有什麼代誌？」

「一些新東西。」我說，拿出Fido的整個信封，包括揮棒軌跡圖和整封信。

球場上，打擊教練正在球網邊修幾個近況不好的球員的動作，投手教練則在室內牛棚盯今天預計要上場的球員。大部分的記者散去，除了負責轉播的單位還有一些人正開始架設攝影機。看台上有一些球迷，但從他們的距離看過來，只會像是蛇隊總教練林杏南正對蛇隊第四棒謝士臣面授機宜，手上那些紙會被當作戰情資料分析吧——這不算錯，只是這疊紙分析的是蛇隊自己的打者而已。林杏南的表情反而沒有初次見到這些玩意兒時那麼難看，一張張翻過去後，反而有些主意拿定的輕鬆神色。

「看起來，他們手上的玩具真的找不到你。」

「沒錯，但其他五個人都是對的。」我頓了一下：「總ㄟ，就交給我辦吧。我會答應他，要他把整個行動計劃告訴我，並且給他幾個『可以信任的警察和記者』的名字。看他信裡面那個樣子，搞不好連身分證字號都願意講。一切過程你都報上去，必要的時候，看他們要怎麼處理這個人和他的電腦玩具——」

「你跟我這麼久，知道我不喜歡驚動到上面的嘛。」

「不然，那要怎麼做？」

「這裡總共有十六個人，他隔了好幾個禮拜才來找你第二次，而且相信用這些東西能夠說服你，代表兩件事：第一，即使利用電腦，這些分析也很花時間。第二，他真的很相信這些東西，所以他覺得寄給你這一疊就能夠說服你。想不到，你戀妻一世人，結果還是收到這樣一份深情的情書哪，」林杏南難得心情好到可以調侃我：「你想看麥，他花這麼大的力氣搞了這一份出來，有可能只送給你嗎？而且你還拒絕過他？」

「哦——」

「張勝元、吳志森、何文軒、鄭芙明、潘偉翰，他們不玩，我們都知道。不過如果他們也知道這件事，代誌就卡大條了。」

林杏南真的像是在戰情匯報那樣，開了口就停不下來。他絮絮叨叨地抱怨了最近上面給他的壓力，覺得收益不如預期，責怪他下指令的時機都不夠好云云。我心思飄到場上，捕手開始上場打擊了，許佳安在外野跑了十幾趟之後，大概身體熱了，膽子也大了，蹭過去餵球投手旁邊，想要也去餵上幾球。忽然聽到林杏南指節用力地扣了欄杆，聲音好像也重了點：

「……更何況我們那個Katsu還有別的麻煩。」

我恍然把注意力拉回來：「喔？他又怎麼了？」

「啊你剛才是有在聽沒有？……算了。他惹的那才真的叫麻煩。他跑去找我們隊上的吳志森和鄭芙明，大概還有別隊的幾個球員，講好了要直接跟領隊打小報告。」

我失笑：「他也來陰的啊？我還以為他是個尊敬賢拜的乖囝仔呢。」

「就是太乖了。反正，這囝仔不夠小心，傳到虎隊那裡。李萬英昨天賽後很緊張跑來找我，今天我就收到話說上面找我喝酒，九成就這件事。現在正好還有你這裡的東西——」他指了指我手上的這疊紙，迸出記者、觀眾和開球的孩子都不曾看過的一種冷笑：「拎娘勒，敬酒不吃，那就攏免吃了！」

外野手和捕手都離開打擊區之後，就輪到我們這群內野手了。本壘板架起兩具兩人高的網子，樣子就像是只有一個入口的山洞。入口面對著投手丘，球就從那裡投進來，打者則從洞中把球擊回去。因為人類打擊慣性的關係，左打者擊回的球會往右邊飛，右打者相反，所以山洞裡可以同時容納一左一右兩個打者往不同的方向練打。這種網子基本上取代了捕手的功能。揮擊不中的球都會被網子留在本壘板附近，打完幾十顆再讓練習生來收集起來就好。

在民和高中的時候我們也有這種網子，但不是每一次練習都會拿出來用。它太大、組裝起來太麻煩了。

而且有的時候，學生棒球的教練會希望捕手多接幾球，維持球感。

過了這麼多年，我已經想不起來：到底那天是教練本來就沒有打算拿出球網，還是哪個人提議省點麻煩，所以才讓你去蹲的？

也許提議的還就是我，所以我才什麼都不記得了。

跨進球網裡，陽光就好像減弱了幾分。不像那些整天關在冷氣館內的籃球員，棒球員每天都是真真切切地日曬，瞄一眼草地顏色都知道現在是什麼季節的幾點鐘。

站穩，舉棒，抖了抖肩。一眼看到球網隔壁，張勝元也踏上了本壘板。我們兩個的照面就像是鏡子。他不多不少地點頭為禮，便專注看回他的餵球投手，嘴上發一聲喊，表示準備就緒。我也發出了差不多的聲音，把眼神拉回來。

球場上有各式各樣的聲音，沒有誰規定，卻每個人都那麼喊。

兩邊的第一球幾乎同時進來，我不可能看到，但我卻非常明確地感覺到我也同時看見了那道墜入張勝元好球帶的緩慢軌跡。腰帶。揮擊。兩聲略有參差的炸響，接著響起的是觀眾席上微弱的嗡嗡聲和快門聲。不用回頭，我也能想像已經有一百多支手機和幾根砲管對著我們。一個是蛇隊的當家主砲，一個是蛇隊新世代的全能球員，兩個人練打的第一球就各送一顆球出全壘打牆。第二顆球進來。扭腰。這樣一左一右同時劃過球場最遠兩極的弧線，可不是比賽裡面看得見的，內行的球迷早就在視野完好的高處等待這一齣了。雖然這種練打只是維持手感，來球既沒有變化幅度也沒什麼強勁的速度，但要出牆也並不是容易的事——球的速度越慢，就越難靠純粹的反震借力，必須用自身的腰力帶球。

今天的狀況不錯，一輪十球送七球出去是沒有問題的。

張勝元送了幾球？從背後越來越大的驚呼聲來看，恐怕他也沒有漏掉吧。好小子，是跟我較勁嗎？第五球。這小子搞不清楚，不配合是一回事，搗亂又是另外一回事，中間有一條絕不能跨過的線，只有這麼年輕無知的小鬼才會看不到。不配合最多只是抑鬱以終。搗亂？搞得不好，你連抑鬱都不需要了。第六球。吳志森、何文軒、鄭芙明一定都知道這一點才能待到現在，難道沒有勸他？勸不住？為什麼還陪他一起亂——莫非真是都收到了Fido的信？第七球。這球拉得稍微急了一點，球差點轉出界外，觀眾席上一陣懸疑落差的驚呼。揮棒的空隙間往看台上一瞥，體育台的轉播攝影機也對著我們了。晚上會拿來當花絮播放吧？第八球。修回來了。「一棒雙響　蛇隊練打煙火四射」？林杏南說：拎娘勒，那就攏免吃了。老實說遇上了Fido這件事也算他的運氣。如果沒有這件事，林杏南也不會有這一大套混水摸魚的計策，上面直接動手了，也說不準會讓事情多難看。剩下兩球了，上一次一整輪滿貫是什麼時候？九——出去了——。十——那小子該不會以為，大不了離開台灣，跟著他的美國經紀人飛走吧？那也得上得了飛機；那也得讓美國人覺得惹得起這種麻煩呀。十——右腳踩死，手劃過身體前方，腰桿頂上去，中——

我們兩個同時停下動作拭汗，又是一個彷彿對鏡的畫面。如果一個月以前，Katsu一定會燦笑地叫聲賢拜，然後我們退開等下一輪上場。但他現在仍只是不多不少地點頭為禮。再過一個多小時就要開賽，看台上大概已經有四、五百人了吧，我們在觀眾席的歡呼與掌聲之中退了下來。

十比十。比什麼呢？這一點意義也沒有，下一輪乾脆第一球就故意打歪好了。

某個已經退休的「隊友」說過的，可以打好不算真本事，可以打好打壞生死由心，那才是台灣球員的本事。

休息一陣，下一輪開始的時候，許佳安那顯然比周遭人小上不只一號的身影背光地挨到我的餵球投手身邊，央他讓自己丟幾球。餵球投手只是個練習生，球場裡的每一個人都要叫老師、叫賢拜，動輒得咎，不知道該拒絕還是答應。練習生求救的眼神望向教練，又望向我，我看林杏南也沒有反對的意思，就對練習生點頭，一面逗了逗躍躍欲試的許佳安：「喔？你說好每球都要一百五的喔！」

許佳安靦腆一笑，在投手丘上站成了一個標準的固定式姿勢，像是在等我稱讚那樣把架子撐得很精準。隔壁網張勝元已經先開始練打了，觀眾席上嘆了一聲，剛才那一棒雙響的奇特節奏不可能再重演了。不過他們很快又興奮起來——是許佳安呢，上禮拜三振日本隊十次的少棒投手——他要投給謝士臣打？——

許佳安第一球進來，是個偏內角偏低的速球。木壘板的測速槍沒有打開，不過應該有將近一百二十公里吧？那應該就是少棒投手的極速了，他認真要逼近自己的承諾。我沒有揮，對他搖搖頭表示壞球。他笑得更加燦爛，又把架式擺好，比剛才更大動作地催了一顆。速度其實差不多，不過這次球偏高了一些，我猛力一拉，把球拉成一支界外區的全壘打。觀眾席上一片興奮的譁笑。許佳安背著光的臉竟然紅了起來，看不出來是緊張、興奮還是驚奇，彷彿親看到了什麼不可思議之事。

投手丘前也是一面鏡子嗎？

他的表情也會是我的表情嗎？

清仁國小到民和高中的主力左投謝士臣？

當他把視線和肩膀對齊我的好球帶時，想像的是誰的手套在那裡接住他？許佳安再投。他一定知道怎麼投變化球，台灣球員從小就會這個，可是他會用速球以外的球來對付我嗎？這麼一個還沒有心思的孩子——遲疑間，我出手慢了，竟然把他的球打成倒旋至後方的界外球，落在網子裡。他得意地對我笑，用右手比了個二，再比一。兩好一壞，他取得了球數領先。

但就在我剛才反射地回頭去追球跡時，看見了你。

你還會在哪裡呢？你就蹲在你一向在的地方。

沒有護襠，沒有手套，沒有面罩，像是一個誤闖球場的尋常孩子，蹲在應該沒有捕手的山洞裡。

球場不是這樣一個孩子該來的地方，就像張勝元不該以為他能在台灣的球場上存活下來。他很會打全壘打，他很能跑。但他不是一個好球員，也沒有機會成為好球員了，所以林杏南不會對他手軟的。整個球場都是攝影機，但只有看得見不存在之物的人，才能站在球場的中心。許佳安看見你了嗎？他那麼放心地瞄準了你和他之間的本壘板。他遲早會看見的，你不需要這樣看著我；沒有那麼多個張勝元。在下午我和林杏南的一席談話之後，他已經算是沒有了。我們都能想像記者將會下什麼標題，雖然在記者面前都假裝得那麼不善於應對：蛇隊再爆簽賭案，至少七名野手涉嫌重大，警方搜索球員宿舍。檢方收押涉案野手，逐一展開馬拉松偵訊。最後是：案情逆轉，檢方識破偽證，證明球員清白。擋人財路？原涉案球員被誣，無罪釋放。警方二次搜索宿舍，逮捕並起訴另外五名野手……

兩好一壞，一個打者沒有犯錯空間，投手卻還有很多選擇的球數。

我還是應當繼續鎖定速球，繼續假裝力道拿捏失準，把球打到界外區嗎？

許佳安球投出。他的左腳一落地我的右腳就踩死，腰身完全迎向球的正面。我早已不再注意張勝元的擊球狀況了。現在我要面對的只有一道軌跡，許佳安投出，直奔你蹲踞之處的那道。要讓他知道，只有開球那種不痛不癢的場合，人們才會故意對你揮棒落空的。而他，早就不經意用掉自己帶有特權的第一球了。他想必還沒準備好，不過每個人都是這樣子準備好的。我的棒頭從左肩上方掃過身體前方，速度不衰地向上鉤——

我擊中了。但就在那一瞬間，我聽到很微細的碎裂聲，像是從遙遠的很多年以前傳來的回聲。它傳到了我的右腳踝，非常細微，有如一根在骨髓裡面遊走的針。我今天第一次失去重心，整個人往投手丘的方向衝了出去。

10

不記得是架子上哪個棒球作家寫過：每一個球迷都有一個永遠忘不掉的日期。職棒三十五年的六月十八日，也就是該年度編號第一百七十三、一百七十四場例行賽打完的晚上，將成為台灣職棒史上永遠被紀念的一刻。

Fido收到了一封手機簡訊，內容很短：「我加入。謝謝你。」簡訊的最後，十分老派地留下了署名：Hsien.jy。Fido不認識這個號碼，但認識這個署名；而且在近期之內，他也只給過一個人自己的手機號碼，那是寫在禮物盒裡唯一一張贈送過兩次的圖片背面的。當時的他有些冒險地暴露了自己近身的資訊，但他所求於對方的既然是信任，那主動卸下一些防備，似乎也是理所當然的事。而如今，對方也用自己的手機傳簡訊給他了，那就是說，一個台灣職棒史上從未出現過的結盟組合誕生了。

十點二十四分，Fido壓抑著從心底傳到手上的顫抖登入BOL的網路平台，在上面發布了訊息。他努力讓自己保持冷靜的語調，好像這只是一個例行專案的例行性步驟。等他確定BOL的成員陸陸續續看到了他的回報，他才在上面鍵入了下一個關鍵日期：七月三日。那是中華職棒明星賽的倒數三天，也將是「暗影」公諸於世的日子。依照ＢＯＬ對網路生活節奏的瞭解，三天的時間，剛好足夠各隊球迷主動轉貼發酵，形成風潮吸引主流媒體報導。然後，就在球團與檢調對媒體的詢問做出例行性的宣誓的時候，由謝士臣在明星賽前的記者會上發布兩個重要消息：他要在今年退休，並且在剩下的球員生涯裡，全力推動以「暗影」為核心的球員自律計劃……

這是個好時機。以學生族群為主力的網路正逢暑假，整整兩個月的關注熱潮，可以完成很多事情。

依照事前討論過幾十次的計劃，當這個訊息發布、行動日期確定之後，除非有緊急事態，ＢＯＬ的所有成員就將各自獨立行動，減少網路聯繫過程中洩密的機率。包含Fido在內的所有成員，這一個月全都累歪了。

除了蛇隊的十六名野手之外，他們的電腦仍在夜以繼日地檢測其他三隊野手的打擊成績，一有結果就由Fido轉交給蛇、鷹、龍、虎四隊球迷，由他們來規劃一些迂迴的活動，作凝聚網路輿論的準備。在這過程裡，主要負責「暗影」程式設計的阿燭也有了意外的收穫——由於大量分析的案例資料逐步建立起來，阿燭前幾日就傳訊給大家，說再過一陣子就有機會擴大「暗影」的檢測能力：「也許可以分析每一個球員守備初始動作的模型！」精力充沛的阿燭幾乎放棄了他的期末考，一副為此延畢理所當然的樣子，主動投入了另外一個開發項目：他要讓「暗影」也能夠分析一般電視轉播的低畫質影片，而不需要像ＢＯＬ一樣，必得依賴從電視台竊出的高速攝影機片段。

「這樣才有迅速普及的可能！」

阿燭在電話裡面興奮地說，那正是某個早上的九點，Fido快要在收發室的例行事務裡睡著的時候。他聽起來完全不像剛睡醒，反而像是根本一夜沒睡。他喜歡阿燭這種創意不擇地而出的爆發力，可以提供一些純種棒球迷根本無法想像的見解。

「我稍微實測過了！低畫質影片跟高畫質影片的差別其實不大，因為只要能夠定位棒頭軌跡，像素對我們來說根本不是重點。不過麻煩的是，電視轉播的那些低畫質影片，因為攝影機擺放的位置和高速攝影機不見得一樣，跟我們現在用的參數有些微的角度誤差，這會使每一個軌跡看起來都有點失真。有的時候他們會一直轉播我們不需要的角度，讓整個軌跡模型很難建立。但是我想到解決問題的辦法了，你快去看我剛剛上傳的圖！」

「好，載入中了，你是說……？」

「我先比對所有畫面，發現每個球場至少都有四支攝影機的位置是固定不變的，他們拍攝的角度從職棒二十年開始就幾乎沒有動過。於是上禮拜，我全台灣走了一圈，把所有職棒會用到的球場都拍了下來，並且全部測量過他們擺這幾台機器的位置——」

「等等，你是說，你去看球了？」Fido訝異地脫口而出。

對於BOL的每一個成員來說，重新踏進職棒球場並不是一件容易的事。那是被蓋住而未曾癒合的傷口。特別是阿燭。他曾經告訴Fido，在上一次簽賭案爆發之後，連續幾個禮拜的時間裡，還在念高中的他曾經每天都到自家附近的球場門口坐著。他就坐在那裡，不再走向熟悉的售票口，不再和認識的黃牛伯伯買票，只是坐著，看著稀稀落落的球迷，和裡面傳出的、有氣無力的鼓聲。

電話對面沉默了一會兒。

「呃……」遲疑了一下，才又回到熟悉的阿燭式開朗腔調：「沒有啦！怎麼可能，我才沒那麼急！」

Fido笑了。是的，不需要急。距離成功只差幾步了。

阿燭的聲音稍低了一點：「我賽前買票進去，趁他們練球人少的時候，稍微量了一下每個攝影機的位置而已。一下就出來了。」

「嗯，瞭解。」

「總之，我現在正在建立所有攝影機位置的數據。剩下的只是一些技術問題而已，順利的話，使用者只要餵給『暗影』一段影片，它就會自己透過幾個定位點——比如本壘板的中心、主審和投手連成的線段角度之類的——來測定這影片出自哪一台攝影機，然後代入相應的軌跡校正公式……」

「原來如此！」Fido一瞬間感到概念全部接通，也興奮了起來：「我們手上已經擁有的球員數據，就可以當作資料庫，讓每一個球迷自己去比對此刻這個打席到底是真的還是假的！」

「沒錯！我操，這如果商業化我們就削翻了。何止知道有沒有打假球，我們還可以測出他有沒有受傷、到底是粉紅臉還是紫臉咧！……不過老實說，現在我們還沒有把握可以給出一個完全正確的答案，但是可以給一個比例，這個打席大概有七成機率是真的，兩成機率是受傷……」

Fido大笑：「那不就變成天氣預報了！我們ＢＯＬ改制為職棒氣象局好了。」

那時候Fido才送出第二個禮物盒，還沒有收到謝士臣的回音，正處在第二次焦急等待的狀態裡。阿燭滿溢出來的熱情多少讓他安心了些，至少轉移了一部分的注意力。而這一切如今都要成真了，因為最關鍵的一塊高地已經被他們占領下來了。

在很久很久以前，曾經有一次簽賭案引發了大批球迷的不滿，近萬人上街遊行，把總統府前面塞得滿滿的。即使在那樣的時刻，遊行的場子也沒有任何一個現役職業球員參與，除了一個要競選立委的退休投手除外。在那之後，大多參與其事的球迷心灰意冷，覺得球員自身既無改革意願，台灣的棒球是不可能救起來了。

但現在，Fido知道不是這樣的。球員和球迷其實一直都有同一個夢想，而這正是歷史上第一次，兩邊的夢想終於結合在一起了。

他在嘈雜忙亂的收發室裡面靜靜地坐著，腦袋裡面卻如滾水氣泡一般湧出一個個想法。也許，在明星賽後一個禮拜，「暗影」就可以推出檢測守備或投手的改版；也許，他們之中的所有人真的會因為這件事情功成名就；也許謝士臣此刻正在聯絡那些好隊友；也許他們還可以安排一齣戲碼，私下去拍攝謝士臣打擊，認真打、隨便打、故意打不到都拍一段，然後現場置入「暗影」做運算示範，PO上網路……也許還就可以選在謝士臣家裡那個，張欣予說過的地下室打擊練習場裡面拍攝。

而與ＢＯＬ結盟的四個球迷，也從六月十八日開始了他們的活動。事情是從六月底，出現在ＢＢＳ站上最熱門的Gossiping版的一篇文章開始的：

［問卦］有沒有正直的職棒球員的八卦

小弟是便利超商的員工
昨天晚上十一點多上大夜班的時候
有一個又黑又壯　穿著職棒球衣的鬍碴男來買綠茶
拿了五百塊給我
我心想　哇靠　這漢草　我該不會遇到球員了吧
無奈小弟平常沒在看球　認不出來
正在想來想去
我一分心就找了五張一百和一堆銅板回去
過了半個多小時才發現　我已經想說自己賠掉了事之後
竟然!!鬍碴男親自把一百塊拿回來
還跟小弟鞠躬說「歹勢啦！」
超壯一個跟我鞠躬超不習慣的XD

小弟從小只聽說職棒球員愛錢打假球　還沒聽說拾金不昧的有沒有正直的職棒球員的八卦？

這篇文章完全沒有提到謝士臣——這正是蛇迷老道的地方。幾十分鐘之後，謝士臣的名字才第一次在眾人的猜測當中出現，張貼文章的作者繼續說他不知道什麼職棒球員，蛇迷這才第一次用自己的帳號貼上了謝士臣的圖片連結：「是不是這個蛇隊的50號？」原作者迅速地回應確認：「對！就是這個鬍碴男！」然後他說，過一陣子也許會去蛇隊附近的主場看比賽，但是跟棒球不太熟，不知道大家有什麼建議？幾個在網路上比較活躍的球迷就紛紛現身了。

一開始只是一些謝士臣的基本資料：打了多少全壘打啦，打擊率多少啦，哪年在中華隊轟過美國隊一發啦，然後附上影片連結。後來開始有越來越多的馬路祕聞出現：某次看球的時候，謝士臣被三振三次，結束之後獨自留在球場內練打兩個多小時，因為某人的朋友是球場管理的工讀生，負責關燈，被他的努力感動云云；有些人作證說自己在蛇隊主場城市的色情酒店打工，每個球員都見過，就是沒見過謝士臣，「業界」都知道找他吃飯若有小姐作陪，他會立刻藉故離去；更讓Fido驚奇的是，還有人PO出了他在清仁國小時代，半夜爬起來練球被鄰居告發的事情。

「你們怎麼知道這些事的？」

「這些事情都傳很久了呀，也不知道是不是真的。」蛇迷在電話裡停了一下，像是聳了聳肩：「不過最重要的事情都是真的了，這些也不會假吧。」

不過，說出最後這段故事的人沒有提到和他一起被罰的人是誰。

因為這個人要到最後才能出場。

經過為期四、五天網路群眾的七嘴八舌之後，整個討論串已經蔓延了一百多篇了。這一百多篇大多不是BOL的四個球迷盟友所寫的，他們只會在關鍵時刻推一把，稍微把討論方向引導到讚揚某幾個球員——當然是以謝士臣為中心的，通過「暗影」檢測的球員——的態勢。在阿燭和Chef的努力下，四個球隊陸續都有一些白名單出爐，交到了虎迷、鷹迷、龍迷手上。他們以其多年累積下來的意見領袖之地位，放出一些關於這些球員無傷大雅的小道消息，就算稍微捏造、誇張一些，大家也會相信他們。再加上這些消息對球團來說有益無害，即是出於錯偽也不會有人來糾正。

他們往往就在話題輪過一陣，開始出現一些煩膩的網友抱怨「每天都在正直的球員煩不煩啊！那麼正直還有人打假球？」的時候加入，適時以新鮮的材料維持關注的熱度。只要引導得當，越是激烈攻擊球員的文章，越容易被當作是發文者人格低下、引戰想紅而引起眾人撻伐，討論串的命脈便得以延續。

中間也有些網友發文捧球員，卻捧到了被檢測出有問題的人；比如在虎迷女孩寫了一大篇她多熱愛「虎隊那個超帥的中外野手」之後，有人在底下回應：「喵咩有沒有林子帆的八卦～我好喜歡他!!」林子帆正是暱稱「喵咩」的虎迷女孩當初提出、卻被沒通過「暗影」的二壘手——Fido看到這則留言時，心裡閃過虎迷女孩在視訊上紅起來的眼眶，心底一揪。不過BBS介面畢竟不是視訊，不管她此刻真正的表情如何，三分多鐘之後她的回應卻是以大笑臉開始的：「真的嗎～^_^，我也覺得一帆守備好強喔～可是我還是不能移情別戀啦＞///＜。」輕易打發過去。如果Fido不是早知道虎迷女孩的心意，還真看不出這短短一句裡面的波折和慎重。

Fido雖然也在網路上打滾多年，但從來不是任何意義下的「意見領袖」，也不像蛇迷、鷹迷都當過至少一任討論版的版主，不知道原來網路還可以這樣玩，簡直是當了十多年的睜眼瞎子。在這裡面的每一篇文章、每一句話、每一個表情符號、每一個發文的時間點或甚至是不發文的時間點，都在可以計算的範圍內引起了最大的效果。以蛇迷為中心，他們每天都會跟Fido回報他們的網路觀察和接下來的動作。旁觀這麼幾天，Fido忍不住開玩笑說：

「別說棒球會打假球了……看你們這樣搞，我都懷疑ＢＢＳ上有幾個討論串是真的了。」

「呵，也沒那麼假啦，就像棒球一樣啊，大部分的時候都是真的。」

「是啊，搞不好每個圈圈都是這樣，棒球，ＢＢＳ……整個台灣。」

「其實也不是我們有多神，」蛇迷嘆了一口氣：「而是大家等這些故事等很久了。只是以前知道這些故事的人，也不敢相信它們是真的，只能默默收藏起來安慰自己而已。但是ＢＢＳ上其實還有這麼多的台灣球迷需要一個安慰，一個理由，說服自己長久以來沒有離開棒球是對的。我們只是剛好把這層暗潮鼓成大浪的人吧。」

「是啊，」Fido輕聲說：「我曉得。」

「等到你們的『暗影』公諸於世的那天，那才真的會讓你看到海嘯。這幾十年鬱悶有多大，底下的力量就有多大。你等著吧！」

大概在討論串延燒一個多禮拜，超越行政院長的弊案和某企業家外遇的新聞之後，他們決定投出最後最強勁的一球了：蛇迷說服了一位他認識的，長年關注謝士臣的朋友，出來寫了一篇謝士臣和許仁柚的故事。這個朋友不知道「暗影」計劃，純憑他對謝士臣的熱愛寫了出這篇文章。他先從補充八卦開始，提到前面清仁國小時代受罰的事件：「其實，當時和謝士臣一起被罰的還有一個人。」他敘述了謝士臣與許仁柚的投捕搭檔，說謝士臣本來是一個守備不好的普通球員，在許仁柚的鼓勵下站上投手丘，意外練出興趣，這才　路從三級棒球打上去。許仁柚本來是被期待接手這十年國家隊主戰捕手的潛力新秀，但在民和高中練球的一次意外當中……這篇文章細膩地描寫了謝士臣的內疚及隨之而來的投球失憶症，當然也沒有忘記提到令人熱血沸騰的玉山盃。他貼了幾則謝士臣受訪的影片，證明十多年來他的念舊與堅持。文章的最後一段寫得連Fido都顫動，彷彿有人代為寫出了自己的心聲：

我看球已經很多年了
都看台灣職棒
偶爾也想過，為什麼不乾脆放棄
去看美國，去看日本，他們技術又好又沒有假球疑慮
身旁的朋友知道我看台灣職棒
不是當我傻子就覺得我可憐
我可憐嗎？
不，不是的

我只是有信念，有別人都沒有的信念
我相信台灣的棒球，也相信台灣的球員
就像謝士臣永遠不會忘記許仁柚

我常常幻想，如果許仁柚死而復生
如果我是謝士臣，我會對許仁柚說的第一句話是什麼？
我不是謝士臣，我不知道他會說什麼
但如果是我的話，我已經決定要這樣說了：

「我還在這裡喔。」
「我還在這裡喔。」
「我還在這裡喔。」

——還在那個，我們一起追逐的夢想之路上。

Fido坐在自己的房間裡，旁邊環繞著各式各樣隕落球隊的周邊商品，大燈未開，只有螢幕的白光微微打在臉上。他把玩著一顆簽名球，那個簽名的人已經永遠離開這條路了。但是我還在這裡喔。Fido心裡迴響著這句話，幾滴溫熱的水落在色彩銳利的紅縫線上，滲往旁邊的白色皮革，讓邊界變得有點模糊了。我還在這裡喔。你們等著，我們很快就會在同一條路上遇到了。

以謝士臣始，以謝士臣終，這一場宣傳打得漂亮——畢竟這是難得一見的，四個球隊的意見領袖一起動員的結果。在Fido與謝士臣交涉的這一陣子，他們早就私下透過各種資訊渠道，對一些比較靠近核心的老球迷放出消息，使得圈子裡瀰漫了一種「今年很不一樣、將要發生些什麼」的氣氛。那是什麼？誰也沒能說得準。大家知道的只是，各種耳語跟謠言的流傳速度變快變多了。以前可能要好幾個禮拜才有一個消息來源，側面透露某個球員可能不清白，或某個球員硬氣地拒絕組頭：「歹勢，大ㄟ，我沒在玩的。」但在短短一個多月裡，各種臆測、各種不同版本的黑名單白名單都出爐了，它們彼此矛盾衝突，但又都一如往常地指證歷歷，分別來自某個經過轉述的可靠消息。

這一切在「正直的職棒球員」討論串達到高峰。最後一篇謝士臣與許仁柚的往事的文章引起了巨大的迴響，在六月結束以前畫下了有力的句點。它先是被各種社群網站大量轉載，一夜之間超過上千次。接著，訊息傳到了各球團所屬的官方討論區，每個球團的官方粉絲頁面都主動轉載了這篇「是球迷都會掉淚的感人文章」。新聞媒體開始注意到這篇文章，最主要的棒球體育台節錄了部分的內容播報出來，還再一次跑去訪問謝士臣與謝士臣當年的教練。

電視上，謝士臣背後就是球場休息室的球棒架，不改其木訥少話的本色，先謝過了球迷的支持。他表示自己有聽說過這篇文章，但平常沒有上網，並沒有看過。記者立刻遞上了影印稿。謝士臣專心閱讀的棕黑色側臉被拍了下來，幾分鐘之後，他緩緩地說：

「我沒有那麼偉大。換成是仁柚，他也一定會這麼做的。」

行動的日期一天天迫近，每天在收發室裡無聊地分類信件公文的Fido，心就更向未來飄遠了一些。討論串已經落幕，剛好有大概五、六天的喘息空間，然後趁著眾人記憶猶新之時，一舉發布已經被部分網友暱稱為「謝神」的球員所支持的「暗影」計劃……

豁出去了的阿燭也有更大的進展。各球場的軌跡校正公式基本上完成，除非拍攝到的畫面中雨下得太大，會稍微影響計算精準度外，二・〇普及版的「暗影」基本上已經是一個使用直覺、介面簡單的工具程式了。同時，職棒明星賽的宣傳也如火如荼地展開。多虧前一陣子的網路討論，謝士臣以壓倒性的網路票數獲得了今年的明星賽人氣王，第一高票的他預計將成為明星紅隊的隊長、第四棒指定打擊，並且將和明星白隊人氣最高的球星一起出席賽前的記者會。

一切事情都照著預想的狀況發生了。

連續幾天夜裡，Fido都從夢中驚醒過來，腦袋裡迴繞著心神不寧的聲音：真的嗎？這一切就要成真了嗎？

職棒三十五年的七月一日，也就是這一年剛剛好切在一半的日子上，Fido反覆打開手機，看著那封簡訊：「我加入。謝謝你。」

那一天晚上，他不打算像平常一樣，規律地在午夜十二點就上床睡覺。大概晚餐時分，阿燭興奮地來過一次電話，他說，他似乎找到檢查球員選球能力的辦法了。在極為壓抑的一種冷靜當中，Fido還挑了他語病：「能力？我們又不是要開發球探軟體。」阿燭並沒有被潑冷水的感覺，哇啦哇啦地解釋了一片。總之，新的構想能夠讓「暗影」透過測量球員視線的運動，看出球員擊球的真正意願。

「如果打者的眼睛成功地辨識出一顆外角球，揮棒的軌跡卻是往內角攻擊，我們就有理由相信，他是故意打不中球的！」

阿燭不顧Fido心不在焉地哼啊應付，強要他登入ＢＯＬ的協作平台，去看兩張剛剛上傳的圖。這是阿燭用那位惡名昭彰的胡姓內野手的影片分析出來的；他可是最初、最明顯的好案例。在那張圖上面，程式建構了好球帶的立體模型，先是用白色標注了胡姓內野手視線集中的區塊，接著用黑色標注了他的揮棒可能攻擊到的區塊。在胡姓內野手正常揮擊的圖片裡，黑色與白色雖非完全重合，但大致上是差不多的區域：「那些沒重合的部分就是技術失誤，沒什麼好說的，但是你看第二張——」如果胡姓內野手看到球了，但故意揮錯位置，黑色與白色就會完全分離，幾乎沒有交集。

Fido這才「嗯」了一聲，慢慢理解阿燭開發的新功能的精妙之處。

但又怎麼樣呢？最重要的事情已經開始了。

他仍然沒有太專心，不時望向電腦右上角的電子時間。等到七月二日凌晨零點一分的那一刻，ＢＯＬ架好的「暗影」網站即將公開，裡面包含了檢測軟體本身，以及一些顯而易見的檢測案例，包括胡姓內野手和謝士臣的對照。他敷衍地結束了這通電話，靜靜地聽電子模擬的秒針聲音向前走。一秒。一秒。又一秒。

十二點。零一秒。七月三日，網站公開了。他在第一瞬間連進網頁。他知道此刻不會有任何人知道這個網站，現在最多是一些搜尋引擎的機器人來探探門。真正的宣傳要在今天晚上，人們都下班、下課，開始上網了，才會由四個意見領袖分別引爆。先是核心的資深球迷，再來是ＢＢＳ的大學生們，最後才是球團官方網站和社群網站那些看熱鬧的。

在此刻，他享有完全的安靜，是一個完完整整的先知。

房間裡面只有輕微的聲響，和一個體味著肅穆、愉悅與成就感交混而成的複雜感覺的人。

彷彿過了非常久之後，手機突然劇烈地震動了起來，打斷了Fido的沉思默想。Fido看了看手機，是阿燭。現在能夠定下心來好好說話了，他想，要先跟阿燭道歉，仔細想想，能夠想到把視力動態捕捉軟體和「暗影」結合起來，真的是一件很聰明的事，剛才是他失態了。

他把電話接起來，還來不及說什麼，就聽到阿燭急促狂亂的聲音：

「快！你一定要去看看……那張圖！……謝士臣、謝士臣他……！」

一道冰冷的閃電劃過背脊。不知為什麼，隨著這道閃電，他那不知是過於敏銳還是過於遲鈍、過於鎮靜還是過於癲狂的腦袋裡面第一個升起的念頭竟然是：凌晨一點四十五分還有一班南下的夜車。

11

手機響了。這是個不尋常的時間，我瞄了螢幕角落一眼，凌晨兩點十一分，畫面正中央跳動的是林杏南的號碼。

「喂？總ㄟ，還未睏喔？」

林杏南的聲音聽起來毫無睡意，反而有種進入了緊張狀態的沉穩：「出代誌了。上面的監聽到你那個瘋狂粉絲的電話，他們發現你了。」

「喔？」

「就是他們那套玩意兒，我也搞不清楚，反正知道是在說你。那個Fido說要坐夜車去你那邊，可能大清早就會到。」林杏南的語調充滿了準備分析每一項資訊的冷酷：「你覺得他會報警嗎？如果搞到這樣，我得早點跟上面講一聲……讓他們決定要怎麼做。」

「先等一下。」我迅速地把狀況在心底轉了一圈，幾乎是憑著直覺先下了決定，才一句一句想出理由：「我想應該不會。他不相信警察，這方面的故事聽得不少的樣子。而且如果他要報警，就不會直接過來找我。要來找我，代表我還有機會可以說服他。總ㄟ，你能把上面穩住嗎？」

林杏南這才稍微鬆下了語氣，嘆道：「可以吧。」

「總乀，你免煩惱，我知影要怎麼跟他說。」

「他們嫌我們這樣弄太招搖，又麻煩。照他們的意思，Katsu的事可以晚點處理，Fido這幾個人，直接用他們拿手的方式給辦了比較快。不過，也還好他這麼急急忙忙去找你，上面什麼事情都來不及安排。如果明天一早你可以搞定，他們應該也懶得多動什麼手腳。監聽的囝仔講得不清不楚，我也搞不懂他們怎麼又突然認定你有問題，你自己卡細膩。」

我在電話這邊答了聲腔。他們是真的找到了看見我的方法了嗎？可能嗎？

那可是你所留給我的禮物，連林杏南也不知道的祕密。

我心底確實閃過幾絲不安。

也許是沉默得太久，讓林杏南察覺了我的心思：「需不需要我找幾個人到你那裡待著？」這向來是林杏南討厭的方式，但他竟然自己說出口了。也許他也覺得我們太自作聰明了，有些時候，簡單的辦法就是最好的。沒有比一通電話、一場車禍或類似的東西更簡單的辦法了。但是我和他都有額外想解決的事，我的引退賽，他的Katsu；這是我們的默契，不知道第幾次的小小同盟。

「不需要吧。要打起來我也不需要幫手啦。」我笑著說。

而且，早上正是欣予和以倫準備出門的時間。我一點都不想負擔「萬一」的機率，我已經讓他們在這種安心的一無所知裡面生活這麼多年了。最後林杏南叮嚀了幾句，終於收線。

他不會立刻去睡的，我可以想像他接著撥好幾個電話，再去安排一些謹慎的老好人會想到的後路。

放下電話之後，我環視了地下室一圈，你果然就蹲在你最近很喜歡的位子上。我已經不記得上次看不見你是什麼時候了，現在幾乎只要我睜開眼，你就會在某個我意料之內的地方。比如說，發球機機械旋臂的底座。或者是球發射之後，如果無人擊中，就將疾速射入的那無人蹲捕的區域。

沙埔路底的晚上是非常安靜的，就像你一樣。當初選這個地方，就是欣予怕吵，找了一陣子才找到的。我是沒有什麼差別，結婚前大半輩子都住在球員宿舍，從小學那種雙層床板的十六人宿舍、到職棒裡兩人一間的套房，哪有什麼住不慣的房子。倒是搬進了這裡，才有機會弄一個像這樣的地下室。哄睡了以倫，欣予也早就睡熟之後，我會下到這裡，打開發球機，不一定裝填什麼東西上去，不一定站上去揮棒，有時候就坐著看履帶輸送、空的機械臂做出彈射的樣子。

震動的餘勢不大不小地晃著，就像總是重複著一樣的事情的棒球。

整條沙埔路應該只剩下我的機器嘎嘎運轉的聲音了吧。

這個時間，我們向來都是不睡的。

你還只在棒球場出現，沒有來到我家之前，我就常常一個人在這裡坐上大半夜。欣予起先是不知道的，直到有幾次，她夜裡翻醒發現我不在，一路沿燈光找到樓梯口。她曉得我不喜歡別人進來這裡，她也曉得你，或許還猜到了這兩件事有某種關聯。於是她只在上面喚了一聲：「士臣？」

我早就聽到她輕細的腳步聲了。

「就要上去了。」

我關掉機器，那支十幾年的好鋁棒還插在球棒護筒裡。那時候我入行才三、五年，第一次遇到大案子。有一支球隊先是被掃掉一半球員，另外一支雖然沒有任何人被舉發，過兩個月卻自動解散。我問過林杏南，他要我別管，這不是我們這一掛的事。據說是兩支球隊背後的主子有什麼仇殺糾紛，死了幾個重要的幹部，吃虧的那一方就動用影響力，安排了個年輕氣盛的檢察官進來。這個檢察官新手上路，也沒疑心怎麼自己輕輕鬆鬆就發現好幾條罪證，像拎粽子似的一抓一大串，從此聲名大噪。不過，雖然事關人命，但這樣的手段在職棒圈還是過於陰損，吃虧的那方自然也就走不下去了。

迎上欣予擔心俯視的目光瞬間，我就知道她以為我正在煩心這件事了。在她還沒開口之前，我先微笑了：「沒事，別擔心。」

「怎麼了，睡不著嗎？」

「沒有，只是下來坐一下。以倫呢？」

「在上面睡著了，」欣予靠近我：「是在擔心最近的事情嗎？你們公司……應該還好吧？」

我對她搖了搖頭，再次表示沒事，然後從她身邊挨過去。我們一前一後走向二樓的主臥室，我當然知道她不相信，但我這一次說的反而是實話。不明就裡的人才需要擔心，我們沒什麼好想的，會不會出事，一開始就會知道得很清楚。不過既然她不相信，於是實話或不說話看起來都會像是遁詞。而你知道嗎？這時候就是說謊的最佳時機——假裝我在擔心，並且假裝我在掩飾擔心，像是有兩種軌跡的變化球。我不知道除了我這樣的職棒球員以外，還有誰連說實話都可以有謊言的效果的。

我關燈，她幫我整了整棉被，順勢靠進懷裡，在一個我低頭就能吻到額頭的位置。整條沙埔路是真的安靜下來了，這就讓我確定了腦袋裡機器的嘎響只是幻覺的殘餘。那時候的我比現在年輕一些，也就少了幾分現在的篤定。我們輕緩地擁著彼此，讓我感覺到自己確實是愛她的，愛得讓我願意愧疚且誠實地哄她：「沒事，沒事的。」

後來幾年，欣予慢慢習慣了我半夜睡得少，時常獨自一人在地下室消磨時間。她不定時地會在我下班以前，去裡面稍微打掃一番，大概是確定底下真的除了發球機以外沒有什麼，也就不問了，當作是一件我有點奇特的嗜好。我菸酒都沒癮，扣除掉比常人壯碩的身形，其實也就是一個平凡的丈夫，有這樣寄居蟹式的習慣好像也沒什麼大不了的——她應該是這麼想的吧。

她頂多在某些我不但開動機器、還站上去練打的夜裡，趁著間斷的揮擊聲，用擔憂的語調多念兩句：「白天還打不夠啊？」

那不是打得夠不夠的問題。

而是，從十歲起，我和你就是在這個時候玩球的。玩球，而不是練球。即使她前一陣子在輔導室紀錄裡發現了我們當年闖的禍，也沒能把事情聯想起來。其實我們本來就是隨便什麼空地就自己丟著球玩的，不需要暖身開始，也不需要收操結束，那些螃蟹步腹背肌之類的鍛鍊更是純屬多餘。加入校隊之後，反而都花很多時間練那些跟球沒有什麼關係的東西。如果以倫知道練球跟玩球的區別，還會想要加入校隊嗎？

我們倒是也沒有真的後悔，只是嫌玩不夠，兩個人就半夜溜出宿舍，自己找地方丟球接球打球。——還有什麼地方好找？不就棒球場最適合。地方夠大，球反彈的感覺也好，旁邊還有護網。結果半夜大燈一開，嚇到旁邊的住戶，輔導老師問我們：「你們晚上為什麼要爬起來打球？不會累嗎？」你回答得很快：「不會啊。」然後我跟著點頭。我想想覺得好像該補充什麼，就說：「因為比賽快到了……」話到這裡，我突然想不出要怎麼跟老師說明：因為比賽快到了，整天練習練到煩，晚上這樣亂丟亂打一陣會比較開心。只見輔導老師若有所思地點了點頭。

到很後來我才明白，她根本搞錯了我的意思，害我們被多禁了好幾場比賽，球場也因此換鎖、加裝了更強固的護網，此後我們就只能去一些比較窄小沒意思的地方了。

你沒有打過職棒，所以你大概不知道剛進職棒時我那種不太習慣的感覺。從小就是白天練球到太陽下山，晚上再自己偷偷摸摸去玩球；在職棒卻反過來，下午陽光已經盛極而衰的時候才開始暖身，晚餐時分剛好比賽開始。人們下班，我們上班，注定就是過一種與所有人相反的生活。但我總覺得探照燈的顏色不如陽光舒服，再烈的陽光都有一種人造燈光所無的溫和。每天比賽結束，把沾滿紅土的球衣留給球場清潔人員，輕裝回家之後，以倫多半已經讓欣予照料好了。

但奇怪的是——或許這就是你其實一直都在的明證吧——，無論我那一天精神怎麼樣，晚場打得有多恍神，我就是會在這個時間進入一種神智清明的狀態。直到這一兩年，你開始出現在我身邊之前，我就是這樣一個人走進這裡，靜靜地待滿我們的玩球時間。

七點多，我在主臥室的床上睜開眼，以倫已經制服整齊，站在床邊：「爸爸，我們要出門囉！」從淺眠中醒過來並不費什麼力，只是越過以倫的肩膀，看到你幾乎貼著他的後肩那樣站著，一時還是有點驚茫。

「爸爸？」他手伸過來多搖了我兩下，以為是還沒醒透。

「嗯……早安。」

你的眼神似乎有什麼不同，然而我無暇細究，這是欣予安排的，每日必得進行的小橋段。她說，孩子整天都見不到我，於是安排他來叫我起床，等他們出門了當然可以睡回去，但起碼這個時間要和他聊上兩句。我撐起身，拎了拎掛在他肩膀上那顯得有些巨大的書包：「今天這麼重啊？」

「今天算輕的，」他搖搖頭，用趕著出門所以有點著急的語氣說：「媽媽叫我來問你……我們可不可以去看你打明星賽？我這次段考第六名，媽媽說沒有很好，所以要你答應才可以。」

欣予的影子從門口晃過，探了頭但沒有說話。

這是在告訴我：快點回答，不要拖太多時間，他們要遲到了。

於是我大笑拍了拍他的肩膀：「哇噻！第六名還沒有很好喔？我這輩子都考二十六名的要怎麼辦？」

我起身，假意在抽屜裡翻找了一陣，最後拿出欣予交代我備好的兩張明星賽門票，慎重地交到他手上。有時候，我還真不能理解這些當老師的在想什麼，她說，這是在促進我們的父子關係，所以有些事情要讓我親口答應，這樣以倫就會更愛我。但是她同時又很在意上學不可以遲到，不願意多留個五分鐘。

「要收好喔，交給你媽，搞不好明天就弄丟了。」

玄關處突然傳來比往常稍重一些的，高跟鞋落地的聲音。我對他吐了吐舌頭。

以倫整個人笑開了。不過那只是一瞬間。他很小心地把門票收進書包的拉鍊內袋，確定一切停當之後，低低地開口：「爸爸，他們說那是你的引退賽，是真的嗎？」

我感到你跟他幾乎同步向我指來的眼光。

欣予或許是聽到了，或許真的是時間到了，她跨著套裝窄裙能有的步子匆匆走進臥室：「好了嗎？要是放學被留下來罰抄課文我可不等你。」

「先去上課吧。」

等到車子的引擎聲遠去，整個屋子才從晨起的躁動當中靜下來。我抓起手機，有一封林杏南的簡訊，上面只有幾個英數字碼，「6：17 AM」。看看時間，是天亮以前發出來的，他大概是忙了一整夜吧。我繼續躺在床上。沙埔路這裡沒有任何公車可以抵達，如果那是Fido抵達的火車班次，那算上他張羅交通工具的時間，也差不多要到了。在門鈴聲響起之後，我應該要像是毫無防備地被吵醒那樣，緩慢地打開門。

你也要一起嗎？你也不是沒有見過他的吧。

這個踏進自己一無所知的領域的小鬼，他不知道自己可是顆重要的棋子，是能讓我的引退賽照計劃進行，讓以倫一輩子留下深刻印象的棋子。

你等著看吧，這會是職棒史上最華麗的引退賽，每一個橋段都經過精心設計。

畢竟這不只是我一個人的引退，也是你的。

你盡可以這樣怨怒地看著我，但我一定會讓你這雙陪著我看了十多年好球帶的眼睛，看見台灣球員所能有的最高成就。我不只能在各種力量的浪潮之間，走完職業生涯的鋼索。我會用最讓人難忘的姿勢結束這一切，成為那極少數中的極少數，在引退之後數十年還會不斷被提起的名字。他們會記得在那場前無古人的明星賽裡，50號第四棒一壘手謝七臣是什麼樣的存在。然後，在這些記憶裡，也就會有一個總是伴隨著他的身影出現的，永遠遺憾的名字。

你沒能成為的，你本來應該成為的，我會全部走過一次。

我把Fido請進客廳裡坐著，他從見到我起就是一副不知該流露多少怒意的表情。這樣的猶豫對我來說是好消息。彷彿不知情的我將他安排在上次坐過的位置上，然後你就這樣從酒櫃的角落站起身來，不疾不徐地走到他身邊的空沙發位置上，抱著從短褲當中露出來的蜷曲小腿蹲坐著。

對著Fido，我努力撐住自己禮貌而有距離的微笑，不要被你的行動影響。

你想做什麼？

「一大早來找我，有什麼重要的事情嗎？」

在我開口之後，靜止了一陣子的Fido轉身從背包裡取出了幾張圖紙，平鋪在桌子上。第一張是和之前一模一樣的，我的揮棒側面疊圖，幾道深深淺淺的色影標出了球棒掃出的軌跡。接下來幾張卻不太一樣了，都是攝影機從投手背後照往捕手的視角。一連六、七張，所有打者都是我，有個細細的藍色方框畫出了好球帶的位置。在整個可能的擊球區裡面出現了兩團大致呈圓形的色塊，一塊是黑色，一塊是白色。

「謝先生，這是我的『暗影』軟體最新的發現。」

（——這是我的『暗影』軟體最新的……）

「喔？所以你這是……」

這應該是一句先聲奪人的反問。——所以你這是在懷疑我嗎？——接下來應該是一大串逼兌來製造脫身的空間——對不起我不能接受。這算什麼？你怎麼確定這些東西是準確的？如果你連我都懷疑，那我不得不懷疑你這軟體的可信度……但是，就在我的第一句話出口的同時，我慢了一拍的腦袋彷彿終於認清楚了第一瞬間沒有注意到的雜音。那不是Fido的聲音；不，該說，那不只是Fido的聲音。

那是兩個人說出的同一句話，幾乎疊合，但由於音色的差異，而有一點落差的毛邊。

那是你。

「……所以你這是在懷疑我嗎？」喉嚨的慣性讓我把話說完。

Fido冷冷的語調和你十七歲時，直接而不帶懷疑的聲音同時發出：「您還是打算繼續這樣矇騙下去嗎？您把我的信任當成什麼了？」

（——您把我的信任……）

你？

我？

我深吸一口氣。冷靜下來。這裡有三個人，但是Fido並不知道你。你為什麼要這麼做？這可不是什麼好玩的惡作劇！我定下心來，告訴自己：我現在要面對的只有一個人，只有Fido。事情很簡單，穩住他，不要讓他報警，讓他願意繼續這個計劃，讓他相信我。如此而已。

「我不明白你在說什麼，這幾張圖能夠說明什麼？」

「您想知道？」（——您想知道？）Fido抓了一張圖推向我：「這是您今年第一支全壘打的打擊畫面。圖片裡面的黑色是您揮棒軌跡所造成的攻擊區域，那顆球確實就在這個區域的正中間，所以被您輕鬆地帶出三三二呎的距離。而白色的區塊，是用動態視力分析的儀器去追蹤這段打擊影片得到的結果，那是您視線貫注的區域。這張圖很好，黑色與白色的區域完全疊合，沒有任何問題。但是另外這幾張——」

（——黑色與白色的區域完全疊合，沒有任何問題。）

夠了。夠了。

我頭痛欲裂。原來是這麼回事。動態視力分析儀？有這種玩意兒嗎？或許林杏南會知道，他可以打電話問問那些體育大學的老頭。他最會打電話了。你也知道有這玩意兒嗎？你那副斬釘截鐵的語氣比Fido更讓人頭痛。他在質問我，你卻連質問都不是，平板直述，彷彿在說一件所有人都早知道的事情。

那是多久沒有聽見的聲音，說的卻是這樣的話……

Fido見我沒有反應，把剩下的圖推給我。

（——您自己看看吧。）

你稱我「您」？……

鎮定，一定得鎮定下來。我拿起那幾張圖，假裝專心翻閱。其實又有什麼好專心的，除了第一張圖以外，每一張圖的白色與黑色都完全不重疊。照他剛剛那套說法，這就是我眼睛看著一個地方，手卻故意去揮擊另外一個地方的意思。就是這個意思，那確實就是我獨鬥的打法，你賜與我的打法。你卻要我自己看。

或許林杏南最初的懷疑是對的，我是不是一開始就掉進某個更巨大的陷阱裡面？那會是哪一方的？林杏南……他傳簡訊來告知車班，代表上面也許早就盯住Fido了。起碼有人看著他上車，甚至有人跟著他下車，來到這裡。如果是這樣。鎮定。那，附近也許就有上面派來的人。沒事的，最糟的事就是讓事情變得難看，但難看不是無法解決。

上班上課的都已經出門了。

沒事的，我仍然在不敗之地。

我還是可以瞞住欣予和以倫，讓我仍是他們認識的我。

我把圖紙放回桌上，長嘆一聲。

Fido的身子動了一動，刻意冰冷的眼神裡有一種求救的脆弱。而你始終是你的樣子。我看見那種脆弱了，可以的。

「好吧。我懂了。」我說。

「謝士臣先生，我那麼信任你，一切都已經開始了，你卻……」

（——一切都已經開始了……）

「對不起。」

Fido劇烈地顫抖了起來，這使得他說話的聲音顯得非常用力。

他的眼眶緩慢但不可逆轉地紅了。我反而慢慢清明了下來。你竟然願意開口說話了，這也未始不是這小鬼送的一個禮物，雖然他自己還是不知道。Fido用力地抽泣，頭不自覺地低下來，讓我也能得空稍微把視線移向你。幸好你只跟著他說話，並不跟著一起哭。我不記得你哭，也沒辦法想像你哭的樣子。

一個好捕手每天少說要被幾十顆失控球砸中，沒有什麼痛不能忍的，沒有什麼是需要哭的。

一會兒之後，Fido才壓住自己的情緒。

「謝先生，這樣吧。這些圖您自己留著，我們就當作沒有認識過，沒有合作過這件事情。再過幾天您就要退休了，這些資料對誰都沒有意義，我們不會流出去的。您放心，我自己是球迷，我最清楚知道球迷的痛苦——如果揭露不能解決問題，被欺瞞還是比較幸福的。」

（——被欺瞞還是比較幸福的。）

他一口氣說了一大段，想來是早就想好了草稿。

然後，他換上一種剛強的語氣：「我不曉得您背後的人是誰，我也沒有興趣。從此之後台灣棒球也跟我無關了。我不想再惹什麼麻煩，就請您幫忙溝通溝通。話說在前頭，我手上有一整個資料庫，上次給您的東西只是其中一部分，全部放出來也不知道會波及到誰，如果我哪一天出了什麼狀況……只是讓您知道，我也不是毫無準備地來到這裡的。您們還請三思。就這樣吧。再見。」

（——就這樣吧。再見。）

說完他就真的起身要走。你看著我的眼神似乎又更深了一點，我知道你在等著我的下一步。如果事情就此結束，那也是你可以接受的情況吧，但這卻不是林杏南或我想看到的。你要的是誠實，但你要知道，如果我們兩個都決定誠實，那就一定會有人出些什麼事，弄得不好也許就變成你的同伴，去附在哪個竟然還有愧疚的球員身旁。

你倒是可以猜猜，是我或他比較容易落到那一步？

你沒能成為的，你本來應該成為的，我要全部走過一次……

我起身叫住他：「等等。」

他轉過來看著我。

「我可以想像你現在的心情，但是請聽我說。」

你是不是開始想別開眼神了呢？我知道你不會的。

只要再幾個字，就能探到他眼底裡真正的東西。比他更會藏表情的投手很多，我都一一擊敗過了。

「我知道我現在一點說這些話的立場也沒有。不過，我還是希望我們合作的『暗影』計劃能夠繼續——也就是說，我希望你能再次相信我。

「沒錯，我騙了你。也騙了很多其他球員，球迷，我的妻子，孩子。我確實配合過他們。我是為了錢嗎？當然是，這我完全承認。沒有幾個球員買得起像這樣的房子。剛進職棒的時候，我甚至不知道我可以打這麼久的球，我以為了不起打個三年、五年。我告訴自己，這是在為了自己、為了妻兒的未來打算。我能不先打算嗎？如果我像那些你聽說過的，一不小心受傷就被釋出的球員，那我該怎麼辦？……」

我停了一會兒，玩味他那並未軟化，但顯然已不再那麼篤定的表情。

「但那是以前的事了。以前沒有你，沒有你的這些軟體，現在不一樣了。我第一次拒絕你，第二次答應你，那是我的掙扎。我看出你帶來的希望，可是我無法確定，這真的會成功嗎？這麼久以來沒有人解決過的問題，真的有可能就這樣結束嗎？就算可以，我有資格參與這件事情嗎？我早已是陷在其中的人了。但正因為我太知道這一切是怎麼進行，所以我知道，你可以贏，絕對可以。我有資格嗎？當然是沒有的。但是，你看起來是如此地信任我，你讓我覺得自己是可以做些什麼的。你知道我們這樣的人，既然賭了一輩子，即使到了這樣的關頭，我還是決定賭。我想，那也不算太對不起誰，反正我就要退休了，我賭你在這段時間不會發現以前的事。我不懂電腦，但我賭你的軟體真的是有效的，只是還有一些小小的瑕疵。我賭你整個計劃都能順利進行。所以我加入了，這是最重要的事。

「我賭你贏。」

我們站在客廳的兩端，隔著矮桌對視著。我不去看你，此刻我必須全神貫注，表情或語調都不能有任何一點放鬆。空氣裡所有微小的震動都是線索，我必須像是在打擊區一樣敏銳，將每個徵兆轉譯成正確的應對。

我也坐了下來。

一陣不短的沉默之後，Fido頹然地坐回了沙發，把臉埋在手掌中。

Fido粗重的呼吸在客廳裡響著，不覺間陽光的角度已偏移了不少，讓屋子內顯得稍微暗了點。

良久，他終於有了動作。他從那疊圖紙裡面抽出一張推向我。那張圖上面的黑色塊出現在外角低處，但白色色塊卻在對角線相反的內角高處。也就是說，那分明是 記我可以扛出大牆的球，但我選擇故意揮空。Fido指著上面的日期，用略微嘶傷的聲音說：「這是我們查到的最後一次——那是在我兩次找你之間。那時候你已經認識我了，如果你說的是真的，為什麼你還要繼續？」

（——為什麼你還要繼續？）

「因為我還不確定。我早已不缺錢，然而在知道我們可以改變這一切之前，拒絕都是有風險的。我第一次就說過，我有妻小。但是，我可以非常肯定地告訴你，在答應你之後，我就再也沒有幫過他們了。」

快了。這只是一次微弱的反擊，而且是殘餘力量的最後集結了。

「這不能證明什麼，那之後到現在根本沒幾場比賽，你還不一定都有上場。」

（——這不能證明什麼……）

我再次長嘆。

「沒錯。要你相信我這樣的人，本來就是種奢求，更何況是我先騙了你。」我緩慢穩定地吐出每一個字，確保它們都有應該有的力道：「我能說的就這麼多了。如果你還是決定如此，就照你說的做吧。但是，在離開以前，我希望能讓你看一些東西。」

我走在Fido的前面，一級一級踏入地下室。打開電燈的瞬間，整架我極為熟悉的發球機具和它周邊的護件就在我們面前展開了。你已經來到這裡，就蹲在捕手的位置上，沒有手套，也沒有任何接球的準備。我停下腳步讓Fido超過我，他驚嘆地踏入沒有任何外人來過的地方，吸著一股他並不清楚的機油味道。那些半新不舊的護網和綠色軟墊，樣式樸拙直觀的發射旋臂和裝填區。

我在他的身後，清晰地看見了他每一絲表情。在一個持續滿盈的時間點上，我啟動了機具，並且熟極而流地倒入一籃黃色的練習用膠球。機器暖機的一小段時間裡，我從放置球棒的護筒裡面抽出了那支靜靜地收藏了十多年的好鋁棒，站上打擊區。我轉動球棒，做出標準的準備動作。

我確信他一定看見了鋁棒上的一處凹痕。那不是棒球可以擊打出來的扭曲形狀——那是強力揮在更堅硬巨大的物體上才能產生的樣子。

發球機啟動，球用我再熟悉沒有的速度彈射出來，七分力一揮，球就用更快的速度噴射回到來處。球穩穩地發出，而我也全然合拍地穩穩擊球，用一支我們三個人都放在心上的球棒。沒有一顆球漏過我的軌跡擊中你，也沒有任何一顆球超出我們早已圍好的護網。直到那一天分開以前，Fido就沒有再說任何話了。你也沒有。

12

蛇隊主場所在地是鄰近幾個縣份中最大的都市，林立著讓人們忘了此地陽光多麼充沛的高樓大廈，也有一座除了首都以外規模最大的體育大學。蛇隊成軍之後，便力行球隊在地化的經營政策，不但和市政府合作開闢數條以球場為中心的公車路線，也借助母企業開發商的背景，成功將球場周邊原本荒涼不毛的重劃區經營為有百貨公司、書店、餐廳的商業區了。這一優秀的地理狀態為蛇隊帶來比其他職棒球隊更穩定的票房，即使在職棒簽賭爆發的週期性低潮裡，每晚的進場人數都不曾低於一千五百人。

除了行銷政策的在地化，蛇隊在補強新球員的策略上，確實也以市內的體育大學和兩、三個高中棒球名校的畢業生優先。即使有些時候，同期有更耀眼的新人要加入職棒，蛇隊總教練林杏南仍然會將前兩輪的選秀名額保留給在地球員。

他每年至少都要說上一次：「這些球員我們從高中就開始追蹤了，這五、六年看下來，對彼此都很熟悉，我們有把握讓他們打得更好。」

謝士臣和張勝元正是近幾年來，這種補強策略下得到的代表性球員。隨著這些球員陸續站穩一軍、展現出不錯的成績，最初一切關於林杏南和某些學校教練私相授受、從中牟取好處的流言也就平息了下來。

Fido的機車從沙埔路底一路駛向市區，騎到能通往球場的十字路口時停了一會兒。清晨就趕到謝士臣家中，離開的時候已是市聲鼎沸的炎熱上午了。他望向左邊的路口，想像再過幾個小時，吃了一點東西的謝士臣帶上球具，開車來到這裡，熟極而流地把方向盤往左打。這條路，謝士臣已經走了十三年，那是Fido完全陌生的一種生活。他不知道一個球員每天開車到球場的時候，腦袋裡會思考什麼事情。

他們在乎什麼？

想要什麼？

而他竟然以為自己能夠完全信任一個陌生的人。

綠燈亮起，他右轉，選擇了回到火車站的路。他凌晨的時候是這樣來的，現在卻並不想就這樣回去。但不回去能做什麼呢？機車前進時適度的噪音有一種填補空白思緒與空白時間的效果。他已經蹺班兩個小時了，但在那個懶散的收發室裡面，看起來只像是司空見慣的遲到而已。大概要等到中午，上司才會納悶怎麼一直沒見到Fido人影吧。

今天是七月三號，阿燭已經先行封閉了昨晚短暫開啟過的「暗影」網站。整個ＢＯＬ的人都在等Fido今天的結果。資料全部齊備了，但沒人說得準，少了謝士臣這個關鍵的盟友，「暗影」計劃到底還有幾分效果。時間不多了，再過三天就是明星賽，如果不接受謝士臣的提議，那……

很快地，火車站到了。Fido其實還沒有想好下一步，像是毫無意識那樣把機車還給店家。他揹著背包，在氣溫越來越高的街道上走著，並不像其他行人那樣精細地利用騎樓躲避曝曬。他不知道要去哪裡，只知道自己不想就這麼回去。這是他第三次來到這座城市了——如果不算上大學時代來看球的紀錄的話。

站在這座城市最熱鬧的中心，感覺這一整個世界和棒球一點關係也沒有。他不禁開始懷疑自己所有的經營都是一場幻覺：真的有人關心他所關心的事情嗎？這真的會改變什麼嗎？謝士臣剛剛所說的話還在他腦袋裡響著，這讓他感到更加疲憊了。背包隨著步伐的移動上上下下地嵌進肩膀。在一次因為眼睛劇烈酸澀而反射地揉擦的動作裡，他才恍惚想起自己幾乎一夜沒睡了。整趟夜車他都在心裡反覆擬稿，一邊上網和所有成員聯繫，協調大家的行動。他抬頭，看見一個沒有點亮的、色彩俗豔的霓虹燈板，上面有著某某大旅社的字樣。

還要去哪裡呢？在這個城市反正沒有別的地方好去。

於是他隨著指引走了進去。那是在這樣的舊城區常見的小旅館，櫃檯後面坐著一個肥胖的大嬸，收了他的錢和證件之後，把一張印著房號的卡片鑰匙推給他。Fido看到櫃檯裡有幾大張也被展開揉閱過的報紙，沒有看到體育版。他往上走一層樓，進了指定的房間。他把背包隨手解下，整個人投到那有著淡淡霉味和殘留菸味的床上。

閉上眼之前，他聽到自己告訴自己：就留在這裡吧，留到明星賽，留到整件事情結束為止吧。

感覺只是眼睛一眨的時間而已。

該起來了，大家都在等。

雖然開著燈，但拉上窗簾的旅館房間還是有點昏暗。也許是那些骯髒的壁紙吧。在等待筆記型電腦連線的時間裡，他起身去揭開窗簾，手才一動作，他就忍不住悶悶地笑了。窗簾是有的，但後面是一堵牆，別說沒有窗口了，連條縫都沒有。他扣扣牆，聲音聽起來還挺實的，也許這個方向鑽出去甚至還不是外牆。

一個晚上一千元的房間，門鎖上之後簡直就是最適合的密室殺人地點。

他用阿燭叮囑過的加密方式上了線，打開BOL的多方視訊頻道。雖然是將近中午的上班時間，但他發訊息打了聲招呼後，十分鐘之內所有人都到齊了。有的人顯然是待在自己的房間裡，有的人背景卻是辦公室，戴著耳機。

阿燭、Chef、阿浪、大澄。四雙焦灼難定的眼睛，都在等他開口。

「我要說的事情有點長……所以你們先吧。後來有任何狀況嗎？」

Fido聽到自己疲軟的聲音，也看到隨這語調神色一暗的每個人。好一陣子，Chef才率先開口了：「昨天接到阿燭的消息之後，我就開始檢查我們的網站。現在看起來沒有什麼異狀，沒有任何值得擔心的入侵——是有幾個試著try我們資料庫密碼的訊息啦，不過都沒有被try開，應該就是常常在網路上流竄的那些機器人，敲著玩的。不過為了保險起見，我還是建立了幾個備援位置，以免出什麼狀況。」

「我繼續在跑暗影，用新的功能檢測我們之前以為可信的人。沒有新發現。我會把整個聯盟都跑完。」阿燭簡斷地說。

「是嗎……」Fido苦笑了。

「我這邊沒有任何風聲。之前跟學長打聽過，現在負責蛇隊那裡的檢察官應該和當地的勢力沒什麼關係，辦起來『可能』不會手軟，」大澄頓了一下：「也因為他沒什麼背景，所以如果我們的消息真的驚動到組頭，他很可能就會被調走，換個聽話一點的來。這也許可以當作一個信號，如果有任何相關異動我會馬上回報。」

「幹，也許沒調動的原因是他們根本不想鳥我們啊。」

一恍神間，Fido就聽到不知是誰插了這麼一句，大家全都笑了。

「電視台這裡也沒收到消息，全部都在忙明星賽。倒是今天有一批人到蛇隊主球場去準備了，剛好輪我留守。他們要發稿都還得轉回來給總編看過，如果他們臨場聽到什麼事情，我一定會知道，只是會慢一點。不過家裡沒大人，我會趁機再把阿燭缺的幾份影片弄來。今年明星賽根本是蛇隊的場子啊，第四棒是要引退的謝士臣，明星紅隊總教練是林杏南，連比賽都在他們那邊打。」

阿浪也停住之後，所有人望向他。只剩下他這邊了。

一切都沒有異狀。這代表謝士臣很可能是真心的——至少他還沒有把任何訊息洩露出去。

Fido動了動乾澀的喉嚨，不知道該用什麼表情說接下來的話。但話已經出口，也就恍然像是隔了一層，自己抽離開來看著自己：

「他承認了。」

有輕微的嘆息，有人閉上眼，有人扶著額頭。

其實大家早知道沒有別的可能。就算謝士臣堅稱沒有，說是「暗影」出了問題，大家也不可能全心相信他了。然而那畢竟跟他親口承認是不一樣的。那是還能不能繼續睜眼說瞎話的差別，那是還能不能假作天真地相信一切都還好的差別。

那種假裝，是台灣球迷的獨門本事。

在無法假裝之後，Fido對自己即將講出來的話，光用想的就覺得難受。

「但是，我們還是可以繼續。」他盡量濃縮，這樣或許可以比較不痛苦：「他希望我們繼續，給他自新的機會。只要我們公布的是舊版的『暗影』，他在球迷心中還是會有號召力。他會全力幫我們做完這件事，然後退休。」

所有人的眼睛瞬間睜大，靜默再次沉沉壓了下來。

接著，是幾聲明確的：「不行——」

「開什麼玩笑，憑什麼我們要再相信他一次？」

幾乎所有人都搖頭了。阿燭更是整個眉頭都皺了起來。

「就這樣？你答應他了？」

Fido嘆了一口氣：「算是還沒吧。」

「你知不知道這有多危險？你沒想過這可能只是在拖時間嗎？現在離明星賽還有三天，

如果他確定我們的計劃細節之後，再去跟相關的人通風報信，接下來什麼事情都可能發生，我們一點辦法也沒有！」

「我知道。」

「你知道？」阿浪提高了聲量：「你最好是知道。你連手機都給他了，要追蹤你很難嗎？你每天騎機車上班，隨便找一台車A你一下很難嗎？」

旅館窄小的房間裡迴盪著阿燭和Fido對話的回聲。他突然有點想念自己那充斥著垃圾收藏品的家了。

他明白阿燭的激動裡關心多於憤怒。畢竟，現在唯一曝光的只有Fido，其他人的努力可能會白費，但真正走在險境裡的人可是自己。

Fido疲憊已極地用指節扣了扣自己的額頭。

「好啦，你們兩個冷靜一下。」一眼看場面僵掉，大澄立刻開口，用一種法庭辯論般的務實腔調說：「我們現在只有三種選擇。一，完全放棄這件事。二，拒絕謝士臣的要求，自行散布訊息。三，答應他的要求，照原定計劃進行，但是冒阿燭所說的風險。不管是哪一種，我們都要立刻決定，沒有時間猶豫了。」

「對，沒有時間猶豫了。所以我希望我們很快就可以做出一致的決定，不管是哪一個選擇，大家都要一起行動。不過在大家做決定以前，我要先請大家聽聽這個。」

Fido快速地按了幾個鍵。他看了一眼時鐘，差半小時十二點。

「這是今天早上我和謝士臣談話的錄音——他並不知道我錄音了。你們把沉默的地方快轉跳過，真正談話的部分並不長。」

「中午十二點的時候，請大家再上線，我們就要來做這個決定。」

沿著旅社外的騎樓，隨便挑了一個方向走。應該是要找個地方午餐的，但Fido連續經過幾家麵店，站在那些滾著熱湯與麵條的白鐵廚檯前面，卻怎麼也提不起食慾。這整排樓房都是與鐵道平行的，後火車站的老舊社區。對面的街區突兀地插了一座不知道十幾樓高的百貨公司，讓附近本就低矮擁擠的水泥群落顯得更矮更擠。這是剛過正午，一天中最熱的時刻了，Fido身上沒有很多錢，但他還是信步往百貨公司移動過去。那裡起碼有冷氣，也許還可以找到一家書店，或某列能久坐的長椅。

就在他左右觀望過馬路時機的時候，他突然在左手邊看見了一個熟悉的LOGO。

那是一家棒球打擊練習場。

在這裡？緊挨著火車站後站？

想想卻又好像沒什麼不合理的。棒球打擊練習場在台灣各地都開得不多，因為它天生有一種尷尬的處境。一家店至少要裝備六、七個以上的發球機組，每一個機組都需要一條寬兩、三公尺、長十來公尺的球道，形成一個投手與打者對決的空間。發球機把球平平射出，玩家把球打回去，所以發球機後方雖然沒有防守球員，卻需要非常高大的護網來攔住四射的飛球。這一切加總的結果，就是每一家打擊練習場都需要廣大的面積才能成立——球道越寬、越多，護網越深、越高，打擊的體驗就越好，越像實際上在球場上打擊。但同時，昂貴的地租和機器，也讓這種娛樂的價格始終壓不下來，揮打一球兩元、三元甚至五元是司空見慣的事，而一個人進去不打個七、八十球是不能盡興的，那也不過半個小時的事情而已。

所以，只有盡量靠近市中心，才能有足夠願意花大錢來這裡揮揮棒的顧客；但越靠近市中心，也就越找不到足夠廣大的地面。

於是，打擊練習場就常常開在市區與郊區的邊界，一些交通不太方便的尷尬區域。這座打擊練習場倒算是得天獨厚的了，距離火車站走路只需要三分鐘，過個地下道就可以通往前站，還剛好有這麼一塊舊社區的區域給清理出來，形成一家八個球道、足堪營運的規模。

Fido踏進去這個也有冷氣的所在時，驀然想起，自己已經好幾年沒有踏進這種地方了。上一次也許就是大學時代？去美國交換之前？那個時候，他是系上慢速壘球隊的球員，每個禮拜至少練球三次，每次四、五個小時。從小體能就差的他第一次練完球離開球場，還沒走回宿舍，想說在學生餐廳喝杯飲料休息一下，竟就癱坐在椅子上睡了一個多小時。那時候，除了學長隊友常常相約打球，寒暑假沒事的日子，他也隔幾天就到打擊練習場維持手感。

他走向櫃檯，像以前那樣兌換了代幣。價格和交易的方法都沒有改變，就像這幾年的空白只是幻覺一樣。穿著合身運動衫的女店員微笑問他：「考不考慮辦一張我們的會員卡呢？這樣買代幣有百分之三十的優惠喔！」

如果是昨天以前，和謝士臣結盟以後，他一定會點頭，然後一次買它個兩三千元吧。他一定會覺得往後的日子還長，有一張隨時可以打球的卡，多好。但現在，Fido只是客氣地搖搖頭：「不，我已經有一張了，只是忘了帶。」

他換了五枚代幣，每一枚可以讓機器對他投出二十顆球。隔這麼多年了，他其實沒有把握自己還能夠打完這麼多顆，然而老習慣讓他不假思索地說出了這個數字。他稍微拉了拉身體，把幾個關節延展開來之後，把第一枚代幣投進機器裡。

第一輪先熱身吧。他指定了最慢的球速，時速八十公里。這比謝士臣地下室那個機組簡陋得多了。那是他找廠商特別訂做的吧？「喀」的一聲，旋臂啟動，剛好勾起一顆黃色膠球，升到最高點時猛然擲出。球速不快，甚至慢到肉眼能追出一道軟弱的弧線，Fido覺得自己相準了，踩腳、扭腰、揮擊，卻只擦到球皮上端，球在前腳附近落地，再彈向別處。第二球再進來就好多了，雖然還是一顆滾地球，但起碼勉強可以自稱是強襲球。

除了機器偶爾失控，把球扔得過高或過低，他基本上是重複著固定的動作的。擊出第一顆平飛球之後，事情就好辦多了，只要照著一樣的節奏出手，結果就不會太差。一陣子之後，他的心思漸漸寧定下來了。很奇怪，揮棒明明是一個劇烈扭動全身的動作，但只要持續個幾次，反而有一種讓腦袋清明的效果，像是打坐入定了那樣。好久沒有的感覺又回來了。他以前也總是在打擊練習的時候想些自己的事情。那些煩惱對現在的他而言已經遙不可及了。當時暗戀的女孩，不管是名字還是臉，他都想不起來了。他上班的時候會偷瞄那些長相比較清秀的工讀生，但工讀生來來去去，板著臉下指令的他總是來不及認識任何一個，她們就無聲無息消失了。

現在真要清晰想起一個女孩的樣子，只剩下在視訊裡掉淚的虎迷女孩吧。

他不是不曾幻想過，在一切結束之後，他可以像是英雄一樣追求她。或許她有男友了，不過他們有革命情感，不是嗎？他投入第二枚代幣，把時速調到一百公里。開始有點揮不太到了，不過揮不揮到有什麼差別呢？前面又沒有一座可以跨越的全壘打牆，也沒有一個可以奔回的本壘。這一切還可能嗎？不管是棒球還是女孩。

ＢＯＬ的夥伴們聽完錄音，一一回到視訊聊天室來的時候，他才在他們的臉上看清楚了自己的表情。

原來自己是這個表情走出謝士臣的家的？

他慶幸自己錄了音。轉成文字之後，那些文字就失去了當場說服Fido的東西，看起來就全像是託詞——就像阿燭說的，是緩兵之計，是虛與委蛇。但是，如果大家在場，一定會知道自己為什麼這麼為難，但最後還是願意的。一百公里的球少了點弧線，不過習慣之後反而不難打，只要在正確的時間出手，球會反彈得更強勁。每一個人都聽到了。謝士臣說每一句話時，那種既壓抑又用力的語氣。他的聲音裡面沒有可以聽得出來的顫抖，但那聲線底下，卻不知怎麼讓人感覺到有一種不穩，一種危危的……哀求？他話還沒有說完，Fido其實就已經軟化了。他感覺到謝士臣正在向自己告解。不，不是告解，是尋求告解的機會。Fido不知道其他人有什麼感覺，但他很明顯地知道，謝士臣不只是在對他說話而已。

他也在對許仁柚說話。

是的，那個語氣，全心交付的信任與懺悔，那絕不是對Fido這麼一個局外的球迷說得出來的。轉述起來抽象得沒有人會相信，但只要親耳聽過的人就會知道。

那是在對許仁柚說話。

Fido不信任何神。不過，如果有神的話，他會覺得安排這一切的祂，心思未免太百轉千迴了。

打完兩輪之後，手腕和膝蓋都又熱又痠，再打下去就會開始痛了。不過，Fido卻沒有停下來休息，走向時速一百二十公里的球道。那相當於職棒投手的變化球，也是Fido記憶中，自己能夠打中的最快球速了。在揮棒裡面，痠痛有痠痛的愉悅，那是沒有打球的人無法體會的。

「打球的人都很白目。」一位學長笑著說過：「不管韌帶斷裂還是骨裂什麼的，只要還能動，都坐不住板凳的。職棒球員跟我們也沒什麼兩樣。」

那不只是想上場的慾望而已，痠痛本身就是一種怪異的、祕密的愉悅。這一次，射進來的球幾乎都是直的了，揮空之後，球重重地擊在後方的鞣皮擋板上，發出炸響。果然太久沒有碰球，每一次動作都有不同的關節在抗議，揮棒也明顯變得很遲鈍了。也許剛才第二輪應該趁著狀況到達巔峰的時候先來這個球道的。既然揮不到，乾脆就不刻意跟球，用放鬆的七分力揮吧。聽完錄音之後，他們幾乎沒有什麼討論，就直接決定要把計劃繼續下去，再相信謝士臣一次。

「我知道這樣做風險很大，謝謝你們擔心我。大澄剛剛說我們有三種選擇，但其實只有一種選擇有機會贏。為了贏，我們必須冒這個險。非常抱歉。」

不過，這不意味著他們要繼續對謝士臣付出毫無保留的信任。他們很快地安排了一些基本的自保措施。他們每個人手上都要保留一份謝士臣的動態視力檢測結果，而且盡可能地備份在不同的硬體裝置裡面。

如果謝士臣有什麼妄動，就把這些東西散布出去。

沒有人問這到底有多少用處。因為沒有其他手段可以選擇了。

「然後，每個人都用手機去下載這個，」阿燭丟了一個連結給大家：「這是我跟Chef昨天連夜寫出來的。可能還不太穩定，我們會盡快完成測試。這支APP會自動更新最新版本，所以你們下載之後就不用理它。每一個人都要下載。現在。」

阿燭一字一頓的話聲讓大家很快照做，每一個視窗頓時都是低著頭的臉。

「裡面的東西很簡單，只有兩個功能。它有一個訊號收發器，每隔半小時就會發訊號給我們彼此的手機。收到呼叫訊息之後，它會自動回應。我們有五支手機，Chef把發訊時間全部錯開了，所以理論上每五分鐘就會有一輪訊息確認。請大家這幾天內一定要完全保持手機暢通，不要讓它沒電，也不要隨便在沒有收訊的地方待太久。」

「如果其他四支手機在整整一輪的訊息回報中，都沒有接到你的訊號，這支APP就會發出警告，我們……就會判斷你出事了。」Chef說。

阿燭隨之點了點頭：「或者，你無法自由和我們聯繫的時候，就把手機關掉。」

「出事」這個模糊的詞讓每個人心底的緊張感更清晰地發散在空氣裡，即使他們身在不同的房間。

「另外一個功能就比較簡單了，是一百多個與棒球有關的email、社群網站和論壇位置，包含跟我們合作的四個球迷，幾個討論版版主，和資深會員。如果有任何一個人失聯超過半個小時，每個人的ＡＰＰ裡面就會浮現一個發送按鈕，按下去，謝士臣和其他幾個簽賭球員的資料、『暗影』新版主程式的下載點……就會被送到這些位置，通知這些人，或在網站上面由機器人發布出來。」

它其實還有第三個功能，但阿燭沒有當場說，而在大家下線後，再發訊告訴Fido的。他設想了最糟的情況：如果ＢＯＬ的每一個成員都沒能親自按下發送按鈕的話，與這個ＡＰＰ聯繫的資料庫只要和所有手機失聯六小時，就會主動執行上述動作。

「當然，還可以更糟，那就是連我們的資料庫主機都一起被幹掉。」阿燭面容嚴肅：「我不想嚇大家，連Chef都不知道我留了這一手。不過，我想你比別人更應該知道我們面對的是什麼，我們手上還有哪些籌碼可以用。我現在有辦法做到的，就這麼多了。」

「這樣就很夠了。謝謝你。」Fido支額的手遮住了右眼：「說真的，沒有你，沒有你們，我還真的不知道該怎麼辦。」

「不必謝啦，要不是你的點子，我這輩子大概都要一直逼自己不准看棒球了吧，大家也是一樣的。我現在只希望一個月後，我們贏了，我可以笑著對大家說：媽的！當時我緊張得跟白痴一樣，連留了這條後路都不敢跟你們講。」

「一定的，你一定要在我們一起去看球的時候這樣跟大家說。不要選攻守交換的時候，以免我跑去買烤魷魚沒聽到。我要聽你親口說，『媽的！我跟個白痴一樣。』」

阿燭在畫面那端露出了疲倦的笑臉，就像Fido在照鏡子一樣。

「媽的。」

打完一百球，Fido像生平第一次練球一樣癱倒在打擊練習場裡的小圓桌上，喝著比外頭貴五成的罐裝飲料時，有一小群人走進了店裡。Fido一開始沒怎麼注意他們，畢竟這裡來來往往的都是那樣穿著緊身練習衣的年輕男子，只是覺得他們稍微高壯了點。但接下來，他們不但在櫃檯換了代幣，跟剛才的女店員調笑了幾句，還讓女店員從一個有護蓋的套筒裡面拿出了兩支木棒。這就不太尋常了——不是說寄存球棒這件事情，這是常客都會做的，就像老饕會在高級餐廳裡面寄存紅酒。

不尋常的是「木棒」。

木棒不像鋁棒，容易斷裂，而且只有很小的甜蜜點⑬。只要技術不夠好，打在錯誤的點上，很快就會報銷。而且，木棒比鋁棒還貴，像Fido參加過的那種球隊是用不起的。Fido還記得，在他大學的時候，曾經有一波改革三級棒球的呼聲，其中一項訴求就是放棄木棒、改用鋁棒，以讓經費比較少的學校也能參賽，擴大基礎。

最重要的一點是，木棒的竹、楓混合纖維，會吸收反彈的力道。也就是說，用木棒打起來雖然手感舒服，效果卻不會好。像Fido這種娛樂性質的打者，是不可能沒事帶著貴參參的

⑬球棒最適合用來擊中球的位置。

木棒來這裡，然後打出一堆飛不了幾公尺的球的。

等到店內最快的，標示時速一百五十公里的球道裡的客人離開之後，工作人員立刻去封閉了那一道，到機器後方去動了些手腳，然後這群熟客才走進去。這一連串的動作不只引起Fido的注意，其他客人也慢慢圍攏過去了。他們之中的一個站上了打擊區，身材不算壯，在這群人裡也只是中等。他在機器開動前的幾秒鐘試揮了幾下，是個右打者。

Fido遠遠地看到那幾個準備動作，有種似曾相識的感覺。

這是誰？

他忍不住也走近去看。機器旋臂把球射出，雖然不是正對Fido而來，他還是悚然一驚。又快、又直、又沉重，簡直難以想像怎麼有人能看清楚它，更別說確定了它的位置之後，再用球棒那一個小小的棒心精準反擊。更令人驚異的是，發球機這次投出的不是那種打不壞的便宜黃膠球，而是一顆要價兩三倍的紅縫線球——正式比賽的用球！

那個右打者沒怎麼熱身，球一來就非常輕鬆地順勢出手，木棒與紅縫線球接觸的瞬間，一聲爽脆的音響，球就往中間偏左的底網最深處噴射而去。跟他比起來，Fido最成功的擊球也像是昏睡行走的小動物一樣綿軟無力。現場的客人們響起了掌聲，和此起彼落的：「水啦。」第二球進來，Fido的眼睛彷彿把軌跡看得更清楚了，卻更覺得威力驚人。但威力只到本壘板前方幾公分為止，打者又是輕鬆一帶，這一次球飛到了中間稍微偏右的地方，跟剛才那顆正好是對稱。

他不是來打擊練習的。他是來玩的。

人群中起鬨似地一聲喊：「倒手邊啦！」他就把球擊成毫無疑問的左外野全壘打。人群喊：「燈柱啦！」他就讓球掠過燈柱的正上方。連有人惡戲地喊：「雙殺打啦！」他都依令打出一顆游擊方向的強勁滾地球。旁邊一人調侃道：「打這麼準，難怪可以玩職棒！」大家一陣哄笑，打擊的那人也聳聳肩。人們越來越興奮，指令下得越來越遲，幾乎是故意在球快要進來的瞬間才開口，但那個人總是能輕鬆完成。若不是親眼看見，Fido還真不敢相信有人能在球已經探入本壘板之後，用腰力硬是把球帶向左半邊邊線的方向。

這一輪二十顆將近尾聲的時候，Fido忍不住問旁邊一個熱烈喊聲的陌生人：「這是誰啊？怎麼這麼會打！」

「啊？你不知影Katsu喔？」Katsu？很熟悉的名字，這是日文嗎？……那人看Fido一臉茫然，綻出一個大笑臉，很快補了句：「職棒大明星餒！你不知？蛇隊的中心打者啦！」

蛇隊的中心打者？——是張勝元？

「啊，守秀斗⑭那個喔？」

「對啦對啦。」

難怪總覺得哪裡眼熟。張勝元，明星紅隊最年輕的先發選手，預計打第二棒游擊手。出身蛇隊的明星紅隊總教練林杏南對他讚譽有加，在新聞稿裡說，讓這年輕小伙子打第二棒不

⑭指游擊手（shortstop）。

只是為了尊重三、四棒賢拜的輩分和經驗——第三棒是虎隊七年來的中心打者，第四棒是謝士臣——，也是借重他的速度和爆發力，形成有別於傳統陣型的攻擊型二棒。顯然就是有記者去問教練為什麼不讓他打第三棒，由此可見他在球迷心中的地位。毫無疑問，他所有的攻擊數據都明顯優於虎隊那位。

加入職棒第一年就有這種成績，根本是十年難得一見的天才打者。

對Fido來說，更重要的是，他通過了「暗影」兩次的檢測。

當剛剛那人說「玩」的時候，他知道這個字是什麼意思，全場的人都知道這是什麼意思。可是他們知道，這個字在張勝元身上只會是一個永遠不可能為真的玩笑嗎？他們也許知道。但，沒有一個人能像Fido一樣，他不只是知道。他確定如此。

在張勝元退出球道，換他幾個朋友進去打擊之後，人群慢慢地散了。那些高壯的面孔Fido一個都不認得，也確實沒有一個打得和張勝元一樣好。有些人說裡面有職棒二軍的球員。一股衝動襲上心頭，Fido用手機稍微查了一下地圖，迅速離開打擊練習場，往一個歪曲的小巷鑽。小跑一陣子之後，果然看到了地圖裡面標示的一家小小的體育用品店，裡面還兼賣參考書。Fido迅速地買了一顆店內最貴的那種紅縫線球和一支簽字筆，循原路跑回打擊練習場。張勝元還沒走，正坐在另外一張圓桌邊，和三三兩兩經過的人聊天、打招呼。這很奇妙，每一個人都知道眼前是一位職棒明星，卻沒有一個人像是球迷。張勝元似乎跟這裡的每個人都是朋友，和謝士臣那種遺世獨立的氣質是完全不一樣的。他笑得很自然、很投入，他的視線和話語投向每一個人，完全不懷疑得不到對等的回報。

Fido羨慕這樣的氣氛。但他知道自己不會是這裡的一分子。他做他能做的，想做的。好久好久沒有這樣了，那些曾經提早三小時進場看賽前練習的日子，在重大比賽之後，和大家一起簇擁在球員巴士旁邊歡呼或掉淚的日子。那些日子到底還能不能回來呢？Fido一直等，一直等，已經等了這麼多年，他有權放縱自己一次吧。

他鼓起勇氣，走向有點錯愕的張勝元，在眾人些微的尷尬裡，像個普通球迷那樣對他說：您好，我是您的球迷，請問能幫我簽名嗎？

他遞上筆和新買的球，未曾被投擲打擊的，還有細緻牛皮紋路的紅縫線球。張勝元爽朗地答應了，就像一個職業運動員那樣，用粗大的手掌緊抓著筆，在有弧度的皮面寫下自己的名字。Fido眼光閃閃地看著眼前這個人，而這個人並不知道這種眼光還意味著什麼，他不可能知道過去二十四小時已經發生的事，也不知道未來七十二小時，眼前這個人將掀起一陣必然震動到他的風浪。

而Fido得到了簽名球，好幾年來的第一顆。

當他回到旅館那窄小無窗的房間內，一個人坐在霉溼的床鋪上時，他緊緊地，但小心地握著那顆球，以免自己的汗抹去了字跡。那顆球漸漸發熱，他閉上眼，好像回到了自己的房間。現在，那個房間的中心，至少有了這樣一顆全然清白的球，它就足以鼓動一個球迷的心臟，讓血液重新循環。這真是久違了。Fido這樣放縱自己，暫時地成為他曾經所是的，那樣一個普通球迷。

13

總教練和領隊的辦公室就在隔壁，是每個球員進球場前一定會經過的地方。球迷進場看球時，是從正面的大門直達觀眾席。我們則是從球場側後方的一個停車場入口鑽進地下，經過行政單位、室內練習室和休息室之後，才抵達紅土場。除了露天的球場以外，所有設施都隱藏在觀眾坐著吃熱狗、敲加油棒的方陣狀座位正下方。觀眾席和我們活動的區域很近，但卻是完全隔離開來的。

據說，最早的球場並不是這樣設計的，觀眾席座位下方就是深達數公尺的空洞，每天比賽，觀眾就順手往下扔吃完的熱狗盒之類的垃圾，夏天的太陽一照，那個味道連二壘跑者都聞得到。有一次，比賽進行到正激烈的時候，某區觀眾席「轟」地一聲燃起了大火……

我已經忘記這是誰告訴我的了，後來問過一些老教練，他們對這件事也沒有任何印象。但不知怎麼地，我就記得有這一場大火，因為某幾個觀眾隨手把菸蒂往下丟，正好點燃了某些能燒的東西。

今天經過辦公室門口的時候，我又想起了這個傳說。

垃圾堆得夠多的話，一截菸蒂就可以燒起來了。

總教練辦公室門口掛了好幾件東西：一份頗有鄉土風格，有時會忘了撕的水果日曆，有比賽的日期都用藍色麥克筆打了勾。一塊印著邊欄的白板，最上方的標題是「球員異動通知」，本來的用意應該是在總教練決定把誰踢下二軍、把誰拉上來一軍的時候貼出公告的地方；放上這塊白板的人，一定是把我們想像成美國校園電影裡面，那群圍著公布欄期待啦啦隊徵選名單的女高中生了。但我們全都知道自己該待在哪裡，沒有人需要來看這玩意兒。因此，排在旁邊的球員磁鐵從來沒有動過，好些名字早就退役了還是掛在上面。最後，掛在兩個辦公室中間的，是一面可以插圖釘的那種綠色軟墊布告欄，上面常年地釘著一些「球員宿舍門禁規則」之類的紙張。

那些東西十有八九是領隊貼的。林杏南根本很少出現在這個辦公室裡，就像領隊很少出現在球場裡面一樣。

而如果他們去了本來很少出現的地方，一定是出了什麼事。

像今天。

我揹著球具袋經過這塊布告欄門口的時候，眼角瞄到多了一張東西。我稍微止步，上面寫著：「全體隊職員於14：30點名，進入球場之後，禁止未假外出。」署名的是領隊王添發和總教練林杏南。

開始啦？我想。

也就是說，我成功讓那小鬼再一次相信我了。

我沒有在這裡停步太久，直接穿到走廊盡頭的更衣室，換裝進入球場，開始暖身。距離點名的時間不遠了，球場上三兩團聚，看起來人也幾乎都到齊了。這只是例行性練球而已。明天就是明星賽，今天晚上不會有正式比賽，只有幾個人要去參加另外一地娛樂性質的全壘打大賽。當然，為了躲掉不必要的採訪，我辭退了全壘打大賽。

隨便掃視，果然就看到抓著鳳梨葉髮型的王添發一臉鼠色，焦慮地站在林杏南旁邊。別說你不認識他，我平常也很少看見這個人。但他的本事眾人皆知。王添發最近三、四年才進來球團，起先是應徵一個行銷企劃的工作，做著做著不知怎麼就轉任翻譯，負責在隊上的外國球員受訪時幫忙口譯——但我們比賽中是絕不聽他翻譯的，寧可自己跟洋將比手畫腳。我不曉得他英文怎樣，這我沒資格說，我只是很清楚地知道，關於棒球的術語他翻十次會錯十二次。

也許是把「正確的擊球」翻成「右邊的擊球」這種事發生太多了吧，球團高層也知道這樣不行，就把他升任領隊了。嗯，這至少是個不需要接觸棒球術語的位置。

但現在正在發生的事，可不是裝傻賣乖就可以解決的了。

我照著暖身菜單活動身體，一邊聽四周球員們聊天的耳語，大致知道，昨天晚上消息就蔓延開來了。

「說是那個……二壘的攏有喔？」

「啊哉。你相信那個喔？我是不太信啦。」

「哼。」

「早上來你們有看到嗎？轉播車都來三台啦。」

「有啊，阮某說從正面進去，就貼了好大一張『今日謝絕採訪』的海報。」

兩點半，全體球員在休息室前方集合，觀眾席上少數幾位球員家眷的好奇眼光遠遠地探了過來。重要的事，是不能在這裡說的。

果然，林杏南只用平板的聲音宣布：「從今天開始，球隊進入特殊狀態，球員一律禁假。下午休息時間的空檔，請外宿的打電話給家人安排事情，已經結婚的，球團會幫你們訂飯店房間，可以把人接來。」

五十幾個球員靜默地聽著。每一次有案子爆發都是這樣子的，這是最高等級的戒備事態，就算還沒從網路上知道發生什麼事的人，此刻心底也明白了。這分明白讓集體的靜默變得沉甸甸的。我往張勝元那裡偷瞄了一眼，看不出他是什麼表情。但他應該也還在盤算接下來要怎麼做吧？

他會覺得這是個好機會，還是個打亂算盤的突襲呢？

「從現在開始，也禁止各位單獨向媒體透露任何事情，由球團統一發言。如果有違反，看事情的嚴重程度，我們該怎麼處理就會怎麼處理！」平常總是保持溫文的林杏南板起了最公事公辦的語調，接著一招手，從休息室角落走上來一個人：「這位是公關公司的專員劉先生。他是專家，等一下他會向各位說明面對記者的注意事項，請一定要銘記在心。」

王添發在旁邊討好地點頭，好像這些命令是囑咐他的一樣。

這是老橋段了，每次都一樣，卻是王添發第一次見識這陣仗。

有的時候，當要在外人面前提起簽賭案時，資深球員就會說：「我第二次上公關課的時候……」

最後，林杏南往後退了一步，示意把時間交給王添發。他的表情非常難看，混合了硬撐的威嚴、猥瑣、諂媚和慈愛的微笑。他說，他接下來會分批找每個人去談談，「釐清各位的問題。」然後先念了幾個名字，帶他們回領隊辦公室去。那些名字都是沒有通過Fido測試的，大概占了其中一半。如同計劃中的一樣，我被留了下來。

王添發走了之後，我感覺到林杏南身架子鬆了鬆。他吩咐剩下來的人繼續照菜單練習，讓各組教練帶開後，也從休息室折回觀眾席底下那巨大的行政空間裡。雖然他沒有說，但我們很清楚，林杏南要走回他的辦公室，開始不太常見、但他實務經驗豐富的「辦公」了。

場上練球的人少了，有些練習項目的步調就慢下來了。更何況誰也說不準下一批被叫進辦公室的人是誰——至少表面上誰也說不準——，練起球來就不太敢整套來真的。一會兒身體都熱開了，跟你搭檔的人卻被叫走，簡直就像廚師炒菜到一半沒了瓦斯。反正明天只是明星賽，勝負並不重要，多數人動動筋骨後，也就各自找個角落玩手機、聽音樂。

我坐在人來人往的休息室裡，手裡轉著一顆球，盤算著什麼時候要去換裝。一切都喬好了，今天下午我的引退記者會要照常舉行。在記者會上，我會親口證實明天引退的消息。雖然這個消息早就謠傳出去好幾天，導致我所屬的明星紅隊加油區早早賣完了預售票區，等我開口說下確定那個字之後，黃牛票價格就會瞬間飆升吧。球團的票務此刻應該正忙著「準備」那些票吧。

之前面對記者的提問，林杏南沒有否認、也沒有承認，只是說：「我們會找時間讓士臣自己和大家說明。」再也沒有比這更巧妙的證實方式了。如果沒有引退這種大事，何須特別開一個記者會？但話沒說出口，就還有延宕的空間。

但讓我有點不安的是，我不知道林杏南正在盤算的是什麼。為什麼選在Fido他們的「暗影」鬧得沸沸揚揚的時候召開記者會？還沒去就曉得會被問什麼問題。莫非他覺得這樣有某種媒體效果？

這樣安排的好處在哪？

搞不好，他只是想讓我面對一下這個棘手的情況，小小報復出了這道難題給他的我吧。

想到這裡，我乾笑兩聲，手指摸到了球的外皮，縫線有點綻開的部分。這球是不能打了，再打就會爆開，露出裡面纏得死緊的一團棉線。這是你告訴我的，棒球捏起來很硬，但裡面其實只是一大團棉線，不斷纏繞、纏繞，纏到不能再緊，就會變成這麼硬的一顆了。那時候我們幾歲？總之是加入校隊了吧。在球隊宿舍裡，你睡我上鋪，晚上就一邊跟我講話一邊敲床板：「你知道標準棒球的縫線一定要縫一〇八針嗎？」

你告訴我的那些事，後來我都告訴了以倫，換到幾個崇拜的眼神。

絕大部分的事，一開始我都不懂。早上練一整天球，晚上你想的、講的也還是棒球。你好像從來沒有懷疑過，除了棒球以外就沒有第二件事。

但我不是這樣的，從一開始就不是。

或許曾經被你迷惑了幾年，讓我以為自己也是、必須是這樣的人。

現在我清醒了，在你和Fido一起開口對我說話的時候，我們就確定是完全不同的球員了。我僅剩的事情就是，今天傍晚好好開完記者會，明天照著我安排好的劇本打好那場比賽。剩下的都是別人的事了。

聽清楚了嗎？——我不會只是你的替代品。我仍然會帶著你的眼睛經歷一切，但我也會證明自己是一名獨一無二的球員。本來會有兩名獨一無二的球員的，但現在只剩下一個。這有點可惜，但沒有關係。

所有事情都已經就緒了。

我，謝士臣，三十五歲，且即將成為傳奇的台灣職棒球員，會用我專屬的方式來度過我的棒球生涯，而你將全程見證，從第一秒到最後一秒。

「賢拜。」

張勝元聲音從背後響起的時候，我心頭瞬間震了一震。隨即就覺得可笑，怎麼，就要引退的人了，還會為這種冷戰之後的初次對話心驚嗎？我很快地確定自己的表情仍然保持悠然，轉過去，對他露出了並非無辜、也並非惡意的微笑。

「怎麼啦？」

他走到我對面的板凳上坐下來，順手把手套解下來擱在一旁，一團總是環繞著運動員的潮溼熱氣逼近我。

他們每一個人都喜歡坐在你旁邊，看來你確實是站在他們那邊的啊。

「剛才總ㄟ又叫進去一批了。」他說。

「是啊……聽說網路上有在傳什麼事情？」

他輕笑了一聲，低下頭。

一會兒，才重又注視著我：「賢拜，你打這麼多年了，這裡也沒有別人，我們就不用落翅仔裝在室了吧。你一定早就知道了——搞不好還知道更多呢。」

「你對我的偏見很深啊。」

「畢竟我是親身經歷，」他努努嘴：「進去的人，每個我們心裡都有數。一個先發二壘手，兩個先發外野手，一個先發捕手，幾個在一、二軍打了幾年的賢拜。裡面每一個人都是『對的』。那些不知道哪裡來的網友還真是有兩把刷子，你說是吧？」

「對不對是你在說的，我可不曉得。但你這樣跟我說，真的好嗎？——」我揮揮手，若有似無地說：「我聽說不只網友厲害呀，你跟你的朋友不也很了不起？」

張勝元的表情果然凜了一凜，看來他並沒有想到他們小小的計劃會被發現。

他為什麼要在這麼長一段時間的冷戰之後向我搭話？

但無論如何，一招中了就不能鬆手，我想也沒想便繼續追擊：「你還有哪些朋友，我是不太清楚啦。但他們曉得你來找我聊天嗎？曉得的話，恐怕也會很好奇我們之間還有什麼好說的吧。怎麼樣，想趁這一次好機會來個一鼓作氣，拯救台灣棒球嗎？」

我順手在自己頸部劃了一劃。

然而，幾乎在同時，我就意識到話是說得太快了點，動作也太衝了。雖然林杏南的布局基本上已經完成了，但打草驚蛇總是不知道會有什麼意外。

我這才察覺原來我早有了別樣的心思。

我不知道為什麼他要這麼堅持。你是幽靈，是某種怨念，好吧，你就永遠是那種哀怨的眼色，永遠長不大。但Katsu是那麼有天分的一個棒球員，不但有力量、有速度而且有腦袋。他跟我一樣，是那種一站在紅土上面，就可以憑直覺正確面對所有變化的人。為什麼他會不懂？為什麼要這樣浪費自己？

「賢拜，你果然知道很多啊。」

「但我還有些搞不懂的。——你真的覺得你們會成功嗎？他們會成功嗎？」

他淡淡笑了。「賢拜，我們都是打者啊。不站上打擊區，就沒有機會看見球路了。」

「如果對手太強，看得見也不見得打得到。」

「對，不見得。」

「那你期待的是什麼？」

他沒有說話，望向稀稀落落地灑著陽光的紅土場。這對打者來說是最棒的天氣，棒球的縫線、內裡的棉線都很容易吸水，有雨有霧的天氣，球會變重，打擊的手感會變得很黏稠。明天也是一樣天氣的話，引退賽的一切就會非常順利了吧。但他大概想像不到，我連自己的引退賽都要用他最討厭的方式進行。

上了場他就會感覺到的。

其實我又何必問。我怎麼會不知道他期待什麼，你說是吧？

在這個難得慢下來的瞬間，林杏南或王添發還沒有點到我們兩個任何一人，整個棒球圈也沒有人注意到這兩個不該再湊在一塊兒的人坐在一起聊天，彷彿一小段時間完全被隱匿起來了，什麼不該說的話，在這段時間裡都可以沒有關係。我感覺到一種危險的恍惚，卻又下意識地不想動用理智來制止自己。

我低聲開口，不是為了遮掩，也不是為了懇求，而是因為我不清楚接下來的話該用什麼腔調。

「Katsu，」我說：「Katsu，我一直覺得你很可惜。這話我不對別人說，反正我是要引退了，沒有什麼差別。但是你還有機會。別搞了，搞不過的，你還是快一點出國吧。」

這席甚至出乎我自己預料的話，讓我和你們的四隻眼睛同時對在一起了。

我能做的就是這麼多。

收手是不可能的，那不是我能決定的。

有一場自己的引退賽，已經是我能索求的極限了。

我不可能再保護更多了。

一會兒，Katsu嘆了一口氣。他把手伸進特別厚重耐磨的球褲口袋裡，抽出一小疊被摺成四分之一的Ａ４紙張。我的心頭往下一沉。又來了，這陣子我可真是看夠這些東西了。他還帶進球場？他不說話，只是把它們鋪平，一張一張亮給我看，再擺到旁邊。先發二壘手的揮棒軌跡。左外野手的揮棒軌跡。右外野手的揮棒軌跡。捕手的揮棒軌跡。他們的揮棒底下都有明顯的暗影，那對於練球的人來說一眼即知的明顯證據。

像是被一種刻意的光線打在球棒上一樣。

最後一張，是我的。

沒有任何暗影的整齊軌跡。

他把我的那張遞給我，他不知道我的家裡還有一張一模一樣的；並且，我還有一張更新版本的。

「賢拜，我來找你就是想問這個而已。」

我揚了揚紙：「這就是網路上在傳的那些東西嗎？」

「對。我昨天晚上熬夜下載了這些網友做的東西，他們說，他們發明了可以檢測出誰有在『玩』的程式。」

「你相信這些玩意兒？」

「沒什麼好不相信的，」他聳聳肩：「你看看他們抓到的這幾個人。他們真的是有兩把刷子，我想這你也不會否認。我只有一個疑惑。」

當然，如此明顯，當然只有一個疑惑。

他直視我：「為什麼在他們的檢測裡面，你會是清白的？」

他果然是一個聰明的游擊手，反應敏捷、守備範圍大、總是能瞬間讀出比賽的重點。

不過，再好的游擊手也不能在黑夜中攔截滾地球。

他不像我，這場問答我已經實地練習好幾次了。

不過幾分鐘，剛才的坦白就像一場幻夢一樣。

「也許他們的程式本來就不怎麼靈光。」

Katsu抿嘴點了點頭，很緩慢、別有所指的那種點頭。

「是很有可能。不過，這會不會有點太巧了？這個是對的、那個是對的、這幾個全都是對的，只有你的檢測結果是……錯的。如果他們的程式這麼厲害，卻剛好只在你身上出錯的話……我想你也許會知道為什麼？」

「我？我何必知道那些人在搞什麼，他們很重要嗎？」

我的回答沒有任何遲疑，說謊的重要技藝之一是掌握節奏感。就像打擊一樣，速球和變化球只差千分之幾秒，全壘打與雙殺打也是。然而，也像打擊一樣，一出手我就知道結果並不好。Katsu並不相信我的答案。他把那小疊紙拿回去，重又摺好、收回自己的口袋。然後，他把左手伸進內野手套裡，從橫洞後方露出食指——就像你說過的，食指是最重要的手指，所以要有兩層牛皮的阻隔——五指舒張幾下，像是確認自己與手套之間的默契一樣。

這一切都準備停當之後，他才開口：

「或許吧。或許你也不知道真正的答案，但我可以猜一猜。一個比較可能的版本是，他們也是你們的人，或者，你的人。這一波名單根本不是真正的重點，只是一陣煙霧，後面還有。這些人，最後都會安全過關吧？——至少總不會全部都被掃掉，那這樣你們還玩什麼呢？至於這一波真正的目的，最後要打到誰……到現在還看不出來。而為什麼要這麼大費周章，也不是我能猜到的。不過，可以確定的事情是，你跟他們之間有些什麼。」

他停頓下來，望了我一眼。

我忍耐著不要露出驚慌或讚嘆的表情。

看著這樣的棒球員在新人年隕落，真是再浪費也沒有的事了。

「還有另外一個比較天真、比較笨的版本是，他們真的是一群真心想要拯救台灣棒球的人。而且，他們還真的有足夠的天才，弄出了這麼一個沒有出錯的程式。對，不管怎麼樣，他們是對的——謝士臣是一個清清白白的球員，揮棒軌跡完美無瑕，從來不曾用任何方式操作比賽。就算是錯的，也是對的。而這個叫做謝士臣的清白球員，他的職業生涯只剩下不到四十個小時。他就要引退了，這一切都將與他無關了。所以……這一個清清白白的球員，也許是最有機會擊出逆轉全壘打的那個人。」

他的聲音也開始有些顫抖了起來。

這些話幾乎和Fido如出一轍……他們接觸上了嗎？

如果沒有，那……

不，他沒有，不然不會這樣說，但是……

我不確定我的表情是否透露了什麼，我的腦袋裡面一片亂線。

「我本來不太確定哪個版本比較對，」Katsu的聲音也越來越低，最後終於幾乎把語調壓到和我剛才差不多的地步：「但是，賢拜，謝謝你剛才勸我出國。很抱歉我不能聽你的話，不過我不是第一次不聽話了，你不會介意的吧。你知道的，身為一個中心打者，最不願意的就是都站上打擊區了，還被代打換掉。就算會有往頭部飛來的近身球，也不可以退縮。因為，總是有下一棒的隊友，相信你不會浪費掉這個出局數。只要努力上壘，只要相信下一棒的中心打者……」

說著，他站起身來，旋了旋臂膀，像是立刻要上場防守那樣走出了休息室。

「我決定要往哪一個方向猜了。」

球場門口的警衛掛了通電話進來說，欣予和以倫到了。

他們是來參加引退記者會的。依照林杏南的安排，他們將站在我的旁邊，讓找說到某些地方的時候，可以適時地牽住或摟住他們。

如果是我一個人的記者會，在記者逼問下露出了不悅的神情、甚至發怒，那會是一則負面新聞。

但如果有他們在旁邊，這則新聞就會變成一個捍衛家人的鐵漢的故事。

當然，他們並不曉得這些，他們以為自己只是純粹參與一個不能缺席的重要時刻。

我提著球具，換上了專門出席記者會用的西裝，從夕陽下的球場鑽進幽深的地下行政區。我並沒有被王添發或林杏南叫進辦公室。第一個人沒有叫我的原因是，我沒有在Fido他們弄出來的名單上。第二個人沒有叫我的原因是，該討論的我們早就討論好了。

據幾個「隊友」的說法，剛進王添發辦公室的時候剉得半死，後來再被叫進林杏南辦公室，才覺得比較穩一點。

林杏南承諾他們，這件事情絕對不會牽連到我們這一掛的人。

於是，一整個早上，球場裡都彌漫著這種語焉不詳的耳語：「總ㄟ有跟你說備安怎無？」

「無餒，只跟我講免煩惱啦。」

為了掩藏行跡，林杏南也叫了好幾個壓根沒有出現在名單上的人進去。

我走過他們辦公室的門口，對著半掩的門內揮了揮手。不確定他看到了沒有，我倒是看見公布欄上多釘了張紙。

大概是球團這陣子的戒嚴條文吧。

在略微陰暗的入口處，穿著套裝、高跟鞋的欣予帶著精心打扮的以倫，看起來在那裡等待一陣子了。以倫在那身襯衫裡看起來有些不舒服，臉色緊繃。當然，讓他不自在的還有別的原因，我歉笑著拍拍他，小聲在他耳邊說：「謝謝你們來陪我。」

在那一瞬間，你突然出現在和他並肩平行之處。

你們的臉正好成為對比，羞澀鬱結的以倫，平板而無情的你。

太過突然的襲擊，我搭在他肩上的手顫抖了一下。

「你……」

以倫敏感地察覺到了，眼神中閃過幾絲疑惑。

我迅速起身，背對他們，疾疾起步。

幾個球場清潔人員駕著安靜的電動車從過道間與我們錯身而過，他們身旁的車板插滿了各式各樣清潔用具，使得他們好像成為一架複雜機器人的一部分一樣。欣予高跟鞋的響聲在後面追隨著。我沒有回頭，因為我知道你一定就如同一隻多出來的影子那樣附在以倫身旁。

你就只能這樣子吧。

你從來就連作祟的能力都沒有，只能玩這些把戲。看著人，跟著人，學身旁的人說話。你以為這算什麼？你以為就憑你、就憑你黏著的那些人，就能夠改變我？你跟了我這麼久，難道還不瞭解我是怎樣的人？

我的卑劣、污穢和意志力，才不是你這些把戲可以改變的。

你不行，Fido不行，Katsu也不行。

我知道我要什麼。

沿著不見天日的圓弧形過道走，將近盡頭的地方，就是召開記者會專用的記者室。這不是我第一次進去那裡，但卻是最重要的一次。在我待會兒即將落座的主桌上，會有一份林杏南照我的意思，找人擬好的引退記者會發言稿。我只要照著念完，這件事情就完成一大半了。在話沒有說出口以前，一切的變化都難以預料。但是，只要在那樣的場合、用那樣的方式說過的話，就像咒語一樣能讓事情成為定局。

我等待已久的，唯一一場屬於我的比賽。

那是我應得的，就算你不願意和我一起分享，也不會改變這件事。

這場比賽會像是預知夢那樣，一步步依照我已經預見的那個樣子發生。我將知道每一個比數的變化，知道我將扮演的轉折，知道我暫時的挫折將如何成就關鍵一擊的傳奇性。就此而言，Katsu說的那麼多話裡面，至少有一句話是對的。

我是唯一有能力的那個人。

我走進了記者室。

半數的攝影機已經架設完成，只等著我走上主角的位置了。

有工作人員在拉扯襯在鏡頭後方的贊助商LOGO。

不需要閉上眼，我就能夠想像此刻，全台灣幾萬隻膠著在螢幕前面的眼睛。

他們在等我開口。

然而，他們看不見你。他們也看不見我的思緒。我此刻所有的心神，早就奔赴明天那場比賽。台灣棒球史上第一場，也可能是僅有的一場，只為了一名球員誕生的比賽。在這場比賽裡，全聯盟的明星都會出陣，但他們的存在只是為了映襯真正的主角。你想像過這件事嗎？你能想像比一整座球場更好的鑽石嗎？媽的。從十歲開始，我們為了教練打球，為了隊友打球，為了球迷打球，為了紀錄和薪水打球，為了他媽的「上面」打球，哪一次、有誰問過我們的意見了？我們不值得一場自己的比賽嗎？他媽的你不要跟我談什麼誠實，你們以為自己是坐在競技場的大爺嗎？我們可不是那種鬥牛或奴兵——

這一場比賽，就這一場比賽——

我落座。欣予在我的右手邊，再過去是神色仍然憂戚的以倫。他現在只覺得可惜和悲涼，但有一天我會讓他瞭解的。接著，林杏南也進來，坐在我的左手邊。王添發坐在底下，向台上的我們點點頭。在錯落的記者席和攝影機當中，有些蛇隊球員也散坐在當中。Katsu就在後方的某一個角落。攝影機對準了我，十幾個同時運轉的聲音。最後，林杏南也向我點點頭，示意我開始。

一陣散亂的閃光。我低下頭，從第一個字開始，念起了我第一次過目的講稿。

我不知道他們聽見了什麼，我自己倒是很清楚地在自己發出來的字音裡面聽到了：那是主審裁判喊出的「Play Ball！」的聲音。

14

請假第二日，Fido在旅社狹小的房間裡面睡到近午才完全清醒過來。這一夜睡得不算安穩，前一天見過的謝士臣、張勝元彷彿交錯出現在夢裡不只一次，也時時在矇昧中感到手機鈴響的錯覺。幾次查看都只是虛驚，畫面如常顯示時間，正上方狀態列有一個小小的綠色圓點。那是阿燭和Chef寫的聯繫程式，燈亮就代表大家一切正常，大家也知道他無恙。為此，他在某次查看裡特別把電源線接上，以免一時疏忽斷電。等到他終於覺得自己再也睡不下去，呆坐起來的時候，那些夢境和睡眠的間隙都像是浸了水一樣模模糊糊了。

房間很安靜，水滴的聲音規律而細碎地傳來。

昨天傍晚，他買了晚餐回來後，就沒有離開過這個房間了。

來時那些泛黃幽暗的過道，在晚上稍微熱鬧一些。那些腳步聲和話聲是貪圖便宜的情侶發出來的。

這間旅社裡，只有他是一個人占住一間房間的吧？也只有他打算連續住上兩夜，整整十多小時沒有離開吧？

明天就是明星賽了。

每一滴水，都離那個時間近一點。

他走進浴室前，把電視打開，轉到體育台。

在水聲中，他彷彿聽見了「簽賭」之類的字眼。主流媒體已經跟進報導了嗎？那在網路上一定傳翻了吧。這個念頭和水的冰涼把他的腦袋瞬間點亮。他坐回形式老舊的梳妝台前，打開電腦，迅速瀏覽幾個重要的網站。

網路的速度感真是可怕啊。

大約在昨天中午，ＢＯＬ成員決定繼續照計劃進行的訊息發出後半小時，第一次有人將「暗影」的網站連結貼到ＢＢＳ的Baseball版上。這個被所有棒球迷暱稱「主版」的討論區，是學生球迷的聚居之地，不管是看美國職棒、日本職棒、台灣職棒的人都會匯合在這裡；如果只觀察這裡的球迷分布，外人很容易誤以為台灣職棒的觀眾遠多於前兩者。就算不侷限於棒球，它的即時觀看人數也總是在全國ＢＢＳ系統的前五名。幾年前的一次總統大選前夕，謠傳某政黨出錢收買各大ＢＢＳ版塊的版主，棒球版也赫然在收買之列。

在這樣一個人聲雜沓的版塊要引起集體的關注是不太容易的，更不要說引動風潮。

不過，Fido已經見識過一次了。

Fido按下搜尋，找到好幾個小時前，第一則關於「暗影」的貼文，一轉進去就笑出來了——那是一個他不認識的帳號，從文章內容看來，是一個憤怒而語氣幼稚的球迷，號召大家聲討這個網站，因為根據這個網站的說法，他所支持的一名打者涉入了簽賭案。如果幾個禮拜前他看到這篇文章，可能還會有所懷疑；現在他卻覺得自己站在一個全知的高度，微笑地觀賞。這不是蛇迷安排的還會是什麼！

如何在最快的速度得到關注？當然是引起筆戰！有爭議的話題、國中生一般的語調，都是引起筆戰的催化劑。BBS的每則留言都會標注時間，所以在Fido這種事後翻閱的讀者來看，幾乎可以在心裡畫出輿論搖擺的波形。最初，底下的回應一片義憤填膺，幾十個支持者跳出來指責該網站血口噴人、無憑無據。而網路上總是無處不在的那種，以言語陰損他人為樂的散兵游勇則反唇相譏：「聖人隊喔？酸不得嗎！」

這一鬧下去，整個下午的Baseball版全亂了。版規規定，在未經司法確認以前，不可以任意懷疑球員簽賭。然而第一則貼文乃至後面的混亂，全都擦著邊走——每一個發文者都是引述「暗影」網站的說法，沒有人是自己跳出來指責球員簽賭的，於是這個禁忌話題就在版主群還未找出對策的時間內延燒開來了。

三、四十分鐘之後，有人陸續從網站上轉貼了球員的動作分析圖：「大大們不是很愛看揮棒嗎～所以這到底是怎樣～？」這些貼圖將論戰帶入了新的階段。有些人動搖了，特別是幾個比較資深的帳號，開始用猶豫的語氣回應：「美國也沒有這種分析方法……不過聽起來好像有點道理？」若不是他們有行動開始之後就互不通訊的約定，Fido還真想打個電話問蛇迷，到底哪些帳號是他們的暗樁。

風向慢慢轉變了。

一開始一面倒的憤慨消失，取而代之的是誰也無法說服誰的，一種不安的攻擊性。當自己支持的球員貼圖被上傳，並且有著濃重的暗影的時候，心碎而憤怒的部分球迷開始挖掘別隊球員的貼圖。但網站上公開的資料有限——這是阿燭的精心設計吧？他只放上了一小部分的資料——，無法滿足這所有的需求，開始有球迷失控地叫囂要求找出網站的負責人。

Baseball版在下午三點十二分躍上全國在線人數最高的版塊，並且一直持續到當天的午夜。傍晚，大約在學生、上班族都逼近下課下班的時段，版塊終於被巨量的PO文癱瘓，每一秒都有超過十則貼文湧入，即使只讀標題也沒人讀得完。更多平常不看棒球的帳號湧入棒球版，發文譏笑這群還留著看台灣職棒的球迷。

即使只是在回顧昨晚的事，而且已經是意料中事，Fido還是看得血氣翻湧，幾乎要禁不住去回文。

七點四十六分，版主群出面制止無效之後，決定暫時關版、清空版面。

上一次讓整個ＢＢＳ站爆發這麼大的混戰是什麼事？

Fido不記得了。無論如何，他們想得沒錯，確實民氣可用。

但事情不會這樣就完的。幾乎在Baseball關版同時，激情而無處可去的網友分散入侵其他版塊，首當其衝的就是人氣第一的綜合資訊版塊Gossiping版。跟這次的規模比起來，上次操作謝士臣簡直像是扮家家酒。在這之後的兩、三個小時間，最苦不堪言的就是這些跟棒球無關的版塊。討論性事的Sex版出現大量「球員上酒店都玩幾Ｐ？」、「和女友在棒球場擊出野外全壘打」的討論串，Stock、Joke、Eeauty等人氣前端的版塊也一一淪陷。八點十分左右，ＢＢＳ各大版幾乎都祭出了臨時版規，凡在版上提及棒球關鍵字者直接刪文、取消帳號權限。

人潮再度回到Gossiping版，這個版無話不談的傳統讓它無法拒絕棒球話題。幾分鐘之後，另一個不知名的帳號發文說，他發現只要在「暗影」網址的最後面，加上/analysis，就可以叫出沒有出現在首頁的選單，內含一個奇怪的軟體。自己找出來的寶藏最讓人興奮，即使它根本藏得很淺。有了這個新玩具，大家玩瘋了。Fido不用親眼見到，就能猜想，一個真正的球迷下載「暗影」軟體之後的第一件事，就是拿它檢測自己最支持的球員。那些心滿意足的球迷會回到自己所屬球隊的討論版上——Snake、Tiger、Hawk、Dragon——，發文表達自己所愛為真的幸福感，同時也安慰其他人：「其實我也沒有那麼相信這個啦……」而某些性格剛烈、傷心過度或幸災樂禍的網友，更樂於拿這軟體一個一個測試與自己無關的球員。

一時之間，各種貼圖不但侵襲了ＢＢＳ，更擴及到圖形顯示效果更好的各大論壇、社群網站和部落格。許多帳號的大頭貼換成了清白球員的揮棒軌跡圖。論戰隨地開打，已不是Fido有限的網路活動可以追蹤得到的了。但至少，在他常去的幾個網站裡，關於棒球簽賭、「暗影」的假球分析的話題無所不在，大大小小的筆戰在各處爆發。

討論漸漸聚焦在一個各自站好立場的問題上：這種測試方式真的是準確的嗎？

這個問題，ＢＯＬ成員自問過、謝士臣問過、所有第一次知道「暗影」的人都問過。所有人最後都是被同一批圖片說服的。

這絕不是巧合。Fido仍然不認識第一位想到驗證方法的網友，但他的思路與當初自己一模一樣，就像某人隱身在那數千篇文章當中對他眨眼睛。他在文章裡寫到：如果拿「暗影」

去檢測過往已被法院定罪的簽賭球員，而「暗影」能夠把這些球員作假的場次測出來，那就有理由信任這個軟體。沒有那麼多巧合的，如果可以精確到放水場次的話。他選的第一個案例，就是那位惡名昭彰的、某個打席揮棒作假到讓所有球迷傻眼的胡姓內野手。

像是翻到了書本最後一頁那樣，Fido長長地吁了一口氣。

他的眼光無意識地飄向某個沒有焦點的角落。

網路上還在吵，從昨天午後到今天早上，到今天中午，各種各樣的混亂還在持續著。

然而，主流的輿論已經成形了。

Fido虛脫地想著謝士臣說過的話，和地下室的那座發球機。

壁上掛著髒黃的時鐘，是午陽轉弱，但還不至於稱之為暮色的時間。

耳裡終於又飄進了零星的電視聲響：

「蛇隊領隊王添發表示，絕對相信球員的清白，全力配合所有司法調查……」

在這個城市裡，Fido沒有朋友，等待的時間內也不知道還能做什麼。再往南一、兩個小時的車程，可以回到父母長居的老家。可是今天並不是假日，貿然回去，還得解釋一番。他在後火車站老舊的城區裡面晃蕩，隨意吃了些東西後，還是回到旅社。剛才閱讀昨晚筆戰遺跡時，加速燃燒的腦袋和情緒慢慢冷了下來。ＢＯＬ要做的事情，其實已經完成了好幾個部分，比預期中順利很多。比如說，謝士臣還未開口，ＢＢＳ的主流輿論就倒向「暗影」了。除了各球團自己經營的直轄討論區塊，還有不少平均年齡較長的死忠球迷仍然堅持頑抗外，現在已經不會有人質疑「暗影」的真實性，反而開始出現了要求檢調介入、球團出來表態的呼聲。

待到謝士臣表態之後，這最後的「信心」也會被瓦解吧。

雖然沒問過阿燭，不過看起來，網路上已經人手一份「暗影」，沒有上萬也有幾千，數量多到不可能被消音了。

現在只剩下最後一步：讓檢調方面也願意承認它的效力。

讓「暗影」成為具有司法效力的證據是不可能的。但是，只要這一次能夠引動檢調介入，並且至少讓其中一名球員定罪的話，事情就完全成功了。

只要一個，就能夠讓所有球迷相信。

然後，球員就會知道，在球場內發生的那些暗晦不明的事，從此將清清楚楚被每一個人看見了。

那就是勝利之日的到來。

消滅黑暗只需要一個光源。

Fido回到房間之後，才發現自己出門時沒有關電視。下午時分，體育台渾若無事地播著女子職業撞球比賽，穿插的廣告雖有棒球，但都是之前拍好的明星賽ＣＦ。他把自己投在床上，感到自己並沒有想像中那麼振奮，那麼滿足。是因為謝士臣的插曲，使得這場即將到來的勝利不大純粹嗎？或許是吧。但是理智地說，這並不是重要的事情，不是嗎？因為「暗影」最初的目的就不是要揪出聯盟裡面所有簽賭球員，而是要讓往後再也不可能有簽賭事件發生。錯認謝士臣只是一點小小的意外。本來就不打算抓到所有人的。只是一點意外。

他想起前一陣子，在某個小吃攤吃飯，店內正播著連續劇，女主角含淚對著男主角說：「我信你。我信你從此絕不會騙我。」Fido根本不知道這齣戲的前因後果，卻馬上懂了：男主角一定做了什麼對不起女主角的事，而她還是決定自己要愛，要寬諒。一種感動的顫慄豐湧如潮。多麼熟悉的關係啊。如果他能夠對那些犯過錯的球員說話，並且有權力赦免他們的話，也許就是這句話。

我信你。從此。絕不會。騙我。從此。

明星賽的廣告CF介紹了蛇隊球場，當然也給了蛇隊兩大主砲謝士臣、張勝元比較多的秒數。距離目標只剩下幾步路了，他們很快就可以站出去接受歡呼，成為那個比Paul DePodesta還要偉大的人物了。但為什麼呢？這種虛浮的感覺為何揮之不去？似乎這麼不容易的一切，也不過如此。他放任思緒隨意跳接，這才察覺自己好久好久沒有想到在美國當交換學生的那段歲月了。棒球統計學。曾經他以為那就是棒球的物理法則，台灣種種不合法則之事，都將在時間的沖刷下向這樣的真理屈服。

但是此刻，一切好像都不那麼重要了。他竟然要在經歷了這所有的事情之後，失去對棒球的激情了嗎？他自己無聲地訕笑起自己來。大學的時候，有個彼此都有好感的女孩子，在他提起自己是球迷的時候說，她覺得棒球只是把一顆球丟來丟去的遊戲，完全不知道有趣在哪裡。於是他立刻就放棄了追求的念頭。真的嗎？這簡直就像是玩笑一樣的理由。棒球和愛情，這道題他曾經選得毫無遲疑。但是現在呢？

如果時間重來，再次讓他打開視訊，要他說服龍、虎、蛇、鷹四隊球迷，也許會徹底失敗吧。不用照鏡子就能感覺到，他已經失去幾個月前還擁有的那種眼神了。

他覺得萬分倦怠。

這也許就是台灣棒球最可怕之處吧。

要能夠一直留在這裡，是多麼需要意志力的事。

一不小心，就要「畢業」了。

然而，他想著ＢＯＬ的同伴們，想起即將就能和大家一起進場看球，心情還是稍微被鼓舞起來了。不知道現在的棒球場裡面流行什麼食物？還有人在賣烤魷魚嗎？還有穿著中空裝的年輕美眉會來推銷啤酒和盒裝披薩嗎？

無論如何，他得有始有終地走完這一程……

……再醒過來時，他已經分不清楚現在是幾點鐘了。Fido勉力撐大瘦弛的眼皮，想要看仔細時鐘指針的角度。很快地，他就發現那讓他睡著、卻又睡不深的規律聲響，來自電視。他起身為自己倒了一杯水，沒什麼留神地在房間裡踱步。他不小心壓到遙控器，把電視轉到新聞台了嗎？不然怎麼會有類似記者會的場景——

Fido震了一下。

是謝士臣。

他要開記者會？等等。Fido搜尋腦袋裡所有對話的記憶。他說，他要在明星賽賽前記者會上宣布引退的消息，並且表態支持「暗影」。確實，他們並沒有約定好什麼時候會召開記者會，「賽前」可能是在前幾個小時，也可能是在前一天。但是，Fido記得以前的明星賽，都是在開打前兩、三個小時有一個賽前記者會的。

也許現在的做法不一樣，是他自己聽擰了、沒有仔細往下問吧。

他估量一下時間。在今天公布也不錯，反正，網路上言論發酵的進度本來就比預期快。但這樣一來，記者會已經開始一段時間了，Fido就沒能從頭開始看。他剛才說了什麼？已經發表宣示了嗎？螢幕兩側的跑馬燈反覆流動著剛才謝士臣所發表的聲明，Fido焦急地看著那些緩慢流動的字：

「由於腳部傷勢，蛇隊50號球員謝士臣決定正式引退。」

「蛇隊總教練林杏南表示惋惜，但還是尊重他的生涯規劃。」

「謝士臣表示將捐出今年為止所有的棒球收入予基層棒球，明星賽若有特殊表現獎金，將全數捐贈給罕見疾病基金會。」

他說了關於「暗影」的事情嗎？

Fido一面聽，一面上網搜尋。

「謝士臣也表示，休息一段時間之後，將爭取出國進修的機會，然後從三級棒球的教練開始磨練自己的執教功力……」

網路上還是一片關於「暗影」的亂戰，雖然已顯疲態，但文章數量還是很驚人。Fido換了幾個關鍵字搜尋標題，才找到一兩篇有關引退記者會的討論。

還沒提到。一定還沒。不然它會跟這兩天的討論串匯流，成為刺激討論串的新養分。

於是害怕錯失的情緒變成期待事件發生的緊張。Fido專心坐回電視前面。不知道ＢＯＬ的成員們是否都知道這個記者會？謝士臣繼續說話，然後輪到林杏南。曾經和Fido談過話的張欣予就坐在謝士臣旁邊，再過去是一個黝黑精瘦的，穿戴整齊的小學生。那是在照片裡面看過的謝以倫吧？引退記者會是會帶家人出場的嗎？Fido不知道。台灣職棒的歷史上根本就沒有幾次引退賽，更不要說賽前還特別舉辦一個引退記者會。沒有什麼人知道這種記者會上面該有什麼橋段，也就無從預測謝士臣會在什麼時候說出關鍵的話語。

「明天將是我以職業球員身分進行的最後一場比賽，我會全力以赴，用總冠軍賽、國際賽的心態去面對它！」

謝士臣說完這句話，放下了麥克風。旁邊不知名的主持人熟練地接過話頭：「接下來我們開放五個問題的發問時間……」

就這樣？

沒有提到「暗影」，所以……明天還會有一場賽前記者會嗎？

或者。Fido周身冰涼：他又再一次背叛了我們？

正在思緒混亂的時候，一名非體育台的記者發問了：「這幾天網路上出現了一個分析軟體，宣稱它可以檢測出球員是否打假球。蛇隊有多位球員被指控，請問這件事您的看法是？」

從電視上，很明顯地看出謝士臣臉色一沉。他還沒開口，林杏南就先接過話，按開了麥克風：「今天記者會討論的是引退賽的事情，我們不回答無關的問題。這件事情，我們統一由領隊在會後回答。」

另一位記者掐準時間，沒有舉手就發話：「您在這件事沸沸揚揚的時間點選擇引退，有些人質疑是為了迴避即將面臨的司法調查，關於這個說法您有什麼回應？」

此話一出，整個記者會的場子就像是一鍋沸油當中倒進了一杯水一樣。

這些對話是安排好的橋段，讓謝士臣表態的嗎？

但台上的人表情卻不像是早有準備。若這是演戲，未免也太過逼真。

Fido頭痛欲裂，他已經不知道哪一部分才是戲了。

是謝士臣第二次許下的承諾，還是此刻的不悅表情？

他還記得，在他看球的年代裡，有一陣子球迷流行稱呼台灣職棒的比賽是「電影院」，看球是「看戲」，簽賭球員是「影帝」。

他們所有的努力就是為了終止這些偽裝不是嗎？怎麼走到這一步了，還搞得真真假假分不清楚？

林杏南兀自說：「這完全是沒有根據的揣測，我們不予以回應。若無其他問題，我們就要結束這次記者會了。」

Fido動動手指，把眼光暫時移往ＢＢＳ。兩位記者的提問已經引起注意了，而無論是現場還是網路上，林杏南的處置方式顯然都不能讓人滿意。ＢＢＳ上瞬間冒出十數則要求讓謝士臣說話的回應，在場的記者看起來也沒有退讓的意思。

突然，畫面角落有一個人影匆匆奔向主持人，從主持人手中接過麥克風。Fido不認識這個相貌不甚大方的人，陪笑的神色更是引起他本能的不快感。電視轉播人員很快地在螢幕上，他旁邊的位置標注了「蛇隊領隊　王添發」的字卡。王添發的發言顯然也不在預想內，攝影記者的鎂光迅閃如雨，往他的臉打過去。他諂媚地笑說：「各位記者大哥、大姐，是這樣的，我們今天這個會呢，呃，是士臣圓滿完成職業生涯的一個，宣告的，引退記者會嘛，所以我們是不是……」

「王領隊，我想現在全國球迷最關心的事情是簽賭案會不會再次爆發，這方面球團是否有所防範了呢？」

「不是嘛，我是說……」

由於鏡頭轉向王添發，因此林杏南和謝士臣被移到畫面的角落。但在螢幕有限的面積裡也能看出來，他們的臉色似乎更加難看了。

謝士臣彷彿想開口，但又很快止住。

「這個，其實士臣是大家都很敬重的好球員嘛，成績又好，也完全沒有不良紀錄，這怎麼會像是一個打假球的人呢，對不對，」王添發有點結巴，但仍然堅毅地穿過話聲的顛簸說下去：「而且，就算根據那個『暗影』的結果，士臣也完全是清白的啊。這種質疑，完全是莫須有、莫須有啦……」

王添發大概不知道自己犯了什麼錯，還一逕笑著解釋，但迎面打來一整排的鎂光燈透露了底下記者的興奮。

在一片亂聲當中，一位記者高聲壓過了所有的提問：「所以球團已經採信了『暗影』這套軟體的說法嗎？那關於貴隊被指控的球員，你們會把他們開除嗎？」

不用把眼睛移去電腦前面，Fido也知道網路上一定也炸了鍋。

球團私下拿他們的軟體去檢測嗎？……

這搞不好是比謝士臣自己承認更有趣、更有力的結局呢。

在這幾個念頭裡，Fido發現自己竟然有餘裕嘲笑起王添發來。

是棒球之神派這個呆子來幫他們的嗎？

現在記者會完全失控了。林杏南剛剛才努力要把這些問題拖延到記者會結束後，讓王添發統一代答。但王添發這一自作聰明的出場，也讓其他人沒有理由叫他住嘴。畢竟，說好了要讓領隊統一回答的。

這下要怎麼辦呢？Fido好久沒有這麼想開懷大笑了。

就在一片僵持當中，一個陌生的聲音響起了。

「他沒有、他才沒有！……」

會場靜默了下來。

攝影機迅速從王添發身上移開，指向聲音的來源。

那個帶著哭嗓、細聽之下有幾分尷尬的童音，持續發出混亂而激昂的話聲。

「他才沒有……爸爸才沒有打假球！你們、你們才打假球，……他、他打那麼多全壘打，他沒有打假球。……」

鏡頭拉近，是令人屏息的特寫。謝以倫站直身體，不斷反覆地申訴他父親，謝士臣的無辜。他的臉完全漲紅，淚水從那薄得彷彿可以擰出血來的皮膚大把大把滑落。又是一陣鎂光浪潮。他不知道桌前的麥克風只要拗折下來就能夠坐著說話，所以奮力地站直，把自己的嘴唇湊近高高豎起的麥克風，爆著氣音繼續說：

「沒有、沒有、才沒有……！」

Fido僵在畫面前面，耳朵裡的血流呼呼作響。

直到現在，螢幕上才標出了「謝士臣之子　謝倚倫」的字卡。

字打錯了。顯然電視台對此沒有任何準備。

面對這樣的孩子，沒有人能事先做好準備。

直到記者會結束，謝士臣都沒有主動提到「暗影」的事。

剛剛那一切是安排好的嗎？如果是，那就是謝士臣一次漂亮的出擊了。既達到支持「暗影」的效果，又成功地迴避了自己表態的風險。然而，謝以倫的哭喊一直在Fido腦中迴盪不去。他幾歲？十歲？十二歲？他那麼相信自己的父親，那不可能是演技，十多歲小孩的演技。

而如果連謝以倫都不曉得自己父親的所作所為……如果這不是安排好的，Fido努力把腦海裡的哭聲排除，如果這不是安排好的，意味著謝士臣本來沒有打算要在這次記者會提到「暗影」。

所以剩下兩個可能，一是他信守承諾，但本來就打算今天只談引退，明天的賽前記者會才表態。

二是Fido錯了。徹底地錯了。

哪一個比較可能？

手機此時像是回答Fido腦內轟然交纏的疑問一樣，發出了「叮」的一聲。

這聲「叮」跟平常的簡訊提示音不太一樣，他從來不曉得自己的手機可以發出這個聲音。

他幾乎像是探頭查看地獄的倒影一樣，按開了手機。這一次，他早有了難以解釋的心理準備，反而有種睹見結局的心安感。他把手機放到一旁，重新連上BOL成員內部的網站。

在那裡，除了遲鈍的他自己以外，幾乎每個成員都在幾分鐘前分別留下了訊息。

「有幾次不明的網路攻擊，我無法確定有多少資料外洩了。」

「手機完全不安全，勿以手機聯絡。」

「檢察官人事異動，是舊任的檢察官回鍋，他負責了七年前那一次的簽賭案……」

「電視台內部已經做好了此次事件的新聞稿，但是發稿日期指定是後天。而且，他們稿子上所寫的簽賭球員名單，跟我們檢測的結果完全錯開……」

Fido快速而寧定地讀完大家的東西。謝士臣的影像，和謝以倫、張欣予在腦內揉合在一起。他也想起了許仁柚，這整起事件中也許是最重要、卻唯一沒有現身過的人，一個幻影，一個幽靈，一切信任的最終理由。不，他或許只是Fido隨意抓住的一個藉口而已，就算沒有這個人，Fido還是會找到別的什麼吧。旅社的房間仍然非常安靜，在電視嘈雜的背景裡，水滴的聲音清晰而穩定地震動他的耳膜。

手機上方的那個綠點，已經變成紅點了。

ＢＯＬ的夥伴們都在做什麼呢？都以各自能夠進行的方式，開始這場孤立無援的戰爭了吧？而Fido自己呢？除了一個「簡單的想法」以外一無所有的人，還有什麼可以做的？

他們還有機會贏嗎？

他一把抄起旅館鑰匙、手機、皮夾，胡亂把衣物塞進自己的背包裡。最後剩下的就是這台電腦，螢幕停在ＢＯＬ的內部網站。他不必去看，也知道新一波網路行動開始了。最新版本的「暗影」，很快就要再發布出去了，他們能夠再一次取得網友的支持嗎？就算可以，那樣的電子浪潮能夠推動現實世界嗎？然而這卻是他們唯一能寄望的東西了。他就著電腦，在手心抄下了張欣予任教的學校地址。地址抄完之後，他在大家的留言後面補上了最後一行。他這個遲到的，遲鈍的人。他走出旅社，走進城市後站老舊的城區時，心裡想著，起碼他把這句留言送出去了。現在他擁有的很少，但只能全部賭上去了。

「對不起。」

15

「走吧！」

確認以倫也關上車門之後，我輕踩油門，從凹陷在地面下的停車場開上公路的平面。欣予坐在副駕駛座，還看不出太明顯的疲態，但後座的以倫就不一樣了。開完記者會，他們在車子裡等我，直到我和林杏南談完的這下子，已經接近晚上十點了。平常在家裡，欣予會在比賽一結束就催促他去洗澡、睡覺，算算大概就是這個時間。不過幾分鐘，後照鏡裡面的以倫就蜷起身子睡著了。

這一晚對他來說是太折騰了。

臨走時，林杏南拍拍我的肩膀，臉上是一種不知是溫暖、訕笑還是無力的笑容。

「你兒子啊……」

我想都是吧。在棒球圈打滾到林杏南這個地步，面對今晚以倫這樣的情緒，已經很難只引起一個簡單的感覺了。過於天真，過於熾烈，過於幼稚，過於率直，過於愚蠢。什麼都是，也什麼都說不盡那種感覺。

「以後會讓他打球嗎？」

「會吧，也許。如果他還想打的話。」

雖然沒有說出口，但我猜林杏南和我一樣，腦中一瞬閃過Katsu的臉。

在狹小的辦公室裡，林杏南點起了菸。

「怕他太像你，還是怕他太不像你？」

我輕哼了一聲，不是蔑視什麼，自然而然。

「那個時候我哪還有力氣，管得著嗎？」

「看他今晚的表現，我以後選秀一定挑他。」

「以後？有我一個了，你還不知道怕啊？」

語畢，我們兩個齊聲大笑。

我把球具袋斜揹上身：「總ㄟ，來去。」

他沒有什麼表示，直到我手扶上門板，正要推的瞬間，他的聲音才突然響起：「士臣。」

我轉頭望他。

「你有沒有想過……如果我們輸了，也許比較好？」

我們沉默了一陣。其實，這段沉默實際上應該是很短暫的，只是感覺起來並非如此。我和林杏南這麼多年的師徒了，不會不知道他是什麼意思。老實說，我是有點慶幸的。原來並不是只有我會動搖，原來像他這樣的老賢拜也會有不想贏的時候。

我們會漏球、揮空、暴傳，但我們很少輸——關鍵時刻，性命相搏，那是一次都輸不得。

我們都是這樣活到現在的，十三年資歷的職棒球員，二十多年資歷的老教頭。

現在，還能跑、能打的我卻要先引退了。

如果我們真有什麼師徒之情，大概就是這一刻，我所感覺到的，他的悲涼感吧。

「也許，你兒子才是……」

「下一場吧，這局我們已經領先太多了，」我打斷他，輕聲說：「這樣還輸，太不像話了。」

車子轉進沙埔路底。一路上，我們幾乎無話，但欣予時不時在紅燈的空檔，伸手貼附到我的右手背上。我對她笑笑，反握住她。這一趟返家，很快就要回到飯店裡去。因為球團「戒嚴」的關係，今天午夜之後，所有球員都不能離開球團的監管範圍，我們這種有家眷的，可以多幾小時回家收行李、接家人。有些球員乾脆就放自己一個單身假，內裝輝煌又隱祕的飯店房間，是與送上門來的女孩更好的會面場所。我一貫敬謝不敏。我有時相信人的運氣是有限的，多用在床上，就多虧在球場上。

幾年來，不是第一次遇到這種狀況了，欣予早已駕輕就熟，不用討論，我們就曉得今晚的行程。

回到家，收拾行李，然後各駕自己的車回飯店，好讓欣予明天開去上班。

但一靠近家門，我就知道今天的行程非改變不可了。

一輛機車停在門前，立起正架，旁邊斜倚一個揹著背包的人影。

很奇怪，就在他落入眼底的瞬間，我就明白該怎麼做了。

我把車子開到他旁邊，搖下副駕駛座的車窗，越過欣予疑惑的神情，對著窗外的那張臉說：「嗨，Fido。」

「嗨。」

每一次他來找我，都是同一種表情。

我不要再看到這個表情了，就算你會站在他旁邊也一樣。

欣予愣了一下，才愕然憶起：「啊，是你。」

Fido扯了一個不甚爽朗的笑。

「張老師、謝大哥，您們好。」

「有什麼事嗎？」欣予問。

「是這樣的，我還有一些疑點想要……請教謝大哥。」

「現在？」欣予的語氣明顯地不悅了起來，語氣恰如其分就是個小學老師：「這個時間恰當嗎？」

以倫被話聲驚擾，在後座簌簌起身。「……到了嗎？」

我捏捏欣予的手。

「沒關係的，我跟這位『同學』稍微談一下，花不了多少時間。妳東西收了，就開妳的車載以倫到飯店等我，好嗎？」

欣予遇事雖然很有主見，但因為我大多事情都順她的意，偶爾央求她一件事，幾乎從沒回絕過。看得出來她並不高興被打擾，但話都在外人面前說下了，她不是那種不顧我情面的人，也就先和以倫進屋收拾。我把車停好，招手示意Fido跟進門來，讓他在客廳內坐下。這是第幾次了？第三次還是第四次？但這不重要了。

我率先開口：「不好意思，我想你也知道，因為最近有『案件』，比較敏感。我們收了行李就要向球團報到，你不介意我先整理行李再來跟你談吧？」

「好的，您請。」

我先到二樓拿了些衣物，塞進一個移地比賽時慣用的行李箱裡。欣予這幾天早有準備，東西早就分門別類放好，沒幾分鐘就處理停當。我從她彎身的後方抱住她，輕吻髮際：「我知道妳不喜歡這樣，以後我不會再讓他來了，我保證。」她沒有說話，一會兒，她才嘆一口氣，因不悅而僵硬的身體在我懷裡慢慢軟化。

她憐惜地來回撫摸我擱在她腹部的手。

「我只是擔心你壓力太大。」她說：「快結束了，快結束了。接下來可以好好休息一陣子了。」

「我曉得。」

送走欣予和以倫後，我又穿過一樓的Fido身邊進了地下室，在球具袋裡面放入一些稱手的球具。兩副用了許久，和我的手形完全吻合的手套，一副外野、一副內野。一雙廠商倒閉停產，幾年前我就為了避免磨損，束起不用的好釘鞋。當然，還有那支用了十多年，仍然彈性不減的鋁棒。明天的比賽，它們不一定都能上場。但我希望它們也在場。

最後，我在客廳裡面坐下來，就在Fido和你的正對面。

那樣看我是沒有用的。

「好了，剩下我們了。」

Fido點點頭。

「這次又是要問我什麼？你們的行動不是大大地成功了嗎？檢調要查了，四個球團也都在內部調查，兩百多個球員今天晚上全面禁足，連記者都對這個問題窮追猛打，你還有什麼不滿意的？」

Fido定定地看著我。良久，才開口：「你要說的只有這些嗎？」

「什麼意思？」我抱胸，左手支著下巴：「我不知道我有什麼好說的。倒是你，三更半夜，莫名其妙到我家裡來，是不是你該先跟我解釋一下這是怎麼回事？」

他深吸一口氣。

「你背叛我們。」

「背叛？」我失笑：「又背叛？你憑什麼這麼說？」

「今晚的記者會你並沒有表態。」

「這就是你氣沖沖跑來的原因？天啊——我們是怎麼說的？我會在明星賽的『賽前記者會』說明這件事。明天下午三點半，你們在網路上不是什麼都查得到嗎，怎麼連這個都不知道？『賽前記者會』，賽前，搞不清楚啊你——」

「對，我本來也是這麼想的。」

Fido再把一張蓋著的紙推向我。

「嗤，這次又是什麼？『暗影』三．〇版嗎？」

他搖頭：「你看看。」

我翻開，這次不是什麼圖表，是一篇僅有一個短段的文字稿。

【本報訊】

日前因為棒球技術分析網站「暗影」引發的職棒簽賭案，在檢方調查之後有重大逆轉！檢方調閱通聯紀錄、調查資金流向之後，發現原本列為嫌疑的七名球員初步洗刷罪名，已交保釋回。而在偵查過程中，檢方反而發現蛇隊若干球員有不正常的資金往來，已傳喚張勝元、鄭芙明、何文軒等人到案說明。根據知情人士透露，這是一起涉案球員為掩蔽罪行，先行攻擊清白球員以為煙幕的事件。被釋回的七名球員對此均感震驚，仍然表示相信隊友的清白，盼這起事件早日落幕。

我抬頭，正好迎上他的冷笑。

「張勝元？鄭芙明？何文軒？」Fido說：「每一個都是通過『暗影』檢測的人，沒通過的反倒全放了。如果只有幾個答案是錯的，那是粗心大意。如果對錯剛好相反，——那代表有人知道正確答案，然後把答案告訴別人。而第一個知道這份名單的，就是你。」

「我不知道這是什麼東西。」

「當然，你總是這麼說。」

「這裡面寫的事情根本就沒發生過。什麼七名球員？我們所有球員今天都要回宿舍報到，晚上記者會開完才沒幾小時，檢調要來傳人，我們不可能不知道。」

「確實還沒發生——這是幾天之後的新聞稿。」

「幾天之後？」我大笑：「這麼說來，『暗影』三・〇的新功能是預知未來了。」

「不，」Fido憤怒的時候，似乎都會極力維持這淡漠的語氣：「沒有人能預知未來。但是可以事先計劃，特別是有能力在幕後動手動腳的人。所以如果有一份新聞稿，寫著還沒發生的事，並且有人把這份應該等到未來才會出現的新聞稿，放在媒體老闆的桌子上的時候，就只有一個可能。你們早就計劃好了——」

我彷彿抽離到吊燈的高度，看見客廳內的三個人影沉默了下來。

你怎麼想呢？

其實，他們還是比我們這些老不死所想像的，要厲害一些，對吧？

他不是媒體人。林杏南說，經過調查，他只是個普通的大學畢業生，在大學某個辦公室負責收信。他們還查到，Fido有數量不明的朋友在幫助他。他有個朋友會幫他寫網站，寫程式，他沒有能力自己完成這些事情。所以，他不是自己取得這份新聞稿的。只要我打個電話給林杏南，問他新聞稿已經發給哪幾家，大概就能查到是哪裡走漏了消息。

他的朋友會在附近嗎？

晚上十點半，一個人跑來找我，他會有什麼別的準備嗎？

比如，錄音？我說的每一句話會不會已經傳到網路上了？

不，不會，應該不需要擔心。也是林杏南說的，上面已經找到他們的網路據點，搞不好現在早就攻破了。在這些事情上，沒有比林杏南更可靠的人，如果不是那一團亂的記者會，他早就可以預告Fido要來找我的消息吧？

我看著你，你沒有反應，也不再那樣學舌說話了。你終於接受這一切了嗎？但我告訴你，我可是受夠了。今晚這些，過去那些，我最不缺的就是一個這樣的小鬼坐在我面前擺臉色給我看。我最不缺的就是再演這些無關痛癢的爛戲。真正的大戲在明天。這是終結的前夕，明天就將是最後一場比賽。今天晚上的記者會，以倫幫我挺過去了。現在，Fido的最後這一關，沒有旁的人了，我自己會撐過去。

也許我一開始就知道該怎麼做了，才會下意識地把一切都準備好。

事情可以很快。結束之後，給林杏南一通電話，他會俐落安排剩下的事情。Fido有什麼後招，我們都可以一一化解。沒有問題的。我這輩子從來沒有動用過這些事情，所以我有資格開口要求，就這麼一次，我一生中的最後一次。我沒有百分之百的勝算，每一個打者面對單一打席時，都不可能有百分之百的勝算。可是，只要有另外八個夠強的打者當你的奧援，一個錯失根本不會影響大局。可以的，我們已經領先太多了，就算這一把豪賭是失誤，我們還是可以贏。或許會讓比分縮小，但是一分勝跟十分勝，在生涯紀錄上都是拿下一場。

賭一把。

我手抹了一把臉，遮住了與他對視的眼睛。

我剛才的心思並沒有透露，我非常確定。

「唉……」我開口，同時感到他的身體輕微地晃了一晃：「相信我，我真的沒有參與其中。」

他不置可否地撇了撇嘴。

「也許是你，也許是我這邊，不小心走漏了風聲。這我們誰也說不準。」

「不。」

他已經打定主意不會相信我了。

但這一切都沒有差別了。

「我明白，要你再相信我，簡直是癡人說夢。但是你這個消息對我來說很重要，因為張勝元是我的朋友，我最欣賞的學弟，」我站起身：「我不能坐視他被陷害。你可以繼續那樣瞪著我沒關係，但我一定得去打個電話。我要去警告他。」

我起身，越過Fido的側面，也越過了樓梯和一樓的接面。電話在二樓的主臥房裡，不在我前往的方向上，但他並不知道。我有些緊張，或許正是出於這種緊張，我不可抑止地喃喃自語了起來：「我一定得去打個電話，我要去打個電話。」他會察覺嗎？會不會有哪個瞬間，他直覺地想要回頭？不過幾秒之間——比我想像的要短暫——我就走到了球具袋旁。那你呢？你有回頭嗎？如此順利，一定是我潛意識早就安排好這一切了：球具袋並沒有拉上拉鍊。「打電話警告他，」我說。我很輕易地把那支十數年來不壞不折，只是略有凹陷的鋁棒抽出來。電話不在那裡，不可能在那裡，等在那裡的是別的事物。那也只是另外一個打席而已，不見得有什麼不同。你或許又那樣看著我——我早已習慣你那樣看著我——也許就在我的喃喃自語還沒有結束的時候。我不曉得。這樣的緊張和擊球完全不一樣，這是某種嶄新的東西，卻又似曾相識。

整個過程裡，Fido始終沒有來得及轉頭看我。我不記得自己有沒有站穩。應該沒有。我手腕用勁，也許還訓練有素地用上了腰力，向他後腦與肩頸的交界處做了一個不完整的揮擊。

他應聲而倒。就一個經驗不太多的新手來說，我也許還滿有天分的。

16

張欣予看見影子。

那是謝士臣心中正憂慮些什麼的時候，表情上就會浮現的暗影。關於這一點，她那嫁給了電工師傅的母親倒是完全說對了。交往以至結婚，不像那些或好心、或等著看好戲的親戚朋友那樣，總是碎嘴聽來的球員緋聞，母親始終沒有太多意見，士臣到家中拜訪的幾次，她也恰如其分地扮演一個對未來女婿很友善的準丈母娘。欣予問過母親的意思，但她總只是笑著說：「不錯啊，人很老實，像妳爸一樣。」幾年前的簽賭案爆發，母親突然來了電話，兩個人隔著線路，都曉得彼此想問什麼，卻還是繞著孩子、家務的瑣事漫聊。最後要掛電話前，母親才像是突然想到那樣，問起女婿：「所以士臣還好吧？」

欣予腦中閃過那些他默默離開床鋪，躲在地下室揮棒的半夜時分，一時不知道怎麼跟母親描述這麼曲折的畫面和感覺，嘆了口氣：「唉，他都說沒事，我也不知道算好還是不好。」母親答了腔，但沒特別說什麼。欣予沉默了幾秒，接著說：「但是他的表情看起來，不太好……應該也是很擔心吧。」

「他自己沒事，不要惹到麻煩就好。」

「是啊。這我倒是很放心。我們平常沒什麼花錢的地方，他也……不像其他人那樣會出去喝，出去玩，買車什麼的，繳完貸款薪水就很夠，沒必要賺那種危險的錢。只是……好像有很多他的隊友吧，所以心情很不好。」欣予說著自己輕笑起來：「他都叫我放心，沒什麼，但臉上那樣，就是一副讓人不能放心的樣子呀。」

「他們這種男人都這樣啊。」母親溫溫地說。

這時，欣予才想起了結婚之前，母親說過的那句「像你爸一樣」。他們真的這麼像嗎？她有點心驚自己的後知後覺。原來那不只是一句稱讚的補注而已，而是母親早早明說了的精確觀察：寡言，質樸，對自己的工作全心全意，倔強但又缺乏演技地隱藏心事。

差別只在，士臣是個常常上電視的職棒明星。

那是好幾年前的事了。今晚顯然嚴重得多。仔細想想，記者會之前，士臣的表情裡似乎就有那種陰鬱的影子了，只是自己還陷在一會兒要面對攝影機的緊張裡，沒有看出來。接下來的幾個小時，整個記者會就像是被颶風猛力搖晃的船一樣。

第一個記者發問的瞬間，欣予腦袋刷地空白，原來自己剛才緊張的事情根本不算什麼。埋伏在暗處的惡意，遠出乎她所能想像的，可是這個話題對於一個職棒球員的妻子來說卻又那麼熟悉，只是從來沒有在這樣的場合，面臨這樣的談論。

要鎮定。要鎮定。如果自己必須要說話，不能當那個失言而拖累了士臣的人。

她亂糟糟地想起那些在電視上看過的，說錯了話的人，他們犯錯的臉連續幾天被電視台反覆播送。要鎮定。但腦袋裡卻始終只有一句話：原來，在電視裡面被拍是這樣的感覺……然後是以倫突如其來的哭喊，全場靜默聽他，攝影機像槍口一樣對準，她幾乎想要把他護在身後。那麼危險，怎麼能讓以倫上前。但那不是槍，她也許真的是成功地迫使自己冷靜了，隱隱有一個聲音告訴自己，可能，可能這樣比較好。什麼叫做比較好，她也不知道。她看向士臣，他的臉激動地扭曲了，像是要開口，又不忍打斷兒子一樣。

突如其來的逼問，強光和高熱，以倫的失控和王添發破綻處處的攻防……

直到回家的路上，欣予才從恍惚中清醒過來。

這幾天，確實是聽到一些報導，說職棒又有「簽賭疑雲」之類的。欣予也留上了心，但並沒有太在意。嫁給士臣以來都是這樣的，疑雲總是在飄，但落實成案的其實很少。而且，就算成案了，也都跟士臣沒有關係。

但是，今晚……

所以，現在是有人懷疑士臣打假球嗎？

欣予在飯店那感覺永遠嶄新的房間裡安置好以倫和衣物之後，靜靜地躺在床上，翻覆到士臣回來為止。她沒有刻意等待，只是思緒始終在梳妝鏡反射的微光中緩慢流動著。何其可笑的指控啊，她想。只要翻出他們夫妻共有的戶頭一看，就會知道謝士臣這個人的清白程度。士臣進職棒以來，一路提升到現在每個月五十萬的月薪，加上自己當老師的那點死薪水，幾筆保單、基金，就是全部了，想要多找到一塊錢都不可能。除非打假球也有當義工的，她心底暗笑，想起那些每天來學校跟低年級班級說慈濟故事的義工媽媽。

當那種義工嗎？又不是——

然而，就在下一秒，卻有個念頭冰冷地進入腦袋：如果有哪個隊友找他「幫忙」呢？依他那種個性，拒絕一次拒絕兩次，難保不會因為哪個快被錢逼死的隊友而答應啊。她有些焦急了起來，恨不能立刻見到他問個清楚。而且，那個大學生為什麼大半夜到家裡來？是有什麼重要的事情要談這麼久嗎？他曾經告訴她類似的故事，一個費盡千辛萬苦才站穩一軍的年輕投手，為了幫隊友籌錢付家人癌症住院的錢，放了三場分文未取，最後被告開除之外，球團索要的賠償金還得自己付。這些他都更清楚，不至於這麼不會想吧？如果……她看著身旁的以倫，和另外一邊空著等待謝士臣的蓬鬆枕被，如果……

她第一次覺得，這樣好的一個家隨時會被沖毀。

雖然士臣並不是一個非常浪漫的丈夫，但那樣的笨拙並不影響他們的愛情，她從未設想過自己有除了這個家以外的可能，和必要。他們的家始終穩固得不需要疑問，多少次她感謝命運，給了她這麼難得可信的球員丈夫。

然而，如果士臣陷進去……

士臣輕微的鑰匙聲響起的時候，她才恍然發現自己曾短暫地睡著，像隻受到驚嚇的動物那樣彈起身來。她迎在門前，微笑入內的士臣有一種夜深未眠的警醒氣息。她不知道現在幾點了，卻還是反射性開口：「怎麼那麼晚才回來？」

士臣卸下幾個包包，用平素穩淡的語氣說：「那個小伙子說，他們學校編的報紙要邀我專訪，想跟我敲時間。小事情而已，只是他沒有我的電話，傻傻從下午等到剛剛，我也不好完全不理他，就陪他坐了一會兒。」

「專訪……？之前跑到學校找你資料的學生，好像就是他。」

「嗯，我就覺得妳好像認識。」

「所以你答應了？」

「沒有，」士臣坐在床沿，鬆開領帶，欣予幫著接過他穿不慣的西裝外套，近距離看到他的苦笑：「我跟他說，都要退休了，讓我休息一陣子吧。我想答應也沒有辦法啊，我們現在可是被球團『禁足』耶，怎麼可能跑那麼遠去找他們。更何況如果答應了，他的同學什麼的一直跑來，也不好吧。」

欣予點點頭，輕靠著他。

「然後在飯店大廳遇到總ㄟ，稍微聊了一下。他說，檢察官已經打電話給球團知會過了。這是先禮後兵，代表他們很有把握，已經拿到某些證據，不需要突襲搜查了。唉……這次可能會鬧很大很大。」

「那……」

欣予遲疑著，引來了他的眼神。他們長長地注視彼此。其實沒有什麼不能問出口的，只要再多說一兩個字，那，你呢，士臣並不是那種被探問公事就會發脾氣的丈夫。事實上欣予想不起來他發脾氣的樣子。只是她不忍問，好像把話說明了，就成了一個不相信他的妻子。她沒有不相信他，只是怕他自己逞強。如果，是說如果，有的話，怕他逞強。這樣扭轉絞纏的心思，他會明白嗎？她無端想到某次，球場那些年輕美眉耳語說，每次有案子，分手、離婚的就會一大堆，沒沾到案子的也一樣。搞不好是趁機出清呢，妳要不要也趁機追那個……她們很快調笑起來。真的會這樣嗎？還是就是因為這樣？他們經過的案子那麼多，曝光的沒曝光的，但從未想過這件事。因為事情從來與士臣無關，因為從來沒有今晚這樣的記者會……

「沒事的。」他說。

他用熟悉的速度和力道將欣予攬入寬厚的懷裡，說出那句欣予熟悉到不能再熟悉的話。

欣予沒有說話，只是從偎依著的角度向上看，張欣予確定自己又在謝士臣的臉上看見了影子。

「要記得跟老師說，第七節開始請假，知道嗎？」

欣予從駕駛座往右望，看著以倫認真地點頭說好，然後從副駕駛座掙開安全帶跳下車去。爸爸不在的時候，他都堅持坐在前座。好幾年前，他身量長到勉強能夠把肩頸扣在安全帶底下時就開始了。他似乎真的長大了，若不是自己的兒子，看那細長有力的四肢，恐怕也不容易準確猜出年紀吧。這個年紀的孩子差異最大了，不管是身體還是心智，前一秒你還以為是原來那個小孩，一回神才突然發現一個有些陌生的少年

就像昨晚。

以倫回身關上車門，準備邁步要走。昨晚的事，在他的臉上好像看不出任何痕跡一樣。

一股衝動攫住欣予，她出聲：「以倫。」

以倫轉頭，書包甩到身後，露出專注的疑惑表情。

「爸爸說，昨天晚上謝謝你這麼勇敢。」

孩子笑了一下，害羞地低頭整了整自己的肩膀，用一種不必要的速度往自己的教室小跑步而去。

今天是週五，每到這個時候，辦公室裡面就會彌漫著假期在即的騷動氣氛。明星賽就在今天晚上——對職棒球團來說，一個禮拜有三天算是「假日場」，都是球迷進場會比較踴躍的日子，一些重要活動都會安排在這幾天內。因為學校離球場不算近，也不想讓以倫在爸爸的最後一場比賽還穿著制服匆促進場，所以欣予早早幫以倫多請了兩節課的假，好回家換個衣服。欣予在自己的座位上寫完幾份個別教育計劃表，一邊有一搭沒一搭地聽同事聊自己的週末計劃，一個上午就過去了。

直到午餐時間，才突然有同事把報紙伸過來，驚呼：「欣予，這是在說妳老公嗎？」

大家很快地圍了過來。

「引退？……是要退休的意思嗎？」

辦公室裡的同事沒有職棒球迷，但因為知道欣予的丈夫是謝士臣，所以時不時有人會拿著聽來的職棒軼聞來求證，還有校工擠眉弄眼地問過：「所以妳知道今天晚上誰會贏嗎？」不管哪一種，她總是笑著說不知道，恰如其分地像個有氣質的老師，隱藏起自己被冒犯的不快感：「如果我知道的話，就天天買好料的請你們啦！」

今天倒不用這樣回答了，欣予瞄了那她根本沒有讀過的體育版報導一眼：「是啊，他前一陣子腳踝受傷，醫生說打是可以再打，但不知道會不會有後遺症。所以他想說早點退休，看能不能去考教練。」

「我知道，之前好像有看到他受傷的新聞！」

「三十五歲就可以退休，天啊當老師怎麼這麼命苦！」

「所以球員退休也有退休金嗎？」

眾人一下找到了新的談資，七嘴八舌了起來。

欣予偶爾插在其中講幾句話，但有股不安越來越顯著地濃厚了起來。會有人提到昨天那一片混亂的記者會嗎？「妳先生有沒有簽賭？」但話題扯來扯去，卻始終沒有提到這方面去。也許是同事們的溫厚好心吧，但看他們的神色，卻不像是假裝什麼的樣子。她在一片熱絡中把報紙拿來，迅速瀏覽了大標題。沒有任何「賭」或「假」的字眼出現，整個體育版像是全心全意在注目士臣的引退賽一樣。占最大版面的，是微微傾斜的一張剪影，士臣揮棒結束後，球棒脫手、眼光追逐球點那一瞬間的定格畫面。其他的文字和圖表都繞著他走，有球評評論他對台灣職棒的貢獻，也有生涯成績和榮譽獎項的總整理。一直到版面最下方，才有一小篇報導談到了昨晚的記者會，裡面的內容卻只提到士臣計劃退休後想要服務三級棒球。

昨晚的混亂恍如幻覺一般，若不是自己就曾在現場，她幾乎都要懷疑自己的精神錯亂了。

這是好事吧，她莫名地感到某種護短的告慰感。總之，事情沒有繼續鬧大，不管是媒體的高抬貴手，還是球團在後面做了多少疏通的努力。也許，那個猥猥瑣瑣的球團領隊，並不像表面看起來那麼沒用。

有那麼幾秒，她腦袋浮起一個念頭：不知道這些報導有沒有跟以前一樣，也提到許仁柚？剛才匆匆掃過，好像沒有印象。

中午之後，剩下兩節課的時間流動得很快。處理一些文件，上一堂表定的特教班課程，就到了約定要去接以倫的時間。她向輔導主任打聲招呼，也跟隔鄰的同事道別，拎了東西要走。臨走前，她順手翻翻在處室門口的信箱。如果有任何信件寄給學校老師，校工就會清早把信送過來分好。她的朋友很少人在寄紙本信件了，平常裡面只有滿滿的廣告傳單，也就沒有每天檢查。但也許是今天早走，感覺時間充裕得能夠順便完成一些小事吧，她打開信箱，一封牛皮紙袋滑了出來。

她困惑地拿著它走回座位，封面上除了「張欣予老師收」以外沒有任何的字樣，連地址也沒有。

所以這個人是親自把信送到學校的嗎？沒有經過郵寄？

什麼時候？會是惡作劇，還是……？

昨天突發的簽賭指控讓她變得格外疑神疑鬼，甚至興起了直接把它拿去警察局的念頭。

但是……

一些無關的思緒閃過。以倫在等著呢。

她把信封劃開，裡頭的一疊紙張像是迫不及待那樣灑了一桌。她不知道為什麼有種心虛的預感，往四周瞄瞄，確認沒有同事注意這邊之後，才檢視起那些印成彩色的、放大成Ａ４

版面的照片。那是士臣，雖然她很少看球，但不至於認不出丈夫的打擊照片。每一張都是從投手方向拍攝的士臣，就像是從電視上面側錄下來的一樣。不，這根本就是側錄的截圖吧。唯一不一樣的地方是，在士臣胸腹前方的打擊區，有一個用藍色線條描繪出來的立方體。那是好球帶吧？而在好球帶之中，有一團白色的色塊，一團黑色的色塊，兩塊不交疊，都近乎圓形。這圖像讓欣予無端想起大學念神經心理學時，教授邊上課邊畫在解剖圖片上的注記。在這疊紙的最後，有一張整齊列印出來的Ａ４紙，沒有圖，只有字，開頭寫著：

「張欣予老師，您好。冒昧來信打擾，不知道您是否還記得我。請容我重新自我介紹，我的名字是Fido……」

欣予和以倫抵達的時候，整個球場幾乎都準備好了。

下午五點四十分，比預計的晚了些，卻正好趕上士臣所屬的明星紅隊的打擊練習。母子倆沿著遮陽篷切出的涼暖交界走向保留席，不需要查對票券，在這座蛇隊的主球場，他們每一次都是這個位置，雖然很少進場，但也牢牢記住了第四排二號、三號。以倫一進到球場，那雙專注的眼睛就興奮得顧不上其他東西了。他指著右外野全壘打牆那幅巨大的，印著士臣打擊英姿的帆布，開心地要欣予看，原來是和報紙上的那張攝影圖片同一張。

畢竟是孩子，爸爸即將引退的感傷也不能掩熄他的心情。他很快地攀上本壘後方略微偏左的第一排攔網上，旁邊就是披著厚重防水帆布的攝影機座。這是他最喜歡的地方，既是全場距離本壘板最近的座位，球員偶爾的交談都清晰可聞，又可以隨時轉頭，從攝影大哥的觀景窗裡面看到高倍率放大的清晰畫面。欣予坐在座位上，一面分神留心以倫，一面努力調整出一個最安適的姿勢。這可是一坐就一整晚的。而且今天是引退賽了，除非突然受傷，士臣是不可能被換下場的，當然就更沒有理由讓以倫早點放棄比賽回家。

以倫頭也不回地大喊：「媽媽，是Katsu在打擊練習耶！」

「Katsu？」她隨口應了聲：「不要靠太近，被球打到喔！」

「不會啦，有網子！Katsu啊，電視上都說，他是唯一能夠代替爸爸頂起蛇隊第四棒的接班人。」

話正說著，一聲清脆的擊球聲傳來。欣予的眼睛始終很難準確地追到飛行中的球，但從以倫的背後看過去，只要依著他轉頭的幅度和時間，大概就猜出來，這是支飛得很遠的全壘打。

過了好一陣子，欣予才開始覺得今天真的不對勁。

他們所在的保留席，向來是保留給球員眷屬的。眷屬只有兩種，一種是像她這樣，被歸入「大嫂團」，和球員交換過結婚戒指的人。另一種更多數的，是那些跟她們的球員男友們學舌，每每向她親熱地稱呼「士臣賢拜」的年輕女孩。不是帶著孩子就是化著濃妝，或者兩者皆有，總讓這整塊區域在四周樸素的球迷包圍中特別醒目。然而，今天不對勁。距離開賽不到一個小時了，這整整八八六十四個座位的方陣裡面，只有她一個眷屬，和幾個明擺著是看到好空位，碰運氣來占一占的零星球迷。平常認識的那些豔麗面孔，像是說好了一樣全部消失，只剩下渾然不知的欣予母子。

她想起早些時候Fido的信，不由得在西曬之中打了個寒顫。要離開這裡。雖然不知道要去哪裡，但這樣不行。

雖然士臣說沒事，但那封信……

這沒有道理。

那些東西是可信的嗎？她從來沒有聽過這種事。

什麼暗影，什麼分析。

她根本就不懂棒球，她只不過剛好是謝士臣的妻子。

但她懂謝士臣，那是一個笨拙地愛著自己的男人。她問過這個男人，會不會介意自己對棒球一點興趣也沒有。她還記得他說，這樣很好，他從小打球，認識的每一個人都跟棒球有關。每一個人都只在乎我打幾支全壘打，他說。熱戀中的她毫無錯漏地聽出來了，他的意思是，妳是第一個只在乎我，不在乎全壘打的人。

對，她不在乎。但是那封信上面說……

「爸爸要上場了！媽，妳快來看！」

欣予從沉思中被以倫喚醒，茫然地應了聲，就要起身過去。一個背號50號的球員拎著棒子走向打擊區，欣予對那個身形如此熟悉，但此刻卻有一絲害怕升起。那張臉如果轉過來了，會不會是全然陌生的起伏？他站上了左打的位置，穩定地開始揮擊。她走過幾排座位，到以倫身旁時，士臣已經揮了三、四顆。她摸摸孩子的頭，孩子的語氣像是剛剛撿到什麼東西，立刻熱切奉上那樣，仰頭說：「媽媽，妳看，爸爸的揮棒……」

欣予想起Fido寄來的圖樣，心中一動。

「揮棒怎麼了嗎？」

「好奇怪……」孩子說：「不太一樣……好奇怪。」

她遙遙望著丈夫，什麼也看不出來。她第一次悔恨自己這麼多年來，竟沒有稍微努力一些，去搞懂丈夫全心投入的這項運動。

甚至到了他退休這一天，她都不能分辨那封黑函的真偽，看不出丈夫的動作和平常有什麼不同。

「請問是謝太太嗎？」

突然一道陌生的聲音從背後傳來。

她轉頭，瞬間驚呆了。一架攝影機對著他們母子，像上了膛的槍口。在這麼近的距離下，看起來更加巨大醜惡了。說話的是攝影機旁邊的一名男子，他職業性地微笑著，一手把麥克風堵過來：「謝太太，您好，我們是中天新聞台……」

新聞台？球場裡通常不是只有體育台的記者嗎？

「……想請問您，關於今天網路上有網友指控謝士臣先生涉嫌簽賭案，您有什麼看法？」

欣予在巨大的震盪中，還反應不過來，新的浪潮又撲面而至。今早的報紙，不是什麼都沒有提嗎？這些問題不是早就結束了嗎？她和他之間僅有的問題，不就是那張黑函而已了嗎？她不知道自己遲疑了多久，只見更多的攝影機和人圍了過來，把他們母子團團包住。

在環繞的麥克風陣圍裡，她緊緊牽住以倫的手。

遠遠的人牆之外，她看到兩個在此處見過的女孩躲在後面，她從她們的眼神當中讀出了同情。

原來如此啊，士臣從未在任何事件中成為主角，所以這種眉角只有他的妻子不知道。

如果有案子的話，他們會在眷屬保留席等待……

她陷在深深的埋伏裡面，想起那些在電視上看過的，聲淚俱下、眼眶粗紅的名人妻子。

這時候只要說一句：「我相信他的清白。」就可以了。對一個妻子，他們要求的就這麼多。電視都是這樣的，每個人從小都知道。

那幾十支槍口，渴望的只是同一顆子彈。

她開口，為了士臣，無論如何她願意先開口：「我……」

但她還來不及吐出第二個字，便聽得後方傳來一聲粗野的暴喝：「滾開！」

她轉頭，攝影機也紛紛發出機械旋動的聲音轉了方向。在攔網的下方，也就是本壘後方，球場內紅土區的最內側，謝士臣單手抓著他的球棒離開了打擊練習區。餵球投手以及全場的助理練習生全都茫然地停下動作。從來不曾用這種語氣對他們母子說過話的他，對著圍住欣予母子倆的記者喊：「滾開！」

「謝先生，請問您對——」

「是誰讓記者進觀眾席的？保全到哪裡去了？」謝士臣的吼聲響遍整座球場，欣予這才感到，其實球場並不是一個很大的地方：「領隊呢？誰去找領隊，一群人這樣圍著查某囝仔強欲問，按爾敢著？」

欣予第一次看見士臣氣成這個樣子。夫妻吵架，最多也就是冷言冷語，稍微提高一點聲量就算凶了。但這態勢，如果中間沒有欄網，任何人都不會懷疑他將把手中的球棒像標槍一樣擲過來。幾個記者還想要趁亂發問，但保全已經陸續來到了。他們先把記者和欣予、以倫隔開，再開始漫長拖磨的勸離過程。

士臣回頭對練習生說了幾句，下一位球員馬上站上打擊練習區，整個球場又渾若無事地重新啟動了。他走近欄網，肩膀的高度正好與他們站立的地面相同。以倫整個人蹲下來，湊近角落，這才出聲：「爸爸……」

「不用理他們。」士臣微笑，握左拳抵在網面，等待以倫輕靠上去的右拳：「他們不會打球，懂什麼？」

那是球員之間慶祝默契的手勢。以倫從委屈的淚光中泛出笑來。

欣予目不轉睛地望著他，過多的思緒在腦袋裡面匯流。

她懷著一個祕密，這讓她對自己和對丈夫，都感到全然地無措。

所有丈夫曾經說過的話，彷彿在這短短幾秒一併映現在腦海裡。她甚至不敢用力呼吸，害怕那樣會揭起什麼。

突然在一壘側客隊的觀眾席起了一陣騷動，有些嘈雜的人聲、驚呼聲。保全迅速地往那邊去，但很快地，二樓看台也有人發了一聲喊，或許還有第三處、第四處……在欣予慌亂的心神裡面，已經沒有辦法分辨到底有幾處了，只覺得整座球場的人聲都充滿敵意，他們都在呼求、散布些什麼。那些東西，和欣予正在遲疑的是同一件事嗎？但他們毫無遲疑，他們遍地都是，他們全心全意相信某種完全不同的東西，讓保全們疲於奔命地在球場來回穿梭。比賽要開打了，剩下不到二十分鐘了。這就是士臣的引退賽了嗎？這樣的混亂，躁動，難以預期……

士臣的聲音把她的眼光拉回來：「欣予。」

「嗯？」

「欣予，答應我，」士臣的左手展開成掌，貼在攔網的同一個位置上：「答應我，不管他們跟妳說什麼，妳要相信我，好嗎？我們一起這麼多年了，妳是最知道我的人。總ㄟ說，這次會非常非常麻煩，我們不知道是衝著誰來的，我們也不知道對方會用上什麼手段，這裡面，太黑了……」

「無論如何，相信我，好嗎？」

球場巨型的強光燈發出嗡嗡的電流聲，漸漸取代了顏色越來越深的暮色。在那樣極強烈的人工燈光的照射之下，欣予居高臨下地看見丈夫臉上深深的陰影。她從來沒有見過這麼憂戚的謝士臣，五官幾乎就要融化在無光地帶裡，這麼使她不忍，想要不顧一切去吻的一張臉。但他們之間隔著監獄似的網，他們之中還有沒能一一確認的罅隙。然而……在這樣一張陰翳的面容之前，這些真的重要嗎？……她的反應比她的思考更快，相較之下顯得白嫩嬌小的右手伸上前按住了他的，用整個球場只有一人能夠感覺的輕柔說：

「沒事的，打完這場比賽，一切就沒事了。」

張欣予就這麼回到了那被指定的，沒有球員眷屬敢靠近的保留席座位上。整個方陣裡只有他們母子倆，整場比賽她都安靜而專注地坐著，目不轉睛地看著謝士臣。一壘守備的謝士臣，站上打擊區的謝士臣，撲向壘包的謝士臣。她不再是百無聊賴的，帶著孩子來看球的母親而已了。在這最後一場比賽，她知道自己已經長成了另外一個人，更加理解棒球，從而更加理解丈夫，也就得到力量，能夠勇敢地，永遠地對某些事情視而不見。有幾個被保全從旁邊的走道架離的年輕人。那些年輕人抵抗突踢，手中印著怵目標語的手工看板委地拖行，嘴裡有時候會喊出謝士臣的名字，他們劇烈的掙扎使得一些印滿了彩色圖樣的紙張飛散到鄰近的區域。但她不會去撿，因為她根本不會再看見了。事情可以變得更好的，只要為了所愛的人，所愛之事，拋棄那些無謂的憂慮的話。就算是Fido。士臣說，那是一個想要安排專訪的大學生，那或者是欣予認識的第一個謊言，她不安的所有根源。但她的愛毫無疑問可以超越這些，化簡為一些更簡單的事物。比如以倫，比如士臣臉上的影子，比如那些在現實生活中毫無色塊遮擋的好球帶。這樣，在最後一個打席到來的時刻，欣予就能夠完成所有的心理準備，和以倫一起興奮地追逐球的軌跡，然後在一切上升到不能再高的最高點時，一起跳下座位興奮地為了一支單純的全壘打振臂歡呼。

17

Fido看見影子。

照理，是不應該有影子的。Fido醒來的時候，發現此刻身在某個全然漆黑的空間。這不是一般的甦醒，因為當他試著移動身體的時候，卻從內到外都沒有任何反應，連一絲空氣都沒有推動。不是被捆綁之後不能行走掙脫的那種，而是完全沒有感覺，無從施力也沒有阻力，所有的指令都沒進入神經迴路。沒有回應，也沒有抵抗。他還沒想起來剛才發生了什麼事，就看見了那唯一有光有影的存在。

那是一個小男孩。他看起來十歲左右，穿著草綠色與白色相間的運動服，像是某個小學的夏季裝束。從袖子和短褲當中延伸出來的四肢是太陽烘烤過的顏色，略有肌肉但不至於看起來壯碩，隱伏著這個年紀特有的，無法從身體體積中看出來的充沛精力。他屈膝蹲在距離Fido不遠的地方，雙手抱著蜷曲起來的腿，把臉埋在膝腹之間，像是竭盡全力要把自己縮成一個句點。在全然無光的空間裡面，他就像深海生物那樣發著淡白的微光，隨著微光，他的四周濛散著清淡的影子。

男孩抬起頭，對上了Fido的眼光。

似乎在哪裡見過……

Fido還來不及想起什麼，心神就瞬間被強烈的暈眩奪去，彷彿整顆地球就是球棒上的甜蜜點，在一個強打者的手中後引、甩動，然後推出一道土星光環一般豐厚的軌跡。他被這股巨力撕裂，拆散，急速上升到很高的地方再重重墜落。他感覺到恐慌，甚至有了「原來這就是死亡」的心思。無有形體，無有實感，全然的虛空……他想要抓住什麼卻沒有手，思緒是沒有手的，在這裡面什麼都在加速湧流，無數曾經所見所識之物都在眼前、也在腦中旋繞。球。他在心底無聲浮起這個字，似乎也開口了，似乎沒有。球。他竭力想像自己開口。在黑暗的背景中央確實凸出了明確的球的形象。啊，他的背包。那是一顆簽名球，未經擲打，牛皮和縫線都是嶄新的，並且簽上了一個飛騰的名字。他還記得那個名字，張勝元，數天之前才得到的，唯一清白的信物。它裝在背包裡，跟著他一起離開旅社，一起來到……

一切靜止。

他想起來了，這裡是謝士臣的家。

坐在客廳裡，他拿出新的「暗影」圖表，然後……

一道激烈的閃光。

他看到了。那從未進入他視線的一切，那個叫做Fido的人坐在遠遠的沙發上背對著自己，面對著那個叫做謝士臣的人。他們倆針鋒相對地說了一些話。他看不見Fido的表情，但他看得見謝士臣站起身來，越過Fido朝著現在的他走來。這段行走的時間並不長，但有一種讓人難忍的焦躁。謝士臣走到面前，停下來了，他這才發現自己正倚在一袋拉鍊敞開的球棒旁邊。他和謝士臣從來沒有這麼靠近過，近得足以看見對方臉上那種壓抑的瘋狂。原來如此，在謝士臣的手穿過有形無質的自己，抽出那支金屬球棒的時候，他想，原來，只差一點點了，我曾經只差一點點，就把他逼入絕境了。只是那時的我沒有轉頭，我並不知道即將發生的事。

小男孩從視野的角落緩緩走了出來，整個畫面再次被收束為漆黑之境，唯有小男孩自己周身散發著微微的光暈。就著那光，Fido一點一點模糊地認出來了。

這是謝士臣那裝著發球機的地下室。他曾經來過一次的地方。

然後他也看見了自己。

那具沒有意識的身體其實一直在旁邊，縮在距離樓梯口最遠的角落，靠著那些為了隔音和防撞鋪設的軟墊，只是到現在才真正看見。他靠近，盡可能地靠近，注視著彎成一個陌生角度的頸項。那是一種難以下定論的角度，他問自己：究竟是有沒有斷掉呢？現在他已經知道自己是會被穿過的那種存在了，但還是忍不住伸手去摸。從比較堅硬的後腦部分滲出了一些血，大概是一種極為緩慢的失血吧，在即將流入衣領的界線時就凝固了。他很平靜地看著這一切，沒有憤怒，沒有悲傷，頂多就是一種得到了新視角的驚奇感，即便是有也是很微小的。那一具身體是自己或者不是自己，他已經很難感到有什麼差別了。

無論正在進行的是什麼，都和它沒有關係了。

真的嗎？

和你都沒有關係了嗎？

這是Fido初次聽見小男孩的聲音。那分明是未變聲的童音，卻因為一種長久沉默之後的沙啞，而顯得既童稚又衰老。

他沒有思考，腦中的話語就像排練熟了那樣自行流動。

我不知道。也許，事情早就結束了，在最開始的時候，我就該知道，我就知道了，這是一個幼稚到不可能實現的計劃。就算一開始不知道，第一次背叛時就應該收手，等到第二次背叛，我簡直就是共謀了，一樣……

但你不是這樣和他們說的。

他們——沒錯，他們——

純黑視域迅即被銀色的光斑裂解開來，Fido看到了更多。ＢＯＬ的大家。一個全然陌生的房間。阿燭就近在幾步之外，四仰八叉地把一張普通的電腦椅睡成角度岌岌可危的躺椅。再過去幾步，這房間差不多就到盡頭了。一台電腦靠牆亮著，螢幕上是幾行閃爍移動的程式碼，像是有一個隱形的人正在操作一樣。一會兒，ＢＯＬ的另外一個工程師Chef推門走了進來，跨過地面散置的泡麵碗，坐到電腦前面。Fido不記得他們本來是不是室友了，也許本來就是？或者是為了像這樣輪班監控，兩個人才聚在一起？幾天了？還沒猜出個頭緒，就看到Chef的手急速在鍵盤跳動，沒幾秒，一踢電腦椅滑到阿燭身邊，更猛烈地搖著他……在暈眩中，畫面又換了。阿浪在一個充滿各式螢幕，同時監控十多個電視頻道的巨大辦公室裡，小小地縮在自己的座位上。Fido像是巡視的上司一樣，越過他鬼鬼祟祟的肩背，看到了底下新的幾份新聞稿。那上面不但有球員的名字，還有據稱是和這些球員有不正常資金往來的簽賭站，受訪警官的影片正在包括阿浪的螢幕在內的好幾處同時播放。在一片無聲的忙碌當中，阿浪不斷偷偷地打電話、傳簡訊，一有什麼人經過就渾若無事地把手機放下。他低下頭的時候，Fido清楚地看見了跑馬燈的文字：追緝三載，地檢署破獲中部最大簽賭集團。接著，一個人站到了阿浪的身邊，和不存在的Fido有三分之二的重疊。那麼近的距離，使Fido下意識地憋起了根本沒有的呼吸。那人喚了阿浪。阿浪轉頭，那雙眼睛裡曾有的機敏靈巧幾乎不存在了，這位ＢＯＬ裡面最功勞彪炳的內應與間諜跟在那人之後，緩緩走向深處的一個房間……彷彿早有預感，又彷彿快到來不及升起預感的瞬間，他理所當然地看到了大澄，在某座古典建築飄著斜斜樹影的長廊，頹然地坐成一柱過瘦的柳樹。大澄低頭撥弄他的手機，兩次，三次，但狀態列上的圓點早已變成無法逆轉的紅色了。大澄靜默地坐著，沒有他人的那種慌張，卻完全引動了Fido的愧疚與不忍。他多想伸出手去拍拍他們，或者，伸出手，也把他們拉來這麼一個幾乎可以算是完全解脫了的世界。原來的那個世界還無休止地，像一台永不缺乏能源的碎紙機，把人們稀薄的天真一點一點捲進去。那實在太讓人疲倦了，Fido想，並且慢慢地蹲了下來，對上了大澄完全抵靠在胸口前面的臉。一片溼氣無聲地凝結，終於緩慢地形成了一滴雨，墜落在垂握的雙手上。靠得這麼近，Fido才看見原來在大澄始終不離手的手機底下，還有一張快速打印的長方形紙卷。就算從未見過，像Fido這樣的球迷一眼就能看出來了，更何況Fido也擁有一張，謝士臣寄贈的，放在背包最深處的——那是一張明星賽的門票。閃電一樣的感應劃過腦際，Fido全都看見了。原來，他們每一個人都偷偷地為自己準備了一張門票，但又各自保守著自己的祕密吧？大澄，阿浪，Chef，阿燭。他自己。他們早就很難再相信職棒明星，但是，明星賽啊，一年一度的慶典，那是多大的誘惑。更何況，那本來是勝利之日……再一會兒，大澄的手機震動了起來。他先隨手揩乾了臉，清清自己的喉嚨，整個夏季的蟬聲忽然炸響，Fido發現自己可以清清楚楚聽見了，那是一個朋友的，也是所有朋友的，久違的聲音：

「我會去。」

一支全面潰敗的游擊隊，最後的骨氣——

我會去——Fido像是從噩夢中帶回一句控訴那樣地喊著：我會去——

小男孩仍在身邊，沒有什麼表情地看著他。

現在，你可以去任何地方了。

我可以去任何地方？……

只要你還有勇氣看見更多東西。

第三次出現改變時空場景的炫光，Fido完全明白了。是那個小男孩，讓他沒有去不了的地方，看不見的事……只是，現在繼續注視著那些再也改變不了的現實，還有任何意義嗎？莫非自己還愚蠢地期待逆轉的機會……？

可是謝士臣……

他的思緒才從渾沌當中浮現幾毫米，就感到自己墜入了男孩的眼睛裡。那股巨大的吸力已經不會帶來暈眩了，那原是一雙澄澈得與任何漩渦都無關的眼睛。

Fido認得這裡。蛇隊主場的記者室，他在電視上看過，一次。但此刻的他，卻像是一個偷換了通行證的奸細一樣，坐在有些緊繃，有些騷動的記者席裡面。前台橫放的長桌擁擠地排坐了六個人，最左邊是明星紅隊總教練林杏南，以及Fido並不認得的明星白隊總教練。再過來是穿著蛇隊球衣的謝士臣，以及另外三個不同球隊的球員。在他們的背後，掛了一幅黑底金紋背景的布條，寫著：「職棒三十五年明星賽誓師大會」。

「大會」兩個字在這裡顯得有點滑稽，因為怎麼算都只有兩個教練、四個選手出席，但底下的記者席仍然人機錯雜，比前台的長桌還更緊逼。「誓師」也是一件奇怪的事——明星賽是娛樂性質為多，勝負從來不重要，但「誓師」就是宣示要全力一拚了。果然，Fido聽到俯身握住麥克風的謝士臣開口了。所有雜音都被過濾，只剩下那已不算陌生的低沉男聲：

「最近幾天，有非常非常多的謠言、傳言，指控我和隊友涉入簽賭案件。不用我多加說明，各位也知道這樣的說法，對台灣職棒是多大的傷害。我不能接受這些說法，也為我的隊友，為全體認真拚戰的職棒球員感到不平，時至今日，他們竟然還要受到這樣的懷疑。」

謝士臣停頓了一下，翻動桌面上的聲明稿：「但是，我並不怨恨那些指控我們的人，我相信他們是懷著滿腔的熱血，在歷經一次次的失望之後，才迷失了自己。他們迷失在以為能夠找出『真相』的科學方法裡，以為棒球的真假，能夠用一種儀器，來測定出來。他們和我們一樣熱愛棒球，只是他們沒有想過，球員的人格不是科學可以檢定，不是儀器可以決定的！」

「今天是我人生的最後一場職業比賽，卻遇到這樣的事情，我確實感到有點灰心。不過，這件事情不是我一個人的事，而是整個台灣職棒的事，所以我下定決心，要用行動來表白。」他刷地推開紙面，眼神掃視全場：「事實上，我今年受過的腳傷一直沒有完全好。總ㄟ原本跟我說，我就上去打擊一兩次就好，也不要守備了。但是，昨天晚上我一夜沒睡，早上我就去找總ㄟ，告訴他，不行，這是最後的機會，我要讓大家知道台灣棒球人的骨氣。我要打滿全場，而且，我也要下去守備，守一壘，守外野，就算跑到斷腿，我都要全力以赴！」

全場的鎂光燈激昂地閃動了起來，彷彿在應和謝士臣的情緒。

「我要謝謝總ㄟ，還有其他教練、隊友的支持。今天的明星賽，會是史上最貨真價實的明星賽。今天這場比賽，不是表演，不是遊戲，我們每一個人，都會當作沒有下一場比賽那樣，兩位總ㄟ會用贏球當作唯一目標，我們也會拚鬥到底，我們——」

（嚓。）

他還以為自己永遠都看得見。

小男孩把Fido拉離了這個場景，快到他還沒有從那令人震驚的演技當中恢復過來。每一次Fido都覺得不可思議，關於謝士臣虛偽的深度，以及自己無可救藥的單薄心思。在那樣的欺罔面前，怎麼會有被耍弄以外的可能？然而此刻的Fido已經不一樣了，他有了上帝一樣的視線，他太清楚了，那排練過的激昂演出，精心設想的素樸，他甚至覺得自己看出了謝士臣當眾嘲弄的微笑。竟然還提到斷腿！在這樣流轉的思緒裡，他來到了一個比剛才窄小得多的陌生房間。是一間個人的辦公室。一張對著門的辦公桌，幾個文件櫃，散置著一些卷宗和文件夾，再過來就是兩張會客用的沙發。罕見地沒有看到電腦，或許是偏見，但Fido總覺得一間沒有電腦的辦公室，就不像是有人常常在這裡工作。才想到這兒，林杏南就和剛才的明星白隊教練一前一後走進來，但穿的不是記者會上的衣服。「坐啦。」林杏南說，然後探身出門，攔住一個跑過身邊的工作人員：「去幫我拿茶來，多謝。」

話畢轉身，還沒坐定，林杏南又開口：「安怎？萬英干有答應？」

對方搖了搖頭：「少年人，講說那太丟臉，歹勢。」

林杏南笑了：「丟臉？那是『大明星』看得起，看看只有他能丟百五才指定的耶！別人想丟那一局，還沒這個骼打。」

「講是這樣，人家就想不開啊。」

「拜託，在你的面前，哪有什麼人想不開的……民族英雄捏，人家從小抱著你的簽名球睏的。」

那看不清楚面容的教練大笑，身體完全後仰，手臂像翅膀一樣在沙發背上展開。

「人家現在是未來十年國家隊的王牌餒，誰還記得這些！……」

「不然這樣，我也知我們弄得不好，這一陣子讓大家很煩惱。我去跟大明星私下『溝通』一下，讓他自己想辦法，再多出五十，請你和萬英多喝杯燒酒，道個歉？當然啦，這就我們知道，看你怎麼跟萬英說都可以……」

（嚓。）

Fido覺得自己開始能聽見時空變幻時細微的雜音了，像是小男孩按下了什麼開關，或是某種過於短促的咒語。

是這樣嗎？連教練……

你一直都在看著這些嗎？

不只是我。

他們每一個人……

對，他們。

小男孩眨一眨眼，一整座島就在他和Fido的腳下展開了。他們像是沒有風阻的鳥那樣平穩急速地穿飛在夜色裡。比賽已經開始了，比賽已經結束了。就像此刻的Fido，他才剛剛開始認識棒球，就再也沒有機會站上打擊區了。無知的他像追隨一個靈媒那樣被小男孩四處牽引。他進入擠滿了觀眾的球場，近距離看見戴著厚重護具的主審，看見主審眼中的好球帶，像是套上了分析軟體那樣有著明顯的紅色邊界。邊界內應該是好球，但是有時候邊界之外才是好球。他來不及知道主審的名字，或者那是根本也不需要名字的，複數且同質的群體。他被甩到島的另外一邊，另外一座城市裡，幾個今天不會出賽的職棒球員，從陌生人手上接過了糕餅禮盒。Fido知道裡面裝著什麼，只是無法確定，那盒子的圖樣，難道是Fido家鄉的名產嗎？無數的聲音在耳際流進流出，他聽到那些首次聽見卻馬上理解的關鍵字。讓四，開S局，炒假線，買三隻軟的，老闆，今天會下戰術嗎？不知道？不知道你還敢倒茶喔？阿豆仔勒？左三右二？好啦，給我一串苦的。棒球散布在整個島上，打棒球的人，看棒球的人，不需要看棒球的人，離生活那麼近，離現實那麼遠，Fido這樣的人就是沒辦法看到。他知道自己感官裡正在流過的，是自看棒球以來，再得寸進尺也不敢許下的願望。但是看見又如何？他聽見一些耳語從棒球場傳到城市深處，那些永遠不曾見光的，真正的社會的神經中樞。在那裡，隱形的人們擁有一切，決定一切，不知道為什麼他們還需要棒球。耳語再傳出去，來到一些披蓋著剛冷制服的部門——啊，這整件事終於開始和自己有關了嗎？一台警車駛上了沙埔路，他們收到的是沒有經過一一〇的報案，科幻電影一樣的預知犯罪：一個身分不明、年近三十歲的男子擅闖民宅偷竊，持球棒拒捕，在逮捕的過程裡重傷……小男孩帶他看見了，但他不確定這是此刻還是未來，是警察的預知還是自己的現實？但時間無疑是擋不住小男孩的。他們時而順流而下，時而逆勢溯流。接在謝士臣大學教練與林杏南的密談後面的，就是張勝元鐵青著臉走入地檢署的畫面；中繼投手上場之前，逆轉全壘打才剛剛擊出。那顆被擊中的球在空中漸漸分解開來，先是縫線被強風颳散，然後是分崩離析的牛皮和內裡不再能紮緊的棉線。棉線染著某些污跡，在島嶼上空舞動的樣子，若要說是字，也似乎並不是不可能的。那是一個簽名嗎？誰的簽名可以深到這種地步，穿越已經死過一次，因而永生的牛皮？他被球的行進捲著向北，無預警地闖入自己那間缺了一顆真正的心臟的房間。那顆心臟是花了這麼久的時間，唯一真切地獲得的寶藏啊，但卻來不及安裝到一具安全的身體裡面了。球的尾勁不歇，像是變化球逃離棒心那樣拐出了房間，把他帶回到那些無所事事的夜晚。大學時代的他第一次有了能完全支配的時間，每天晚間的六點半，一定拎著什麼吃的坐在大學宿舍的交誼廳，趕在要看連續劇或綜藝節目的人回來以前，把頻道鎖在體育台。在那裡他認識了幾個六點半到十點半的朋友，他們那麼巧竟然是同一棟宿舍的同一隊球迷。他們從來不知道彼此的名字，但是他們共同心繫三十多個名字。然後是在強風不止的棒球場，為了省兩百塊的門票，只能在旁邊的街道瞎繞到第二局開打，那時，外野看台就會打開一個小小的後門，讓他捏著學生證免費坐到毫無整飾的水泥階梯上。他還記得他第一次進入棒球場，一顆敵隊的全壘打就劃過他的頭頂，但是最後他的球隊贏了。也許從那時候開始，就種下了他以為局勢再差，總有機會贏下來的幻想根芽。幾個月之後，他把省下來的錢塞進附有拉鍊的外套口袋，只為了在期末考的前幾天坐長程車到支持球隊的主場城市，去看一場攸關總冠軍賽資格的關鍵比賽。整整七個小時的車程，他才到了那個比蛇隊主場更南方，卻沒有更溫暖的，傳說中的主場，所有同隊球迷的家。他在觀眾席聲嘶力竭，呼喊每一個他所信任的名字，在他們的後面接上更大聲的「全壘打！」的祈求。那是他一個人的朝聖，也是命運的第二次警告：原來他千里迢迢奔赴的，是一場自家王牌投手被對手第四棒連轟三支全壘打，血洗得毫無還手之力的比賽。他愚忠也似地狂買自家商品洩憤，在賽後疏開的人群裡提著醒目的兩大袋加油棒、玩偶和紀念球衣，然後盤算著扣掉車錢之後，還可以在二十四小時漫畫店占據多久的位置。北回歸線以南的夜，在行走中咚咚作響的湖綠色道具……

（啪。）

球回到小男孩的手中，安穩得像是一隻新造了一個好巢的鳥。

那幾乎就是最好的捕手會有的姿勢了。

小男孩周身的光暈像呼吸一樣明滅著。

你們從來不曾在球場裡面生活。

是的，那是我們缺乏勇氣的明證。

你們並不明白那是怎麼一回事。

是的，就像是我們拙劣模仿的投球動作，沒有一條肌肉是正確的。

你們……

是的，我們……

我們。這個詞第三次說出口，就觸動了某條暗藏的密碼。以小男孩為中心，銀光瀑散，點亮了一整座球場。那是今晚的明星賽，一場本來BOL成員會全數到齊的比賽，如果那個「今天」還沒過去的話。他們穿行在人群中，Fido感到食物的香氣、年輕女孩的化妝品氣味和更難描述的一種亢奮氣息撲面而來，融入早已沒有形體的自己。小男孩繼續牽引著他，直到他一一認出來了，阿燭，Chef，阿浪，大澄，一手策劃BBS事件的蛇迷，虎迷女孩，龍迷，鷹迷……他們全部都到了。在熱鬧如沸的潮聲之中，小男孩讓他聽見了清晰的耳語。「這已經不只是為了贏，」那是Chef嗎？或者大澄？或者那是四個人，八個人話聲的重疊：「一定要引起媒體報導，讓他們不能傷害Fido。」他們像稀少的糖粒，溶化在容納了兩萬五千人的球場裡面。「我們要快到攝影機來不及迴避我們，突襲每一個可能的角度。」Fido感到一種重重的窒息感壓在心頭。那是他還沒有放棄的隊友，那是和他一起做了這麼長的一個夢的朋友們，他們還沒醒，自己卻已經不負責任地拋下他們了。他前所未有地想念起自己的那具身體來。他多想拖著那具身體，忍著血與痛，繞過那些陰謀，光明正大地和大家一起站在球場裡。不是為了天真的信任，不是為了勝利的信念，僅僅是為了一起站在那裡。他拚命地想著自己的身體，想著謝士臣那漆黑的地下室，冰冷無言的發球機具……但是小男孩不像前面幾次那樣迅速回應他的思緒，隨之移轉時空。他轉頭望向小男孩。我要回去，他試著開口說話。

我要回去。

小男孩沉默地看著他。

我要回去，我要和他們一起。

小男孩搖了搖頭，手指向三壘側，明星紅隊休息室上方的區塊。

來不及了。

隨著小男孩的手指，那個方位爆出了一陣驚呼。那是大澄，挺著他瘦而高的身體，使勁揮舞一塊巨大的塑膠看板。那樣的看板在球場裡很常見，是球迷熱情自製的加油道具之一，但此刻上面卻寫著：「引退？逃跑？徹查簽賭球員謝士臣！」的字樣。他一邊揮舞看板，一邊用打開預藏在腰間的大聲公，反覆喊著：「徹查簽賭球員謝士臣！引退賽是一場騙局！」休息室上方就是明星紅隊所屬的啦啦隊和樂隊，在大澄喊出第一句話之後只遲疑了一秒，立刻用更大的聲量喊著：「謝士臣！打安打，安打安打全壘打！大、家一起來！——」謝士臣就在這雜沓的呼聲中走出休息室。他一定聽到了，但他頭也不回地站上打擊區。就在第一個好球進來之前，三個保全圍住了大澄。大澄繼續嘶喊，保全伸手去搶他的看板和大聲公，有意無意地摺倒了他，幾隻瘦長的手腳在空中翻舞著。接著在一壘側，「徹查簽賭球員謝士臣！」的呼聲又響了起來。這次是蛇迷。幾個保全全速奔過去，Fido的形影被穿越的時候，聽見他們腰際的無線電發出了充滿雜音的指令：「各小組就定位，在所有區域警戒！」第三個是外野看台的阿浪，第四個是二樓高台的鷹迷，他們一邊喊著大聲公，一邊從高處潑撒縮小裁剪過的「暗影」分析圖樣。他們沿著階梯和保全周旋，阿浪甚至故意貼著轉播攝影師的機台邊跑邊喊，轟得攝影師畫面亂顫。謝士臣在場上被搶了兩顆好球，選到一顆壞球，但場邊的觀眾卻都心神不寧了起來。第五個是龍迷，他占領了熱食攤販區旁邊的一張桌子，居高臨下地閃避那些伸過來的手。第六個是Chef，他把分析圖樣揉成紙團，試圖從外野邊緣丟進球場，造成規則上必然的比賽中斷。……媒體報導了嗎？有任何一個人進入鏡頭了嗎？每一個被壓在地上，架出球場的同伴們心裡的聲音都是同一個。為什麼要讓人看見，是一件這麼困難的事……虎迷女孩則闖進了記者席和貴賓保留席，她清亮的少女高音使得場上的左投手也不禁一愣，解開了投球動作。她一看到保全靠近，立刻尖聲叫著：你們要是碰我，我告你們性騷擾！……但她聽不到Fido已經得知的，給保全的新指令：不擇手段，把所有鬧事者趕出去。一個保全直接包抄到她背後，像是綁架一樣摀住了她的嘴巴，倒著拖行。她單薄的身體在階梯狀的走道顛簸著，仍全力把近乎揉爛的傳單拋撒出去。其中一顆紙團滾向一位帶著孩子的女士，孩子的臉色遲疑壓抑，女士卻鎮定得多，兩人始終沒有去撿它，也克制著自己的眼光，只是專注地看著場上的謝士臣。兩好三壞，無論對投手還是對打者，都算是逼近絕境了。

Fido知道那是誰。他不禁喟然地閉上了眼。

但是，事情並不會在閉眼不看之後就結束。最後，他看見了阿燭。這個「暗影」計劃當中真正出力最多，最核心的人物，沒有佩帶大聲公，也沒有塑膠看板。這一個揹著雙肩背包的普通年輕人，沒有遲疑地走上了連接二樓看台的樓梯。接著，他往人行稀少的一條暗道走去。這裡平常至少會有一名保全的，但在幾分鐘前就因為人力吃緊調走了。他沒有阻礙地走進了一條弧形走道，然後在其中一個房門口停了下來。那是主播室，裡面此刻正有一名主播、兩名球評，透過房間另外一側的玻璃帷幕觀看比賽，並且即時進行比賽的講解。這個房間在比賽中是不可能進去的，但是，相關的支援器材距離這裡一定不會太遠。阿燭面容鎮定，彷彿早已想好了被人撞見的說詞。他試了旁邊的幾個房間，很快進入其中一個沒有上鎖、也沒有人看管的辦公室。這看起來不是什麼技術專業人員的辦公室，沒有轉播設備，只有普通的辦公用品和一台電腦，但既然設在這個位置，想必是有某種權限以上的主管。阿燭坐到辦公室中唯一那台電腦前，插入自己帶來的隨身碟。剩下的步驟就非常簡單了，只要再五分鐘，只要這台電腦和整個系統是聯繫起來的，他就至少可以讓「暗影」的分析圖樣出現在電視轉播裡面幾秒鐘。只要幾秒鐘就好了，他並不奢求更多。然而Fido已經知道了結果，那是阿燭的視角不可能看到的東西，即便看到也早就沒有機會逆轉了。就在謝士臣終於選中一顆球揮擊出去的瞬間，三個保全撞開門衝了進來，兩個壓住阿燭，一個就直接拔掉了電腦的電源。Fido無法發出任何警告，只能看著事情發生，即使他早就聽到了一些新的耳語在鄰近的空間裡面飄散，但小男孩所贈與的東西只能到這裡為止。他們說，要盯住這個最危險的。因為另外一個已經不重要了，只要解決這個，一切就解決了。阿燭並沒有太激烈的身體反抗，他知道這就是最後了，如果他們可以這麼快找到他，其他七個人不可能有逃過的機會。接下來或許還會有很多麻煩，但那全部都跟棒球沒有關係了。被壓制在地的他，側著的臉剛好能夠看見整座棒球場。不愧是主管級的視野啊，所有人在底下都變成小小的一個點，但若真要細看，又覺得五官分明，就連那不足人的掌心大小的棒球，在紅土區滾動的揚塵，幾乎都清楚得能夠數出顆粒。

這就是ＢＯＬ和「暗影」所能分析的最後一個打席了吧。

而那是一顆游擊方向的內野滾地球。拖著腳傷的明星紅隊第四棒在紅土場上拚命奔馳，影子在燈柱的探照下顯得敏捷有力，游擊手反手接傳的動作沒有任何延誤，所以一點也不會讓人懷疑這是一支貨真價實的內野安打。就在這一刻，沒有身體的Fido終於無聲地流下了眼淚。那些眼淚並不能算是真實存在過，也當然就無法沾潤任何一寸球場的土地。小男孩注視著Fido，第一次有了溫柔的神色。想要回去了嗎？小男孩問。不。Fido在寂靜的虛無當中跌坐，過去、現在和未來隨時都可以填滿這片空無，在畫面流轉中，哪裡都可以去，沒有非停在什麼地方的理由，但他泣聲說。

不。我要留下來。

18

謝士臣看不見影子了。

但是，最初他並沒有發覺。賽前練習一啟動，他就成為一架精準運作、萬年無須校正的機器。下午兩點進入球場，開始各種例行性暖身，傳接球、揮棒與內野守備，像是把一場比賽拆解為無數微細的動作，又像是把數十年的球場生涯總結成幾股特定的肌肉機制。這樣的拆解與總結，在悠長年月與火光一閃的瞬間之間擺盪，三十五年的人生就擺到這一步了。

這位在台灣職棒史上拿過全壘打王、打點王、最佳十人、年度ＭＶＰ，擔任過國家隊中心打者和先發外野手的長青職棒球員，自十七歲以後，無論身在哪一個球隊，都會是賽前練習當中最專注的那個人。那些反覆、枯燥以及帶有常人難忍之勞苦的訓練動作，在他而言，彷彿是在全然的真空裡被擊出的一顆球，被撞擊賦予的側旋力量恆久、穩定，永無削減。

這一點在各式各樣的媒體訪問場合，總會被反覆提及：「士臣心態上的專注，將是我們爭冠最重要的資本。」「士臣賢拜的專注是我最需要學習的。」然而，類似的說詞實在太氾濫，以至於真正注意到這件事的人其實不多；觀眾們早已習慣了，任何有好表現的球員都是專注的，任何衰退的球員都是因為他們突然不知道要如何專注了。教練們這麼說，球評也是，在這項需要大量複雜技術的運動裡，似乎從沒有一個台灣球員是因為技術缺陷而失敗的。

但教練畢竟是更靠近球員的，特別是像林杏南這樣需要細膩調配勝負，總是在下比一場比賽更巨大的棋的教練，他是真正知道謝士臣的專注是多麼稀有的特質的。他在上面的閒聊間聽過一種說法，有些跟上面買藥的，不但不是一般人想像那種猥瑣、紫眼圈、生活糜爛的模樣，反而是薪水很高的白領，單身，定時上健身房，吃食極為講究養生。據說，這樣才能多嗑幾輪藥，才爽得久。那或者就是謝士臣這樣的人吧。一個賽季一百二十場比賽，十多年來一千多場比賽，加上學生時代，大概有兩千多次賽前練習。那些習慣和流程是從哪一場開始固著起來的，連謝士臣自己都不可能知道了。

但是，今天會是最後一場，卻是確然無疑的事。

一場引退賽。一個在台灣職棒史上，比任何紀錄都還難以取得的待遇。更何況，這場引退還辦在明星賽，一個一年只有一場，眾家明星球員重新分隊、同場競技的慶典裡。如果不是賽前的風風雨雨，他的引退將引起更大量的媒體報導吧。

但那些都不是最重要的。重要的是，這是謝士臣打球以來，第一場完全屬於自己的比賽。為了預先紀念他而辦，為他餞別而辦，且全然由他主導了細節的比賽。

這麼多年來，他全部的天賦和努力，都是為了服從各種暗號。

從張金榮的好球帶裡讀出來的，從林杏南打出的手勢裡讀出來的……

即便是蛇隊下令全力搶勝的比賽，他都不確定這場比賽是屬於自己的。也許自己的某支全壘打，早就包含在對面休息室打出來的暗號裡了。他不是那種喜歡抗議的人，只是偶爾在記者因為他的第十支、第二十支全壘打訪問他的時候，他會在心底默默地反駁，你們的紀錄員算錯了，這才第七，或者第六而已……

現在，就只差他站上打擊區，進入那無可取代的位置上了。

Fido他們的事，早已算是結束了。那是比賽前練習更早決定的。林杏南要他放心，他就可以放心。一進入球場，比賽就開始了。無論整個世界投來的球多快、多刁鑽，他都有揮棒的把握。他只要決定結果，眼睛就會鎖定球路，身體就會完成剩下的事情。

就像他幾乎預感一般，在打擊練習第五顆球擊出的瞬間，回頭看了觀眾席一眼。

這樣的分心在專注的謝士臣來說是很少見的。

但是，那是他在比賽中的野性直覺已完全展開的證明。一回頭，他就看見張欣予身旁圍繞著的記者，謝以倫焦慮地朝他揮手。他一個手勢止住正要繼續餵球的練習生，抓著球棒小跑步往觀眾席和球場交界的那片護網而去。直到在護網前站定，他腦袋裡面是什麼也沒有想的，他不知道自己要做什麼，但是他知道自己應該要這樣做。他對著記者吼出聲音的同時，感覺自己一分為二，一個自己站在底下，雄渾的聲響收沒了整個球場的雜音，另一個自己則既抽離又貼近地觀看著一切發生。沒錯，這樣是對的，他一面說話、動作，一面告訴自己。在謝士臣的引退賽被簽賭疑雲蒙上一層灰的時候，這樣激情地保護妻小，會是很棒的故事。他縱容自己憤怒的肢體，同時曉得即便記者們被保全推出場了，也一定有哪個不為人知的角度，還有鏡頭對著他。比賽開始了，這是他和媒體的心理戰。他靠近護網，知道故事還沒有結束，那些眼睛還沒有離開。他和以倫抵拳，安撫欣予，全心相信每一個微細的表情都會被捕捉。他稱讚自己做得很好，就像是在最佳狀態裡上場的打者，下一秒的球路難以預料，但是沒有什麼擊不出去的理由。

今天，棒球場上不會有任何意外。

他會有四次打擊機會，一壘安打，三振，雙殺打，全壘打。

今天不只是算讓分，今天要的是全聯盟最精細的技術展現。

他的第一打席，將在一局下半、兩出局、二壘有人的狀況上場，面對龍隊的王牌左投手周志豪。在纏鬥數球過後，周志豪將在外角掛一顆拿手的指叉球，但謝士臣順勢一推，形成左外野方向一分打點的一壘安打。他明白自己的分際，這樣處理一顆銳利的外角變化球是剛剛好的，足以引起喝采，又不會引起懷疑。接下來，需要一點故事性的曲折。第二個打席會在三局下半，球隊落後，面對龍隊的救援投手卡洛斯。那個黑人大個兒要送上毫無花巧的五顆速球，每顆時速都要在一百四十五公里以上，每顆謝士臣都要出手揮擊，一場熱血的硬碰硬對決。謝士臣會在兩好球之後，連續把兩顆速球打成界外球，第一顆推太慢，第二顆拉太快，證明他並不是揮棒跟不上之後，再揮空一顆內角低的速球，三振出局。他要把觀眾席的情緒壓下來，壓得夠低，最後才跳得夠高。他要他們竊竊私語：啊，果然是要引退了吧，在哪一年哪一年，謝士臣是曾經把那個角度的球扛出牆的。他要他們惋惜，然後在第三個打席，滿壘、落後一分，只要他擊出一支安打就能夠超前比分的那一刻，他們能從油然生起的期待當中，再次確認謝士臣的無可取代。是的，即使面對虎隊的當家中繼，最擅長面對這種棘手情況的投手蕭介庭，即使幾十分鐘以前還覺得謝士臣的引退決定果然有著時光的證明，他們仍會無可抑止地相信那個站在左打區上的50號背影。他們想起了第一局那支巧妙的推打。因為那支安打，可以讓他們再低一點，再多等一會兒。謝士臣要讓他們記得自己的全部，再次出手去打一顆外角變化球。球迅速滾向游擊手，出現了進攻方滿壘時最不想看到的雙殺打，一分未得。那是倒數第二個打席，最後一次要忍耐的嘆息或咒罵了。謝士臣要他們之中的某些人開始嘲笑自己的期望，某些人則繼續他們的感傷。最後，宿命般的結尾，九局下半，兩出局，落後三分，滿壘，明星白隊的第四棒一壘手謝士臣站上打擊區，面對現役聯盟的勝投王和三振王李萬英——

他們會覺得一切果然就要結束了，端起手上的相機、手機，錄下這無論結果如何，都無可逆轉的，最後一次打擊機會。

一個世代的結束，一個世代的興起；年輕的第一強投，高齡三十五歲的中心打者。但是，謝士臣一次閃電般地揮棒……

蛇隊主場的外野全壘打牆，是一系列綠色的防撞膠墊。從謝士臣進職棒以來，就聽說那些膠墊經過數次的改良，好讓外野手可以全速後退，撞上去也不至於受傷。某一個承包商簡報的時候還說，他們的膠墊不硬但是扎實，外野手穿著釘鞋可以輕鬆蹬上牆攔截全壘打球，採用他們的產品，每年可以多守十幾分下來。謝士臣早年守過一陣子外野，也沒聽過幾個人蹬上去的，倒是隨著景氣的慢慢回升，掛在牆上的巨幅帆布廣告越來越多了。現在，整圈全壘打牆的九個欄位全都掛滿了，球團還特別跟電視台簽約，每場比賽當中，鏡頭至少要完整掃過整個外野牆三次，好讓他們回頭去跟贊助商談。

謝士臣從休息室走進打擊區的時候，向右外野最右邊的那幅帆布望了一眼。

那是負責引退賽的行銷企劃的主意：

「他在右外野埋藏自己的職棒日記。50號，謝士臣．四十九次投手擊沉。」

占據整幅帆布最大的圖面，是他某次擊出全壘打後，眼睛、手勢都隨著慣性向上抬升的瞬間，剛脫手的球棒也被捕捉到，凝結在畫面裡。

林杏南當時開會回來，轉述了行銷企劃的概念發想：「他說你第一場進職棒就守右外野，打的全壘打也大半都在右外野，光是在蛇隊主場，就有四十九支。」他揉揉謝士臣，笑說：「給你面子做很足喔！」據說，行銷企劃在會議上興奮地說，不管謝士臣在引退賽有沒有打全壘打、打在什麼位置，都可以當作一個新聞點，當然如果可以剛好是右外野的第五十支，加上他的背號……

林杏南說到這裡，和謝士臣兩人同聲大笑了起來。

就讓他等一等吧。

第一局的投手周志豪完美地完成了一半的任務，上上個打席，一顆恰到好處的內角偏內速球成功誘使第二棒打者張勝元出棒。由於夠內角，所以張勝元沒能把球掃出牆，而是打出了一道距離介於長打和接殺、中外野與左外野之間的拋物線。站位精準的中外野手跑了八步才反手將球攔截下來，回傳到二壘時，張勝元已成功占據二壘壘包了。

就跟預想的局勢一模一樣。

周志豪側身，右肩指著謝士臣，斜斜地藏住了左肩。這個站姿，是周志豪賴以成功的祕訣之一。他巧妙地遮住了自己持球的左手，在整個運動過程裡，才能不過早地暴露自己握球的指法，從而讓打者非常難以判斷他的球路。不過，對謝士臣來說，這並不是非常難的事情，他比常人更多一雙眼睛，一雙沒有人能看見，卻能讓他精準看見好球帶的眼睛。更何況，他已經知道了這一個打席每一步棋和最終的結果。

周志豪一邊不失戒備地注意壘上跑者，一邊跨步，送出今天謝士臣面對的第一球——

「啪。」

他沒有揮棒，是一顆好球。

謝士臣愣住了，隨即鬆開打擊動作，退出打擊區，假意拉展筋骨的空檔，他望向中外野上方的計分板。在計分板的左上角，有一個醒目的角落，黃褐色的ＬＥＤ燈泡組成的數字還留在那裡。一百三十七，一顆在台灣職棒很常見，不算快也不算慢的速球。但謝士臣此刻卻對這顆球的軌跡感到極為陌生。這真的是一百三十七公里嗎？為什麼比印象中的快上那麼多？還有，這顆是好球？為什麼自己一點球要攻進來的感覺也沒有？這是一顆內角球嗎？高角度，還是低角度？他努力掩飾自己的表情，慢慢踱回打擊區。不，剛才只是一時忽略吧。他站穩架式，決定下一球只要接近好球帶，就要嘗試出手，但不要擊中，感覺自己的身體迎上球的相對速度是否正確。周志豪再次點頭，跨步，近乎鉛直地將左手拉到身後，然後猛然甩出。球進來，謝士臣啟動，那一瞬間他就知道事情真的不對勁了。他還是看不清楚，球幾乎是一加速就消失在他的視線範圍內了，不要說感覺不到好球帶的位置了，他連以往可以靠自己依稀辨識的縫線轉動模式，都快要分辨不出來了。這就是說，他沒有辦法在啟動自己的球棒之前，就能知道這球有多大的可能性是慢速的變化球，還是快速的速球了。他的腦袋只剩下上打擊區前就下好的決定：「打！」一棒頭掃出，幸好揮擊的感覺並沒有太大的變化，他的念頭只剩下這麼多，平素那些拿捏力道的餘裕全沒了。從手心傳來的回饋感告訴他，這一球揮太慢了，果然視線就順著球的軌跡劈成界外球，旋進了三壘側的蛇隊休息室裡。明星紅隊的隊友跳著閃開，幾個人攀在欄杆上對他笑，但他卻要動用全身的力量壓抑自己，才能報以微笑。

他這才發現，自己可能永遠看不見了。

他再次退開打擊區，雙手握住球棒兩端，把身體像是毛巾那樣絞扭起來。趁著空檔，他望向一壘壘包旁邊，場邊露天牛棚，本壘包附近，內野後方紅土的邊界區……沒有，在這些過於習以為常的位置上，全然沒有許仁柚那蹲著露出膝蓋的影子。

沒有。

幹。

他把聲音悶在自己的胸口裡，懷著一顆沉甸的石頭那樣，回到他主宰了十多年的白線框內。

在生涯最低潮的時候，都沒有懷疑過的自己的眼睛，現在確確實實知道是仁柚所給予的了。謝士臣的腦袋甚至閃過了可以藉口有傷，提早下場的念頭。但是，所有的事情都安排好了，這麼幾個月所有的努力，對Fido的將計就計，林杏南的折衝交換……他握緊球棒，重新立直身子。兩次退出打擊區，已經讓熟悉他的球迷開始竊竊私語了吧，他向來是球迷口中，明快的美式球風的代表，很少多餘的動作。可以的，他告訴自己，即使是一個普通的選手，累積了十幾年的經驗後，也沒道理不能應付職棒投手的，更何況他是謝士臣。不可能沒有辦法的。

這是我的比賽。

現在的情況還算容易，他們約好了每一打席的終點，和最後決定結果的那一球，所以，只要先設法過渡到約定的球數，他就能鎖定球路，全力揮擊。沒問題的，剛才的揮棒和手的反震是正常的，顯然許仁柚的消失，並沒有帶走身體的其他能力。

兩好零壞，他們約定的球數是兩好三壞之後，一顆外角指叉球，擊出左外野的安打。這很簡單，周志豪現在沒有別的選擇，一定會隨便點三顆壞球，只要等著就好。

他鬆一鬆握緊的手，感覺有微小的風滲入，手心有汗被空氣拂過的涼感。

上場前，林杏南還開玩笑地說：「菜鳥，干會緊張？」

他的意思是，這是謝士臣人生的第一場引退賽。

隨後他拍了拍謝士臣的肩膀，低聲說：「免煩惱，他們去看過了，那個少年仔擱有喘氣。他們會處理。」

謝士臣那時以為一切都已經布置停當了，沒想到自己竟然真要緊張了起來。

周志豪出手的時候，手腕橫移得比下切還要明顯，於是球就會呈現一種逐步遠離謝士臣身側的軌跡。他先是丟了一顆外角的變化球，也許是滑球吧。再來是過低的指叉球，幾乎要掉到地板上。雖然已經取得兩好球了，但周志豪還是投得很小心，球壓得很低……謝士臣打定主意不打，卻在注意球路的同時，心裡不自主模擬起棒球主播播報現在的情況。周志豪再吊了一顆High Fastball，這一球謝士臣選得很好，棒頭動了一下，忍住了……三顆壞球過去，謝士臣稍微心安了一些，初時的震驚與不習慣過去之後，覺得球路似乎也沒有那麼難辨識了。他甚至能大概猜出球種，與計分板上的球速搭配判斷，大概是八九不離十。最後一球了，外角指叉球，為了要讓左打的謝士臣能夠推擊出去，應該會投得略高吧？周志豪的指叉球頗快，大概有一百三十公里出頭，比他的滑球略慢一些。球噴射出來的第一瞬完全感受不到下墜的可能性，如果不是早知道結果，此刻的謝士臣恐怕很難忍住把它當作速球來揮擊的衝動。但謝士臣早已決定不管自己看到什麼，棒頭抓準確定的節奏後，就直接往外角預計的位置揮下去。

這個手感倒是非常熟悉的——在今天以前，這是他刻意要揮棒落空的拿手絕活，看到內角低就鎖定內角高，觀眾看來就會像是一次令人扼腕的揮空；但在今天，謝士臣卻是為了擊中球才這麼做的。打中了。他出七分力，稍加延遲，平推球棒，盡量讓球被反擊成一道只比內野手略高的軌跡。然而，球棒再次傳來了不妙的回饋感，一股遲滯的力量打亂了謝士臣的揮棒軌跡。同時他想起了Fido，不知道自己現在的樣子，在他們的「暗影」裡面看起來會不會有所變化？

如果他們還能把這段影片截回去，搞不好反而會以為，這麼赤裸裸只靠謝士臣自己揮動的一次打擊，是徹頭徹尾在打假球吧。

但那僅僅是零點幾秒間的念頭而已。球員的本能立刻從指掌間傳入中樞神經：游擊方向軟弱的滾地球。

慘了。

他在球棒尚未完全脫手的時候，就歪倒身子，全力向一壘方向衝刺。他不用看也知道，這是九死一生的情況，游擊手是全場最敏捷、傳球最快的人，只有很低很低的機率能從這樣的狀況裡面安全上壘。但在劇本裡，這應該要是一支一分打點的一壘安打，而不是一記平凡的內野滾地球。然而球滾得很慢——這意味著剛才雖然打得極差，卻把局勢從九死那一端稍微往一生那裡拉了一點。慢速的球代表游擊手要多跑一兩步才能接到球，傳球也沒有太多的衝刺態勢可以借力。而他是左打，天生向一壘方向多站了一兩步……二十七點四三公尺……再一步，再一步……幾乎就在他踏上壘包的同時，他聽到球飛進一壘手手套的炸響。他衝刺過頭，沿著右外野的邊線大踏步，緩減九十多公斤的自己帶來的衝力，並且訓練良好地往右方界外區瞄了一眼，才隨著沉重的踏步煞車停下。然後，他聽到一壘裁判明確的判決：

Safe！

鬆懈與劫後餘生的慶幸一同升起。

他踱步回到自己已然攻占的壘包，看到一壘手有些懊惱，持球正準備回給投手時，臉上露出了愕然的表情。場內的人也在同一時間傳染了那股愕然。身體比解釋還要快，明星白隊的一壘手右臂回抽，一個快而細碎的墊步，側身把球甩向本壘。本壘板全副武裝的捕手重心極低，左膝跪地抵住本壘板的外側，一接到球就把手套疾速往那裡移過去。兩隊六十多名球員、教練，各組裁判、紀錄員、看台上兩萬多名觀眾，還未在謝士臣奮力跑出內野安打的一壘壘包邊留駐多久的視線，馬上又被本壘邊兔起鶻落的局勢給攝走心神。捕手的手套和左膝強硬地守在那裡，驚險萬分地、及時地擋住了悄然無聲從二壘方向剷進本壘板的跑者。那是剛才待在二壘，謝士臣無暇顧及的明星紅隊第二棒、游擊手張勝元。他毫不含糊地往比他壯上一圈且身披重甲的捕手身上撞過去。即使球已經先到了，只要能夠把球撞出手套，規則上這一分還是算的。時間被那爆炸性的肉搏震暈，凝結了下來。全場屏息。一秒，一秒一，一秒二。主審裁判張金榮在側面蹲踞著，停滯得幾乎就要陷入沉思，然後右拳往地面一揮。

主審裁判判OUT！OUT！一壘手的及時反應和捕手聯手擋住了這次出其不意的突襲跑壘！……

一片靜默中，謝士臣腦中率先響起了那虛擬的棒球主播的播報。然後，像是交響樂團指揮平地一聲雷的手勢那樣，全場兩萬多名觀眾爆出了從變幻局勢中乍醒的歡呼聲。第一局就出現了這樣的本壘攻防，這確實是一場完全不一樣的明星賽！……他聽到自己腦內的主播這麼說。而在這樣的混亂過後，他已經無法分辨張勝元是否算是脫稿演出了，畢竟他們本來就沒有和他約定，反正他本來就會全力跑壘，他們對Katsu的所有規劃，就是利用他求勝的執著而已。這不在劇本內，但是是謝士臣自己先搞砸了一半的。

球僮小跑步上前，把一壘手套遞給謝士臣，交換他從右腳側邊拆下來的護具。手經過右腳踝時，感到隱晦的不安。

上一個進攻半局的跑者，在攻守交換時，不用回到休息室，會有球僮或學弟主動送上球具，這是所有球隊不成文的規矩。謝士臣看到球僮還帶著另外一雙比較短小的手套，是內野手專用，方便快速取出傳球的那種。

在本壘附近撲得一身紅土的Katsu走近來，接過自己的，帶著歉意地欠了欠身。

「賢拜，歹勢，讓你少掉一分打點。」

謝士臣聳聳肩：「沒啦，你若沒跑，這一分也不是我的呀。」

他們相視而笑，像是隊友那樣碰了碰拳頭。

蛇隊兩個世代的主砲惺惺相惜……

「總是最後一場了，希望賢拜打得盡興，」Katsu一邊碎步回到自己的防區，一邊向著觀眾席招手，話語卻是向著謝士臣：「你看，他們這麼High。」

他說得沒錯。在球場上，有時連失敗也能振奮人心。

看台上的人們，在乎的只是諸如此類的簡單事物。

謝士臣回到一壘壘包後方，喃喃自語。

真是令人羨慕啊……

那Katsu在乎的是什麼呢？為什麼他會決定起跑？二壘有人的情況下，打者擊出滾地球，他已經推進到三壘，早已完成任務了。他在什麼時候下決心多繞一個壘包的？

他還盼望什麼嗎？打得盡興？

這可不是一個操縱比賽的球員很常聽到的祝福。

明星紅隊的先發投手，是鷹隊的王牌，整個半局一下就結束了。賽前兩隊發出了全力拚鬥的宣言，今天會被派上場的，大概只有四支職棒的王牌先發、中繼和後援投手吧。如果謝士臣沒有居中安排，這場應該就是今年最高水準的賽事吧。一壘手是一個忙碌卻輕鬆的位置。忙碌是因為所有的內野滾地球最終都要傳到這兒來，輕鬆之處是不太需要跑動，無論會不會抓到打者，只要等著隊友把結果送過來就好，如果整個過程犯了錯，幾乎都會是別人的問題。這個半局的最後一個出局數，是一個普通難度的三壘強襲球，球碰到棒子瞬間就知道結果了。謝士臣右手與右腳同時探出，流暢地把球撈下，一個例行到無須再等待判決的封殺。於是他沒有停頓，舉步往休息室。棒球是節奏拖磨的運動，所以任何無關於戰局的移動，都是小跑步進行的。然而，當他的右腳再次觸及地面，一股冷冽與燒灼綜合起來的痛感，如電竄上。他的身體晃了一下，但立刻穩住步伐繼續走，第二次右腳落地，剛才的刺戟卻又如幻覺般消失了。

已經不是第一次了，他可以的。

上次面對李萬英拐傷的右腳，其實一直都時不時這樣閃動著，像在黑暗中伺機的野獸眼睛。

林杏南靠在休息室邊緣的護欄，不像明星白隊那些個胖到不耐久站的教練，身材還是個球員的模子。經過他身邊的時候，謝士臣眼見他表情不動，卻聽到揶揄：「真會打，連內野安打攏會使喔？」

謝士臣知道這是在說第一打席，虧他把一切安排妥當了，結果自己上場打了支不營養的滾地球。林杏南以為那是失誤，但那已經是謝士臣現在的盡力一擊了。他沒有辦法解釋許仁柚的事，只好裝作還在同樣的默契裡，笑說：「安怎，捨不得我退休囉？」

「當然嘛捨不得，」林杏南說著轉身，假意翻找球員紀錄簿，但謝士臣知道那只是避免唇形被攝影機拍到：「賭你會打全壘打加上賭你打不出來的，比今天來看球的人還多，一揮棒就多少千萬，誰人捨得你唷。」

「今天也有？」話才問完，謝士臣自己就啞然失笑：「當我沒問。」

林杏南撇了撇嘴角，很快換上總教練的表情，轉回去靠在護欄上。

他們從未跟謝士臣商量過今天出場的錢，他自己明白，早就說了要白做幾場，當然就任他們安排，這代價算是便宜的了。場內是你的比賽，場外他們怎麼可能還放掉。這麼說來，兩隊賽前的宣誓，也早在盤算裡了吧。沒有宣誓以前，這只是一場趣味競賽；宣誓以後，它就有了成為標的的價值。

因為爆出簽賭傳聞，所以決心好好打一場——

這態勢，所有人都會以為，起碼這一場會是真的，所以就連最老經驗的賭客也很難忍住吧。

坐下來之後，謝士臣才開始有心思想許仁柚的事。

它不見了，不管那是什麼，它真的不在球場裡。剛開始看見它的時候，他還以為是自己的幻視。在極為稀少的時候，甚至還會幻聽到許仁柚回答他的話，短暫的氣音，大多是否定的意思。十七歲的那一擊，兩百五十一公里的棒頭速度，這是他永遠欠著的。他不曾向任何人抱怨那樣的鬼影，雖然他有時候會否認那是許仁柚，只當它是一隻不知為何糾纏著他的小鬼，但他始終將它當作一個祕密懷抱著、依賴著。躺在球員宿舍的雙層床位上鋪，聽不到下鋪的敲擊聲和話語聲而失眠的時候，面對那些不知情的球迷的時候，第一次明快地答應了張金榮的要求，事後卻惶然數日的時候，決定娶一個永遠不可能瞭解他棒球事業的妻子的時候。

在這幾個月對那小小的幽靈絮聒一切，並且越來越知道除了它，再沒有任何人能分享他的孤獨的時候。

決定終結掉自己的職棒生命，像是導演一場華麗的自殺的時候。

自殺。他確實這麼想過，此刻也在心底這樣對那已然沒有在聽的幽靈說：這是自殺，這件事你還不知道吧？

三十五歲，台灣棒球始終沒能殺了他，就像玩捉迷藏時躲得太好的小孩。

無論鬼會不會來，他的棒球就到此為止了。

只剩下三個打席。

但是，現在，如同嘲諷一般，連許仁柚都消失了。鬼不見了，同伴不見了，等他從躲藏的床底下探出頭，才發現，整個世界早就不見了。

如果他再也沒辦法像以前那樣擊中球……

第四局，謝士臣第二次站上打擊區。球隊落後一分，三壘有人，投手丘上的是今年只打過幾次的卡洛斯。其他人非常精準地完成了各自的任務，唯一沒有把握的，卻就是沒有人擔心過的環節。卡洛斯是標準的美國洋將：高大、粗壯、球路垂直下切的剛猛右投手。上一個打席面對的不過是一百四十公里以下的速球，但卡洛斯……謝士臣抖擻右肩，腦袋裡仍有煙霧一般的惶惑彌散著。這場兩隊真的是全力以赴了，為了擋這一分，明星白隊連終結者都提早上場……許仁柚不會出現了吧，幾十分鐘孤獨的自語，始終沒有任何回音，像是對著早已斷線的手機說話那樣。

沒有人看得出來，此刻，哪怕是任何微小的雜音，都能夠驚動他。

他下意識地回頭，很迅速望了加油區一眼，沒能來得及看見張欣予和謝以倫。他們會看出自己的異樣，從而揭穿了十幾年不曾露出破綻的祕密嗎？

從打擊區延伸過去，紅土延伸如海，浪頭的頂端站著高大的投手。

「啪。」

謝士臣沒有出手，跟劇本上的不一樣，卡洛斯愣了一下。在球最靠近自己的那一刻，彷彿有灼熱的焚風。內角，壞球。他對自己說。不能死守著原來的故事了，他現在需要的是多看幾顆球。十幾年的進度，重新開始，把剩下的三個打席當作是這一輩子的復健賽，他不能去懷疑自己來不來得及追上了。一定得追上，場內這是他的引退賽，場外還有別人更大的一場比賽。一切的重點，就在最後一個打席，他必須打中李萬英的球。裁判沒有舉手，是顆壞球。謝士臣退開，看到捕手停滯的殘影。內角偏低，低於膝蓋兩顆。很好，這一球的辨識是準確的。說好了會揮空兩球的，所以卡洛斯不會那麼快塞好打的球進來，也就是說，至少可以讓身體記住，這些位置不可以出手。

第二球來了。外角高。

他想，棒頭晃了一下，還是忍住沒有出手。但這一次張金榮出聲了：Strike！（這是一顆外角低，九號位置的刁鑽好球！）看錯了，果然眼睛多少還是有一點誤差。不過，眼睛稍微習慣這個速度了，謝士臣估量著啟動的節奏。如果再提早一些……卡洛斯停下來，對三壘方向的跑者進行了一次軟性的牽制。他那油黑的臉膛看不出什麼表情，不只是職棒選手的行規使然，也因為他是謝士臣無法分辨的種族，或者也許，謝士臣無法分辨的事物已經越來越多了。但是，這次的牽制是為了讓謝士臣喘口氣，像是一個演員在舞台上對著忘詞的同伴使眼色。於是，第三顆速球，謝士臣沒來得及想什麼，就踏步轉腰出手了。打者揮空的最後姿態是上揚的，投手出手的最後姿態是下潛的，他們的眼神曲折地迎上，謝士臣知道卡洛斯終於放心一些了。他以為故事線已經接回來了，殊不知對手是真的揮不到自己的球。卡洛斯一定還記得今年第一次上場的時候，被謝士臣把球扛到中外野警戒區前吧？只要再一到兩顆的界外球，最後就可以三振出局。謝士臣現在是突然失去了聲帶的演員，記得全部的台詞，卻只能啞作嘴形，只有關掉電視音源的觀眾才不會發現異狀。

卡洛斯不再猶豫，全力往內角丟來。是的，這球是內角——謝士臣用最快的速度啟動，牽引球棒，爆炸般地出力揮擊，整顆球呈最完美的四十五度角噴射而出，奔向右外野——

謝士臣順著身體的衝勢望住了球。

這是今天第一顆阿達力⑮——

這一顆球很高，右外野手往後退，再退，再退——

不知道如果破壞了劇本，會不會影響場外的局？

他已經不是能夠維持專業的那種好球員了。

球旋出界外的時候，他發現跑到一壘側邊，正作勢繞壘的自己全身已經冰涼了。幸好不是全壘打，他告訴自己，這會是好劇本，雖然脫稿但並不比原來的差，一發令人惋惜的界外球。但是，如果他提早用掉了今天的運氣，他不確定自己能夠在最後一個打席贏下來。

無論如何，這一個打席算是熬過去了。

下一球進來，卡洛斯塞了一顆高角度的內角，他站著沒動，像是被球威壓制住了那樣。不揮棒遭到三振，就不會露出疲態了吧？然後，他就可以不需要球僮，慢慢地走回休息區，趁著拿手套的空檔，稍微調勻完全亂掉的呼息。

從一次揮擊開始，從一次揮擊結束。

⑮這個詞是日文「當たり」（atari）來的，意思是打者精準擊中球的中心點，造成最好的反擊速度和角度（通常球的軌跡會形成一道比人身高還高一些的平射曲線，這種球就稱之為「阿達力」）。

雖然林杏南說Fido沒事。不，他不是說沒事，他是說還有氣。那就是說，還有別的事。

也許這就是神的旨意，關於他生命的一道咒語。

獻祭自己最親近的隊友，親手格殺他，就能獲得燦爛的職棒生涯。

拒絕一個想和自己成為隊友的人，親手格殺他，就會回到原點。

說不定，現在他站上投手丘，會變回當年那個有資格入選國家隊的王牌左投也說不一定。在以往的明星賽，這麼做是可能的，這是一年難得的娛樂時間，投手打擊、打者投球、總教練蹲捕，都不是沒有發生過。但是，是他們的劇本，讓這一切不可能發生了。

這聽起來很公平，只是他自己到現在才明白。

他所偷走的許仁柚的人生，終於用到了盡頭。

再怎麼呼求都不會有人聽到了。

第七局，他只能一個人站上打擊區了。

兩出局，滿壘，虎隊最會製造敵隊殘壘的蕭介庭和他一起走入場內。

他們說，蕭介庭是全聯盟最聰明的投手，能夠從最細微的準備動作裡，看出打者的意圖和弱點。一般的投手害怕消耗體力，總是希望越早解決打者越好。但是他卻是那種你沒有早點擊倒他，就會讓他勝算越來越高的投手。因為每當他多看一次你的反應，他投出合你胃口的球路的機率就越低。在這種時候上場，是最讓球迷屏息的英雄對決。以倫一定知道吧？此刻，他應該正在向那全然不懂棒球的媽媽，解釋這個投手的厲害之處，同時全心祈禱自己的爸爸能夠獲勝。他不會知道的是，他的爸爸不但必須落敗，還必須以指定的方式落敗。

林杏南剛才在休息室說：「夭壽喔，你麥亂來，今天的盤很複雜。」

那就是說，今天是不允許任何意外的一場比賽。

這真的是屬於我的比賽嗎？

第五局大休息的時間，球團安排記者採訪、獻花的時候，謝士臣不禁這樣自問。

確實，一切都是他決定的，但是決定之後，整套流程就離開了他的掌握，而被一股更強的力量接管了。他從來沒有懷疑過這種力量，卻是第一次感覺到它。因為以前從來沒有必要，也沒有可能違反它，就無所謂遵從力量的壓力。現在，卻是真真切切地感覺到身旁的尖刺與懸崖。

輸了會怎麼樣？沒有下一場可以贖回來的謝士臣，要拿什麼來還？

或者，他們其實也不會在意，畢竟這次也一舉幫他們清掉不少麻煩的人？

觀眾席上一片幸福而無知的躁亂呼聲。

謝士臣的打擊打安打、安打安打全壘打、大家一起來……

Let's Go安打、謝士臣……

先過渡到兩好三壞吧。他對蕭介庭的第一顆變化球出手，把球掃成了一壘側觀眾席的界外飛球，一好球。這還真是他的復健賽了，在看過卡洛斯的速球之後，這種程度的反應，好像開始沒有太大的問題了。他屏除一切思緒，不想許仁柚，不想林杏南，不想張欣予和謝以倫，不想Fido趴倒在沙發上的樣子。每個職棒球員都有祕密，但沒有一個知道他是才殺過人的人。成功與否不是重點，重點是他連那個肩頸相接之處都能精確擊中了，沒有道理打不中一顆沒有生命的縫線球。第二顆速球掛在外角，他出手去碰，甚至有餘裕提醒自己重心不要癱倒，兩好球。很好，進度完美，接下來就是再看三顆，蕭介庭總不至於傻到還把球塞進來。

投手還有很多的作戰空間，可以不必急著對決……

這一顆左打者內角的指叉球吊得很漂亮，不過打者選得更好……

這一顆走後門的伸卡球……啊，主審裁判張金榮先生沒有撿，其實是有判好球的空間的……

選得漂亮！謝士臣從兩好零壞開始，把劣勢扳平，滿壘、滿球數、明星紅隊落後，現在壓力在投手那邊了，不過蕭介庭……

「啪。」

幾乎感受不到反震之力的第六顆球，謝士臣出手前還告訴自己，揮棒軌跡不可以太平，盡量從上往下劈砍，減低擊中球心的機會。已經顧不得自己揮棒動作走樣了，反正「暗影」的問題已經解決了，那些透過攝影機看球的，沒有人會發現的，這麼十多年來從來沒有人發現，就算他們天天盯著電視螢幕。但是全無壓力的手，讓他知道自己再一次失誤了，這一球打得太好，太扎實了……一顆標準的雙殺球，應該要感受到自己手腕難以翻轉的沉重壓力才對。他試著在那幾毫秒之間收力，不要把球延伸得太遠，不管這一球會到哪裡，越多的得分，會讓成功鋪排最後一局局面的可能性越低。他幾乎可以想像謝以倫疑惑地皺起眉頭，心目中永遠豪邁揮棒的爸爸，怎麼在引退賽的時候成為一個扭扭捏捏的打者。球平飛出去，一如在海面掠食的海鳥。在那快得來不及決定是否懊悔的狹窄時間裡，他的眼角餘光瞄到二壘手拔地起跳。跑。球員的本能還在，跑就對了。這球要糟。不，這球對了——

二壘手跳起來接殺了這顆強勁平飛球，順勢甩向一壘——

來得及！OUT！OUT！這是一個漂亮的雙殺守備！——

謝士臣茫然地站在本壘側邊。

他知道自己看起來像是被棒球之神沒收了一支安打、兩分打點，因而失神的職棒球員。但是，他不明白的不是失去，而是賜與。

在失去許仁柚之後，他竟然意外地得到了三次救援。

不可能發生的內野安打，差點失敗的三振，殊途同歸的雙殺守備。

這讓他心中的恐懼更深了，這幾乎就是截然篤定的預告。

這樣的運氣有可能延續到最後一個打席嗎？

再下一個進攻半局，在休息室迎接的，是林杏南半是怨怪，半是擔憂的表情：「安怎了？你在變啥鬼，我怎麼看無？」

謝士臣搖搖頭。

「沒？沒會打成這樣？你上一次連續三打席出錯是什麼時候？」

我看不見影子了。

但是謝士臣不能這麼說，所以只好嘆一口氣，指指自己的右腳。

這個答案比看不見許仁柚好一些，但對謝士臣來說仍然很糟。

林杏南一揮手招來防護員，急忙把他的球褲捲開。防護員按壓幾下，一邊詢問他，謝士臣照實回答：「有時會痛，有時候不會。」弄半天也沒有一個結論，防護員只好說，看要不要再加幾條保護關節的束帶，下次上場前稍微噴一下乾冰止痛。

謝士臣說好。

「總ㄟ，我會打到好，你放心。」

林杏南斜眼覷他，似冷笑似無表情地說：「我放心？說得好像我還有選擇一樣。今天的比賽，誰都可以換，就你不能換。引退賽是你的主意，我哪有什麼好放不放心的。」停頓了一會兒，又說：「你家己卡細膩一點，看著辦吧。」

「我知影。」

謝士臣突然想起五局的引退儀式。大家多少是有點意興闌珊的，因為到那時為止，謝士臣只有一支僥倖的內野安打。張欣予和謝以倫都被邀請下來，站在一起合照。他心裡縈繞著許多事，也不記得自己說了什麼。這本來就不是今天的重點，真正的重點，是要在這種低迷裡面上演的，最後一個打席。

以倫緊緊地靠在爸爸媽媽的中間，謝士臣感覺到自己球衣的下襬被他的拳頭攢住。隔了兩局，他才好像懂了以倫那直白的焦慮。

孩子害怕到比賽結束以前，都沒有看到父親像樣的表現吧？

他當然勇敢得足以對抗所有的流言，但是，如果沒有一個確然無疑的證據，那些言詞都將是委屈的。

那是最後的機會了。

投手到捕手之間的距離是十八點四四公尺。

那本來是從謝士臣到許仁柚的距離。

李萬英的最快球速是一百五十三公里，並且是會上竄的那種速球。

他的速球從出手到削進謝士臣的內角，會花多久的時間？零點四秒？零點四五秒？

零點四三二秒吧。

許仁柚的聲音這樣在腦袋裡面響起，取代了響了大半個晚上的，總是讀錯了場上球員表情的虛擬棒球主播。謝士臣心神一凜，但沒有停止踏上打擊區的腳步。隨著紅土細碎的阻抗感，他一步一步地想起來了。那是十歲，不，或者是九歲的許仁柚，趁著教練沒注意偷了鑰匙，兩人在半夜偷偷打開了球場的大門。整片外野草皮，整片紅土，都是他們兩個人的。許仁柚蹲下來，告訴他說：來，瞄準這裡，用最快的速度甩過來。許仁柚是那麼有天分的球員，從來沒有人懷疑過他不能先發。但謝士臣不一樣，他接球接得不好，傳球也沒有準頭，從內野被趕到外野，從外野被推到一壘，最後教練說：你要不要試試看練投？左投手在球場上很珍貴。許仁柚不用是左投手就很珍貴，每一個帶過他的教練都說，他一定會是職棒先發捕手，就像是那個誰和誰……沒有人這樣跟謝士臣說過，但是許仁柚沒有懷疑，他開心地說，太好了，你是投手，那我就要接你的球，我們要幫中華隊拿到經典賽冠軍，去東京巨蛋，去芬威球場。從現在開始，你就把球塞進我的手套裡，我會負責剩下的事情。你不要管一壘的跑者，我不會讓任何人偷走我們的壘包。你不要管打者的棒子，只要盯住我的手勢，一號是速球，二號是滑球，三號是變速球，第一個手勢是三的時候，代表往下數第三個數字才是我們真正要投的球種。只要你丟得進來，就沒有打者能打敗你。謝士臣知道自己是一個普通的投手，從小就知道了，即使他可以開始先發了，但還是沒有一個教練說他會是職棒強投。他們的搭檔能贏球，誰都知道是仰仗誰多一點。十歲的謝士臣沒有怨恨，只是害怕，害怕在十四歲、十五歲或什麼時間，自己就永遠不能再對著這一具手套丟球。於是他揮霍力氣一般，全力投擲，把許仁柚的手套撞得連連炸響。許仁柚說，好快，對，就是這麼快。有多快？他問。一百五十公里那麼快吧。大概就是，隔幾天，許仁柚在上課時湊耳過來：大概就是，零點四三二秒吧。什麼？他不明白。許仁柚偷偷把開了計算機程式的手機推過來：只要這麼快就夠了，加上我的配球，沒有人打得到這麼快的。

然而，那天，他們實在是靠得太近了……

打者與投手的距離，會比投捕之間距離更近，低於十八點四四公尺。那就是為什麼捕手的失誤是稀有的，而打者的成功會這麼地珍貴。李萬英已經站在那裡了，他是準備要來送上那麼珍貴的成功的。

九局下半、兩出局、滿壘，五比二落後。

謝士臣依然看不見許仁柚，自從十七歲以後，就不該也不曾看得見了。只剩下一道微弱的、童稚的氣音，直到今天才想起。

他向來都是靠著他，才能看見好球帶的。

打。他告訴自己。打。

許仁柚的氣音趕走了所有的念頭。

沒有這麼難，對許仁杣來說，有關棒球的一切從來不難。是謝士臣自己想簡單了，以為只要能夠看見，就可以扭轉局勢。打。

李萬英的第一顆球是偏低的曲球。謝士臣心思無比清明地知道，那是李萬英的體貼。全世界都曉得謝士臣不會打下墜系變化球，他可以放心等一球而不被任何人懷疑，喘口氣再來。但是謝士臣跨步，踩死右腳，棒頭往上一勾，沒有切準，把球劈進了一壘側的休息室。

第二球進來，是一顆偏外角的速球，謝士臣勉強去碰，又把球碰成三壘方向的界外球。李萬英的眼色裡閃過了疑惑。今晚的每一個投手都對謝士臣感到疑惑，但只有謝士臣知道這一次是不一樣的。之前他們不知道他的身不由主，現在他們不知道他下了真正的決定，終於開始了他自己的比賽。在這告別的一刻，在這孤立無援的一刻，在這呼告而不會有人回應的一刻，在這早已被宣判了有罪的一刻，至少有一件事還是不確定的，那就是揮棒之後，球到底會飛到什麼地方去。兩好零壞，李萬英再丟一顆壞球，但謝士臣還是把球撈出去。他已經不在乎自己的姿勢了，只要碰到球，只要延續這個打席，等待那存在於極低機率當中的可能性。他要一支貨真價實的全壘打，連自己也無法預測何時，在什麼球種，以什麼角度揮送出去。如果他真的要這樣自殺，他希望可以帶著這樣的未知去見許仁杣，讓許仁杣看見，至少還有一件事是所有人都搞不清楚的。那就是棒球，那就是所有疑惑的根源與結果，第三顆界外球，第四顆界外球，第五顆……

Fuck。他讀出了李萬英的唇形。

很好，他知道李萬英懂了。

對，這是我的比賽，不需要顧忌，把一切的責任都加諸到我的身上吧。因為對我而言，已經沒有所謂的責任了，這裡只有我們兩個人。只要能夠被封凍在永不改變的零點四三二秒當中。

每一次都是一樣的，每一次都是不一樣的。

李萬英長長地呼了一口氣，在胸前畫了一個十字，右手最後向天上一揚。他也有一個像許仁柚那樣的對象可以祈禱嗎？

打。

李萬英雙手持在胸前，球窩藏在手套裡。謝士臣看不見他的指法，不知道這一球會是什麼，但他很快確信，這會是一顆內角偏高，削過好球帶邊緣，全力上竄的速球。這會是今年最漂亮的最有力量的一顆球，而唯一有幸面對這一瞬間的只有謝士臣一個人，連李萬英的捕手都不可能見識到這顆球有多美。謝士臣抖動肩膀，對準，內裡的眼睛一一巡視、放鬆了每一個關節。他要柔韌得像是世上一切不易折斷的東西。李萬英決定了。他們的眼睛對著彼此，雖然他們的對決將在好球帶裡。李萬英跨步。謝士臣也跨步。他們兩個的足尖先後落地，先是整個浪頭最高點的手腕如皮鞭一般振甩，然後是謝士臣全速迎擊的胸口。倒數開始了，謝士臣明確地感覺到從右腳傳上來的刺痛，隨之時間慢了下來。痛來到膝蓋，來到腰部，穿過脊椎的黏液，奔向心臟和腦袋。但它還沒有來到肩膀，他的手就還能維持控制，還能揮出一記大氣猶如土星環，毫無陰影的軌跡，把握棒的點留在球和身體中間，形成從內而外發力反擊的據點，他還有零點幾秒，那是再快的疼痛也追不上的，火光炸裂的瞬間——

這個球——

他的手，他的身體，那些人的臉，那些聲音，都像是消失了一樣。

所有的人都看見了。

球在空中旋繞，彷彿從那一擊當中獲取了無限的生命，憑著一股側旋的意志向右外野飛行。所有人的注意力都被它吸走，如果能夠在什麼分析儀器上面顯像的話，或許看起來會像是整場人的懸念在推著它走那樣。球的軌跡在地面投下了輕巧的影了，穿越投手驚愕的眼神，穿越一、二壘防線那理所當然會形成安打的位置，迎面撞上右外野手，卻又很快地超過去，變成是右外野手盡力追逐的目標。最終，那影子變得越來越深濃、明顯，直到重合——

那顆球打在右外野，印著「他在右外野埋藏自己的職棒日記。50號，謝士臣・四十九次投手擊沉。」的帆布上，反彈回到場內。那時候，二、三壘的跑者已經回到本壘得分了，五比四，一分落後。右外野手實在追逐得過於忘我，幾乎沒有減速地在幾秒之後撞上了防撞膠墊，不但沒有接到球，反而還因為劇烈的翻滾把球剷離了原來的路徑。謝士臣繞過一壘，奔向二壘的時候，原來在一壘的跑者已經繞過三壘，這一個追平分是勢在必得了。中外野手迅速地移位過去，以職業級的俐落抄起球，大轉身傳給已經追到草皮上待命的二壘手。二壘手墊步轉傳之前，眼光看了三壘一眼，本來想這就是謝士臣腳程的極限了，畢竟他才因為右腳進入傷兵名單沒有多久，盯住就好。但就在這一停頓間，謝士臣踏過三壘，毫不減速地往本壘衝去。這一不可思議的跑壘判斷駭住了二壘手，使得他沒有足夠的時間蓄力，就得倉促回傳，回傳球在地上反彈了一次才進入捕手的手套。捕手跪下，左膝抵住本壘板，今天的第一局，他暫時的隊友就面對過一樣的局面，他沒有理由採取不一樣的行動，於是鼓起全身的筋肉全力頂上去。

一次純粹的撞擊，好像不帶有任何企圖，不害怕必然的鈍痛也不在意是否得分，既不曾伸手鉤絆也沒有怒氣，沒有疑懼。這一分如果進來，就是一支逆轉的場內滿貫全壘打，人們將親眼見到台灣職棒明星賽史上第一遭，用這種方式結束的比賽，和生涯。在這一刻，命運將會揭開最後一張牌，所有被遮蓋在影子裡，隱晦不明的事物，將全部攤開。

謝士臣清清楚楚看到了等在本壘板上的身影。那是最好的捕手會有的蹲姿，面對這樣在護衛著棒球的形影，他所能做的只剩下一件事：在痛楚還沒完全淹沒他的神經系統以前，向著那已然靜止的影子猛撞上去。

19

孩子不是第一次看見那個人了。

他不喜歡他。並不只是因為他滿臉鬍碴，看起來髒得像是一輩子沒有洗過澡一樣，更不只是因為他穿著詭異的球衣。那件球衣確實是很奇怪，底是黑色的，上面有一些濛濛的金色花紋，從那不再閃耀的金色當中，隱約可以看出一隻骯髒的蛇形。孩子沒有見過誰穿這件球衣，現存的任何一支職棒隊伍都沒有黑色的衣服。更讓孩子厭惡的是，每場比賽，他總是在一壘側到處走來走去，口中喃喃念著聽不懂的什麼，是個徹頭徹尾的瘋子。

他不知道為什麼球場的警衛不趕那個人出去，讓一個瘋子在比賽的時候到處遊蕩，不是很危險嗎？

他第一次約同學到球場來玩的那天，就是被這個人給毀掉的。

爸爸給了他五張門票，從側邊的工作人員通道進到球場之後，他把大排長龍的人群指給同學看。他們都覺得很驕傲，知道自己有不必排隊的特權，是因為孩子的緣故。然後，孩子領著朋友到爸爸的攤子前面，爸爸早就裝好了一人一袋的烤魷魚。他們一邊吃，一邊逛商品部，看到有一片牆貼著「影武者」軟體的宣傳海報。孩子向同伴解釋，這是最近最紅的棒球分析軟體，只要拿手機對著海報掃描，就可以下載。他們讀著上面的字，還是搞不清楚這到底可以幹嘛，但既然很紅又是免費軟體，他們都還是拿出手機掃了一下。

據說，它可以讓你知道球員今天是粉紅色、紅色、黃色、藍色還是紫色。

球員怎麼會有顏色啊，蠢斃了。

孩子的手機是舊型的，沒有辦法下載。為了不要讓大家發現自己的手機很舊，他小心地裝作滿不在乎，帶大家離開了那裡。

這一切本來都很順利、美好的。沒想到坐下來看不到一局，那個人突然從自己的位子上站起來，搖搖晃晃地靠近了孩子和朋友們。他還來不及警告大家，這個瘋子就低下頭，猛然把臉湊近其中一個同學，臉的距離不到十公分。據同學後來的說法，他聞到臭得不知道該怎麼形容的味道。瘋子咧開嘴，用一種含混歪斜，好像被人打歪了下巴的聲音說：

「你——來這裡——幹嘛啊？」

同學愣住。他們五個都愣住了。

瘋子見他們沒有反應，彷彿很不耐煩，提高了聲量再問：

「你——來這裡——幹嘛啊？」

他的臉湊得更近，幾乎就要撞上去了。

幾秒後，孩子聽到整包烤魷魚「啪」地摔落地面的聲音。

那個同學大哭了起來。

從此之後，整個四年級都聽說了孩子每天去的球場裡有個瘋子。甚至還有人說，那個瘋子是他爸。再也沒有人願意接受他的邀請了。

瘋子會傳染，沒有人想被傳染。

今天又看見了他。

孩子設法坐得遠遠的，雖然他知道根本沒有傳染這回事，但他還是有點怕怕的。

這個瘋子每天都有買票嗎？還是難道像工作人員通道一樣，也有一條「瘋子通道」嗎？

他並不特別喜歡看棒球，但爸爸在這裡工作，每天的放學時間就是爸爸開始上班的時間。安親班太貴了，反正在球場，他隨便找個座位也能寫功課。邊寫邊聽，晃來晃去，他也就把台灣職棒的所有球員都記起來了。有一次美勞課，他很認真回想昨晚的比賽，畫了一個棒球場，並且如實畫出先發陣容。畫裡面每一個上場球員的背號和守備位置的配對，都是正確的，可惜老師好像沒有發現這件事，老師大概不是棒球迷吧。

他有時候也不是，他覺得有得看還不錯，沒有看棒球也沒關係。不過，如果要看，他就喜歡站在一壘或三壘側邊的看台上。他會隨著下一個打者的慣用手，決定自己要站在哪裡，左打就站在一壘邊，換右打的時候就全速衝到三壘邊。

他喜歡的是棒球這個東西本身。

它看起來很潔白細緻，卻比所有的石頭都還要堅硬，上頭還有密密的縫線。

他甚至知道，同樣在三壘邊緣，輪到第四棒的時候，要站得距離本壘板遠一點。

然後，在他們揮出界外球的時候，孩子就可以比別人有更好的地利，只挪動幾步就接到飛騰過來的變化球。一開始，他空著手，還不太敢主動去接球，怕痛。後來，他在家裡找到了一隻布滿黴斑的手套。他短小的手戴起來有點吃力，五指很難收攏，不過，總算是有了一層保護的皮套。

現在他已經等在一壘邊緣了。

打擊的是一個左打，聽說很會打全壘打，所以噴射過來的界外球也特別強勁。

他站在階梯走道中間，這樣才不會因為擋住了別人的視線被趕走，又能夠維持立刻衝去追球的機動性。運氣好的話，他甚至在一場比賽撿過五顆界外球。

球一接觸棒子的瞬間，孩子就起跑了。長久的經驗讓他知道，這一步是最重要的，就算不確定球會往哪個方向飛，也要猜猜看。猜錯大不了就是放棄這一顆，但如果沒有動這一步，根本就不可能比別人先跑到球的落下點等待了。他一面移動，一面留心地上的飲料杯和摺放的座椅，很有信心地靠近球。這顆球被他鎖定了。就在他站定位，已經把手套伸出去的那一秒，忽然有人從旁邊猛烈地推了他一把。他毫無防備地側摔到地上，感覺膝蓋被什麼東西磕了一下，但在喊痛之前，他先帶著怒意瞪了粗魯推他的這個人。

幹。是那個瘋子。

他一股火從心底升起，完全忘了害怕，整個人撲了過去。

「幹，這我的！」

對方出乎意料的脆弱，並沒有與那臃腫身形相稱的重量，被撞歪在旁邊的座椅上。他口中發出含糊不清的「啊啊」聲，右手護著剛才撿到的球，揮動著左手臂格擋孩子。孩子已看清了他的虛弱，也就揮舞著手套和他糾纏在一起。瘋子見孩子沒有要退卻的意思，急著想脫身，趺趺撞撞地翻過椅背爬走。孩子本來要追，一低頭赫然發現，瘋子大概是騰不出手來了，那顆球竟然掉落在原地。孩子抄了球就走，一口氣跑回距離二十幾張椅子的地方才停下來。這時，他抱緊球，回想起剛才的接觸，突然之間有點餘悸浮現出來。

還好，如果對方真的是有刀、會咬人的那種瘋子的話……

這麼想來，他開始覺得那個人有點可憐了。

他連球也沒有搶到。

九局結束後，等到散場的人群差不多都走光了，他才晃到爸爸的攤子旁邊。

「餓嗎？」

爸爸問，卻沒有等他回答，遞給他一個紙袋。裡面有魷魚，也有旁邊雞排攤的零碎雞塊。他接過來，另一手把剛才的戰利品現給爸爸。

「你看，我剛剛接到的。」

「你又去跟人家搶球？」

「才沒有，」他耳朵紅了：「是球自己飛過來的。」

爸爸接過球，手指像托著某些商店裡滾動的圓石的流水那樣轉了轉。孩子一直覺得爸爸這個動作很帥，好像球完全被他征服了一樣，但自己大概是手太小了，怎麼學都不像。突然之間，爸爸凝住了，他順著爸爸的眼光望過去，才發現上頭有一小塊區域，用黑色簽字筆寫著潦草的一團字。

張……勝……大……？

這是一顆簽名球？

不對呀，界外球上面是不會有簽名的。

爸爸突然嚴肅了起來：「你在哪裡拿到這個的？」

孩子腦袋「嗡」了一聲。他知道，簽名球是拿來賣錢的，沒有誰會神經到拿簽名球去比賽，說是界外球也不會有人相信的。如果沒有好好的交代，爸爸會以為他偷東西吧？想到這裡，剛好對上爸爸銳利的目光，他心底一抖。比起來，跟人搶球是沒什麼大不了的事情。他沒什麼選擇，只好一五一十說了他和瘋子搶球的經過。

「大、大概是拿錯了吧……那個瘋子掉……」

「他在哪裡？」

爸爸的聲音沉沉的，卻不是責怪的樣子，孩子有點困惑，但還是鬆了一口氣。他拉著爸爸的衣角跑了起來。看來他真的錯怪那個人了，如果那個人手上會有簽名球，一定是很有錢，可以買周邊商品的人。球場裡的紀念品店，一顆都好幾百塊呢。不能再叫他瘋子了。雖然，他真的很髒，而且很臭，很可怕。不過仔細想想，他也沒有傷害過誰的樣子，上次是同學自己太膽小了。

他們回到觀眾席上的時候，台上只剩下一兩個工作人員在清理垃圾了。爸爸一一向他們點頭致意，跟在孩子後頭走。

幸好還在。

孩子伸手指著仍在原來座位上的那個人：「是他。」

爸爸踱上前去，這個人已經蜷成一團，在摺椅那窄小的空間裡面睡著了。爸爸知道他，所有球場的工作人員都知道他。這個瘋瘋癲癲的人，在爸爸放棄家族事業、改換姓名、確定所有人都遺忘了他，而進到舊蛇隊主場申請一個小吃攤之前，就已經長久賴在球場裡面不走了。爸爸以前並不記得這個人，對他而言觀眾席上的人是可愛的，但他沒有太多機會真的認識什麼球迷。據更資深一點的球場管理員說，警衛試著攆過這個人幾次，沒隔幾天他又會從球場的某個角落鑽進來，也不知道哪來的本事，像野貓一樣防不勝防。他每天就翻垃圾桶，吃球迷丟棄的食物，只要不把他趕離開球場，他就不惹麻煩，久而久之，大家也就默認了這個人的存在。

然而爸爸從來不知道，原來這樣一個人懷裡揣著一顆簽名球，他也不知道，原來在所有人都遺忘了自己之後，這裡還有人揣著僅在那一年才可能的小小相會。那是在什麼場合呢？那一年他煩心的是別的事，揮霍的是對他從無懷疑的那些笑顏。他感到十分抱歉，這麼久的時間，足以讓所有全世界都遺忘一個球員了，一個球員當然更不可能記得自己曾經給誰簽過名。比記憶更能抵抗時間沖刷的，只有死賴在球場裡不走的意志吧，他自己終究還是回來了，而這個人也不願意走。

家族裡的人都覺得他是在贖罪，每當他聽到這個說法，就想要抗辯。不是關於自己的清白，而是關於他為什麼堅持在球場討生活。

走去哪呢？進來球場就走不出去了。

眼前這個人，為什麼留在這裡呢？

也有什麼說不清楚的理由吧。

這樣想著，也就覺得得到了一個新朋友，雖然對方並不知情。他把玩了一圈，細細端詳那顆球的細紋，還是什麼都想不起來。那是一顆沒有擊打過的球，但縫線已經潤潤的、灰灰的，跟一切事物一樣舊掉了。

最終，他把球交給孩子，用下巴指了指那個已然不知憂愁也不知痛苦的身體，盡可能平靜地說：

「喏，拿去還給他吧。」

孩子聽話地接過球，想了想，把簽名的那一面朝下，放回那個人沒有握緊的手心裡。他不知道張勝大是誰，他根本沒聽過這個球員。不過，他想起了早些時候搶球的激烈，他知道這個東西對這個人可能很重要，於是把名字蓋了起來，以免其他人又來搶他的東西。球場上空的最後一個燈柱熄滅了，一瞬間三個人都被籠罩在淡淡的暗影裡，只有一點點月亮的光線，勉強從淺色的地板反射起來。

孩子決定，明天來球場時要和這個人道歉。

也許還可以分他一顆界外球。

《暗影》新書簽講會

●主講人：朱宥勳

（文學戰神／教授不敢教的學生）

●時間：3/26(四) 19：30~21：00

●地點：誠品信義店3F Mini Forum

台北市松高路11號

●洽詢電話：(02)2749-4988 寶瓶文化

*免費入場，座位有限

國家圖書館預行編目資料

暗影／朱宥勳著. --初版. --台北市：寶瓶文化, 2015. 03
面； 公分. --（island：236）
ISBN 978-986-406-005-4（平裝）

857.7 104003042

Island 236

暗影

作者／朱宥勳

發行人／張寶琴
社長兼總編輯／朱亞君
主編／張純玲・簡伊玲
編輯／丁慧瑋・賴逸娟
美術主編／林慧雯
校對／丁慧瑋・吳美滿・陳佩伶・朱宥勳
企劃副理／蘇靜玲
業務經理／李婉婷
財務主任／歐素琪 業務專員／林裕翔
出版者／寶瓶文化事業股份有限公司
地址／台北市110信義區基隆路一段180號8樓
電話／(02) 27494988 傳真／(02) 27495072
郵政劃撥／19446403 寶瓶文化事業股份有限公司
印刷廠／世和印製企業有限公司
總經銷／大和書報圖書股份有限公司 電話／(02) 89902588
地址／新北市五股工業區五工五路2號 傳真／(02) 22997900
E-mail／aquarius@udngroup.com

法律顧問／理律法律事務所陳長文律師、蔣大中律師
如有破損或裝訂錯誤，請寄回本公司更換
著作完成日期／二〇一四年十二月
初版一刷日期／二〇一五年三月
初版二刷日期／二〇一五年三月十九日
ISBN／978-986-406-005-4
定價／三二〇元

長篇小說 創作發表專案
國|藝|會 NCAF PEGATRON 和碩聯合科技股份有限公司

AQUARIUS 寶瓶文化事業

愛書人卡

感謝您熱心的為我們填寫，
對您的意見，我們會認真的加以參考，
希望寶瓶文化推出的每一本書，都能得到您的肯定與永遠的支持。

系列：Island 236 **書名：暗影**

1. 姓名：＿＿＿＿＿＿＿＿ 性別：□男 □女
2. 生日：＿＿年＿＿月＿＿日
3. 教育程度：□大學以上 □大學 □專科 □高中、高職 □高中職以下
4. 職業：＿＿＿＿＿＿＿＿
5. 聯絡地址：＿＿＿＿＿＿＿＿＿＿＿＿＿＿＿＿
   聯絡電話：＿＿＿＿＿＿＿＿ 手機：＿＿＿＿＿＿＿＿
6. E-mail信箱：＿＿＿＿＿＿＿＿＿＿＿＿＿＿＿＿
   □同意 □不同意 免費獲得寶瓶文化叢書訊息
7. 購買日期：＿＿ 年 ＿＿ 月 ＿＿日
8. 您得知本書的管道：□報紙／雜誌 □電視／電台 □親友介紹 □逛書店 □網路 □傳單／海報 □廣告 □其他
9. 您在哪裡買到本書：□書店，店名＿＿＿＿ □劃撥 □現場活動 □贈書 □網路購書，網站名稱：＿＿＿＿ □其他＿＿＿＿
10. 對本書的建議：（請填代號 1. 滿意 2. 尚可 3. 再改進，請提供意見）
    內容：＿＿＿＿＿＿＿＿
    封面：＿＿＿＿＿＿＿＿
    編排：＿＿＿＿＿＿＿＿
    其他：＿＿＿＿＿＿＿＿
    綜合意見：＿＿＿＿＿＿＿＿＿＿＿＿＿＿＿＿
11. 希望我們未來出版哪一類的書籍：＿＿＿＿＿＿＿＿＿＿＿＿

讓文字與書寫的聲音大鳴大放

寶瓶文化事業股份有限公司

（請沿此虛線剪下）

廣　告　回　函
北區郵政管理局登記
證北台字15345號
免貼郵票

寶瓶文化事業股份有限公司　收

110台北市信義區基隆路一段180號8樓

8F,180 KEELUNG RD.,SEC.1,

TAIPEI.(110)TAIWAN R.O.C.

（請沿虛線對折後寄回，或傳真至02-27495072。謝謝）